ヤマケイ文庫

定本 山村を歩く

Okada Kisyu

岡田喜秋

Yamakei Library

定本　山村を歩く　目次

第一部　山村の組曲

秩父の隠れ里へ　10

こけしの里の鎮魂歌　22

冬野——中世の飛鳥路　34

馬のいなき甦る道　46

兎追いし彼の山　58

保福寺峠の瞑想　70

花と石畳と一里塚　82

語られざる阿武隈山地　93

伝説に生きる桃源郷　104

栗山郷の地底の声 116
立山——その山麓の知恵 127
富士山麓の挽歌 140
原始林のささやき 153
文学的山村——天体の植民地 166
奥只見、名残りの風車 176
山国御陵への道 187

第二部　アルプスの見える村

冬枯れの湖畔 200
甲斐駒が見守る温泉宿 205

空狭き谷間　210
リスの遊ぶ宿　215
野麦峠への道　222
初夏の裏穂高　227
古き街道の名残り　232
悠久なる夜空　237
木に生きる村人の調べ　242
木曾の秘める別天地　247
初冬の遠山郷　252
雪に映える白馬山麓　257

第三部　推理する山旅

祖谷渓の源平譚　264
柳久保池と奇蹟の民家　288
秋葉街道・三泊四日　304
白神山地にひそむもの　325

復刊に際しての「あとがき」　344
解説・吉田武史　346

第一部　山村の組曲

秩父の隠れ里へ

一

急に山路を踏んでみたくなり、ふらりと家を出た。この「ふらり」は、青春時代の、二十歳前後のあの「癖」が、ふたたび出たのである。

当時とちがうのは、ただ、山へ行って頂を極めて戻ってくるといった自己満足だけではなくなったことだ。体力もちがっている。四十歳半ばを過ぎて、心のなかも変ってきている。自分がどんなところを目指すのか、あとで考えてみると、どうも、山の中の、とある村にひかれていることがわかる。

歩いてみると、自分の心が、旅のなかで少しずつ起伏してゆくことがわかる。旅立ちのあわただしさ。その日、目指した山は、手近な秩父の一角で、飯能(はんのう)の駅に降り立ったときは、バスにむらがる乗客たちに圧倒され、これから乗る車中での苦痛が思われた。やがて、山路を歩き出す。ほっとした想い。やがて、ひとつの峠。そこでの憩い。しかし、峠はバスが通らないかぎり、また歩いて降りなければならぬ。そして疲れを感じた頃、とある山村の一軒の民家に休む。やがて、日が暮れはじめる。急いで駅へむかう。

この旅の変化、心の動き、起伏ある行動は、音楽にたとえれば、ひとつの「ソナタ」だ。「ソナタ」と言えば、第一楽章から、第三、第四楽章まである。第一楽章は「あわただしく」、第二楽章は「ゆるやかに」、第三楽章はメヌエットとよばれる四分の三拍子の「リズミカルなテンポ」。それは山路の降りを象徴するようで、第四楽章は、日暮れの道を急ぐ「あわただしいフィナーレ」。

しかし、すべての山村への旅が、このように展開するとは限らない。あるときは、第三楽章が欠けるかもしれない。それなら、あまり形式にとらわれずに、「組曲」と名づけようか。「組曲」と言えば、いろいろと趣のちがう曲を重ねた多楽章だ。変化がいくつあってもよい。ソナタ形式になる場合があってもいい。「組曲」ならば、ソナタ以前のバッハのような古典組曲もある。ビゼーの「カルメン」のような近代組曲もある。チャイコフスキーの「眠れる森の美女」のようなバレエ組曲も含まれる。

そうだ、私の旅は「山村の組曲」だと思った。そう感じたのは、秩父の山ふところを目指して走るバスの中だった。満員である。日曜日ならば、当然である。

しかし、名郷（なごう）とよばれる終点の山村で降りたとき、たちまち、ひとりの旅人になれた。この日、正丸峠（しょうまるとうげ）は混んでいるだろう。しかし、ここでは、数人しか下車しない。

第一楽章は終った。これから、ゆっくりと登る鳥首峠（とりくび）への道。これは、第二楽章にふさわしい。五分も歩くと、人影は見えなかった。戦前とはちがって、魅力がなくなった山路なのか、とちょっと自分の選んだ浦山（うらやま）へのみちに今昔を感じた。三十分ほどはよかった。しかし、突然、山を半ば削った鉱山があらわれた。やはり、心ある人は、この「味けない」セメント用採石場の存在を知っていて、最近はこの道をたどらないのか、と思った。道は、鉱山にぶつかってしまった。旧道を見失ったのである。

しかし、そこを抜けると、道は、期待通りの植林地帯に入った。急坂がつづく。この登り、この歩み、これが、第二楽章だ。約二時間、やっと峠へ出た。鳥首峠は、昔のままだった。立ち枯れたブナの巨木、初冬の季節は、こうした人生の終りのような樹木のすがたがよく似合う。

そこで、どっかりと腰を下ろす。持参したコッヘルをとりだし、紅茶を沸かす。ひとりで飲む熱いレモンティ。その味わいは、私の心を二十歳頃のあのひとときに戻す。今は家に妻と子供がいる。「ふらり」と出てきたが、まさか、私が、たったひとりで、

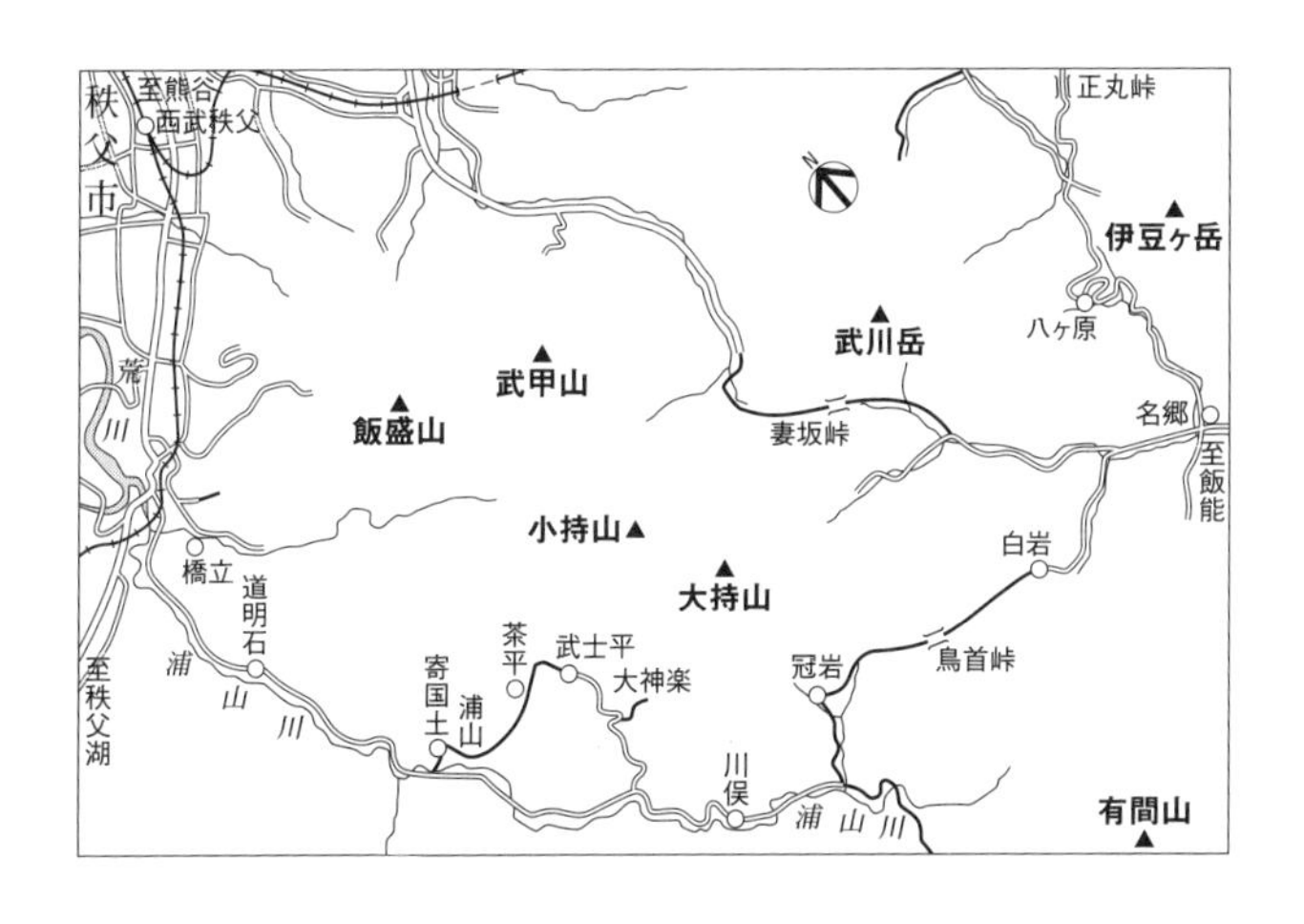

秩父市
至熊谷
西武秩父
正丸峠
伊豆ヶ岳
武川岳
八ヶ原
武甲山
飯盛山
荒川
妻坂峠
名郷
至飯能
小持山
白岩
橋立
道明石
大持山
茶平
武士平
寄国土
大神楽
冠岩
鳥首峠
浦山川
浦山
至秩父湖
川俣
浦山川
有間山

こんな峠の上で、今、紅茶を沸かしているとは思うまい。
鳥首峠に鳥はいない。モズでもさえずるかと思ったが、初冬の峠は、やがて、縦走してきた数人の人々の声を響かせた。瞑想が破られる。そろそろ、腰をあげるべきときだ。

いや、他人が来たからと言って、逃げ出すのは、排他的だ。峠は私ひとりのためにあるのではない。山村をたずねて、そこに住む人の声を聞く気持をもつならば、偶然、出会った同好の士と話を交すことを拒んではいけない。現われたのは、若い女性たちであった。男性をひとりリーダー格で伴っている。

彼等は、武甲山（ぶこうざん）の方へむかうのか。若い世代にとって、こんな峠は五分以上の憩いの場ではない。峠とは、ほっと一息つく場であり、第二楽章の終りではない。彼等には、おそらくまだ、第一楽章がつづいている。「まだ、山は高い。休まずいこうよ」と男が言った。リュックサックも降ろさず、大持（おおもち）・小持山（こもち）の方を指さした。そのすぐあとに現われた、ひとりの男性は、単独行だろうか。黙って、私の近くに腰を下ろし、インスタント・ラーメンをつくりはじめた。ひとりならば、異性に対する「強がり」をみせることはないだろう。ひとりの彼は自炊自体をたのしむように、火をつけた。

二

この峠は、『新編武蔵風土記稿』に、「鳥久保峠」と書かれている。遠くからみると、鳥の首に似ているという人もいた。このすぐ北の妻坂峠は、源頼朝に仕えていた畠山重忠が、鎌倉への往き帰りに、妻と別れを惜しみ、また再会した峠だということから名がついた。思うに、畠山重忠は、秩父盆地を支配していたから、うなずける。しかし、鳥首の地名の方は、その昔、山賊がいて、ここにさしかかると、人の首を斬ったことから、「首取峠」と名づけたという説もある。クビトリが、トリクビに逆転したというわけである。それなら、古くは、ひとつの往還であったのか。そんな推理に興味を抱き、峠を越えるとまもなく現われた「冠岩（かんむりいわ）」の民家でたずねてみると、彼等は、昔から、この峠を越える生活はしていないようであった。逆に、今でも浦山の谷を下って、北にある秩父鉄道の方へ出るようであった。

すでに、浦山とよばれる「裏山」であった。「浦」とついていても、海には遠い。武蔵野側からみるとき、「裏」にあたると考えた方がいい。秩父盆地の南に、ひとつの「チベット的」地形をつくっている村だ。浦山の谷間といえば、今も獅子舞が無形文化財として秘められている。秩父盆地の方から入ると、入口に橋立（はしだて）の鍾乳洞があるが、行楽客は、そこまでしか来ない。

　今、私は、まさに、浦山へ、「裏」から忍びこもうとしている。当然、やがて、浦山川の源流に出た。川俣で道はひろくなった。そこで、第三楽章に移らなければなるまい。なぜなら、この道には乗用車が走っている。舗装道路を歩く徒歩旅行者は失望する。ふたたび、土の感触のある山路を探したい。幸い、旧道があった。川にそう舗装道路をさけて、岐(わか)れみちに入る。「大神楽(だいかぐら)」という地名が、心をひく。

　地図を見ると、この山の頂ちかくに、点々と、二、三の集落がある。そうだ、武士平を目指そう。ブシダイラ——その地名は、かつて、このあたりには珍しい山上集落として、耳にしていた。桃源郷のようなところだ、という評価と、そこには、浦山ファンともいうべき人を、わが児のように迎え入れるひとりの老夫婦がいることを聞いていた。名は忘れた。今でも、健在だろうか。

　今、出会った村人に聞いてみると、バスは、やっと、この下流の寄国土(ゆすくど)まで通いはじめたと言う。「ユスクド」——この妙な地名、この調子だと、このあたりにある地名は、すべて、難解にちがいない。その読み方を聞くと、何と、すべての先入観は、くつがえされた。道明石——ミチアカシ、土性——ツチショウ、山擱——ヤマツカミ。武士平とは、落人(おちうど)でも住みついたのか。そんな想像もたのしく、山路をたどれば、やがて道は、ひとつの石碑の前まで来て消えてしまった。道路をひろげる工事が、ここで終っている。行く手は急な山肌である。その石標をみると、「浅見伊吉氏顕彰碑」とある。そうだ、たしか、浦山に住む婦人は、この人の奥さんのはずだ。それにしても、浅見伊吉氏はすでに故人なのか。時の移り変りを思った。私が、物心ついて、奥武蔵の山々に通ったころから、すでに三十年近く経っている。しかし、浅見老婦人の話を聞いたのは、数年前のことだ。おそらく、まだ健在だろう。

しかし、やがて訪れた山上の一軒、浅見家の庭先に坐っていたのは、浅見伊吉老その人であった。

「女房は、昨年の二月、亡くなりました。淋しいですよ。死なれてみると、女房の人柄がわかりましたよ。皆さん、よく来てくれましたからね」

と、十冊ちかい宿帳を山積みにした陽のあたる縁先で、伊吉老は、亡き老妻を思い出すようであった。岩子さんと呼んだその老婦人は、ここを訪れる人に、かならず、手打ちのソバを御馳走した。その味は格別だった。常連は秩父の市内に住む人、いや、東京からの登山者のなかにも、沢山いた。はじめての人、偶然、ハイキングの折に立ち寄った人にも、わけへだてなく、呼び入れては、必ずソバを出した。頼めば、泊めてもくれた。

「本当に、あれほど私欲のない人はいなかった。人徳なんですね」
とまるで第三者をほめるように言った。そう語るこの伊吉老自身も、人徳の持ち主である。ダテに、記念碑が建ったわけではない。翁はこの集落の郷社、十二社の宮司であり、民俗学者であり、村の功労者である。

「女房に死なれてから、お客さんを泊めることが出来なくなって、申しわけないですよ」

炊事の世話役がいなくなったからだという。といって、別に、民宿を開業していたわけではない。好意で泊めていたにすぎない。別に、宣伝した話も聞かない。自然に、浅見オバサンのファンが出来たのである。武甲山を裏からみる山腹だが、登山路の途上にある家ではない。登山に興味のある人が立ち寄るところではない。この村、この浦山の存在を独自な隠れ里としてみとめる人々の一部が、偶然、この家を知ったにすぎない。

庭先は、眼下に深い谷を見おろし、正丸峠までは武川岳（たけかわだけ）、大持・小持山がそびえ、武甲山につづく山なみが自然の障壁をつくっている。海抜六百メートルの山上は、秩父の山々を「借景」とするひとつの桃源郷である。ここからバスの終点、寄国土へ出るまでの山腹には、点々と集落がある。そのひとつ、茶平は、名の通り、格別うまい茶がとれる。霧を湧かせる地形が茶に絶妙な味を与えるのだろう。

たまに訪れた客を、少しでも長く引きとめておきたい気持になったのか、茶を何度もすすめながら、伊吉翁は、チベットのような山上の生活の一端を聞かせてくれた。

「イノシシの暴れ方には、ほとほと困っていますよ。ヤツは、サツマイモが好きでね。うまい芋は全部食べられてしまう。実に天才的な嗅覚をもっていますね。ヤツがかじったサツマイモは、くさくて犬も食べませんや。猟師もずいぶん獲るんですが、少しもへりませんな。イノシシにくらべたら、熊なんか愛嬌ものですよ。もうこの辺の農家も、おいしく出来たイモは全部イノシシに食べられてしまうから、つくるのはやめたと言ってますよ」

イノシシのすがたが思いうかぶような表現であった。アズキも大好物で、一度に五升位ペロリと食べるそうである。よくも、これほど食べられると思えるほどの貪欲ぶりだそうである。ケモノのなかでも、これほどタチのわるい動物はいない、と伊吉翁は、うらむように言った。

今でもサツマイモに活路を見出す山村ならば、昔からどれほど生きるための苦労をしてきたことか。この浦山の入口、橋立鍾乳洞までは戦前から行楽客が来てにぎわっているが、この武士平となると、もう頼まれても登る人は少ない。橋立といえば、二百年前、平賀源内が目をつけて、炭焼きを村人にさせ、一儲けしようとしたことがある。当時から、他郷者に知恵をさずけられ、結果として、損をしてきた観のある村だ。そういう事実は、やがて、浅見翁自身の口からも語られた。

「昔から、山林も共有林が主で、そりゃ、すばらしい原生林でしたがね。明治以降も、経済的な知恵を持たなかったのでしょうか。村人が山林を売りはじめ、今では七分通り、他郷者の手に渡ってしまっています。秩父盆地の地主が主ですが、村人は、せいぜい杉の下刈り程度の労働で食っている始末です」

少し前まで二五六戸の村も、今は一八〇戸に減ったそうである。その淋しさに加えて、毎年、イノシシが荒らし回る。

「秋の中秋の名月、そなえたアズキが、ちょっとの間に、イノシシに食べられてしまって」

畜生には、月を賞(め)でる感覚はない。「悲しくなりますよ」と伊吉翁は古い宿帳をめくりながら言った。

翁自身の書いた武士平の故事来歴の一冊もあった。それによると、この山上の集落に、はじめてきた他郷人は、落人武者といわれる大野九郎右衛門と言い、彼が住みついたので、武士平と呼ばれたという。もうひとつの地名考は、それより以前、ここを訪れた彫刻師が、桂の木を倒して、仏像を彫りあげた故事から「仏師平」と呼んだ。それがなまってブシダイラとなり、武士平の字を宛てたという説。

この日の旅の第三楽章は、こうして、偶然にも、山上の民家での古老との出会いであった。七十歳を迎えた浅見翁は、名残り惜しそうに、私をなおも引きとめたが、第四楽章が、まだ残っていた。

やがて出会った茶平のあたりにも茶の香りはなかった。初冬の空は、山だけをくっきりと浮き彫りにしていた。浦山の谷の出口は、ふたたび急坂であった。ふり返ると、こんな山の上に、人の生活があったのか、と十分前に別れた浅見家の存在が、遠い過去のようであった。

バスの終点が近づくと、若い都会人たちの声が聞えてきた。彼等は、あの山上の生活を知っているだろうか。

こけしの里の鎮魂歌

一

あれから何年たったたか。

今、みちのくの一隅を走っている列車のなかで、改めて指折り数えてみた。あれは昭和二十一年の春であった。最初にこの山蔭の村をたずねてから、何と二十七年経っている。私はその頃まだ仙台の町の大学生であった。二十歳だった。となると、それ以後経過した年月の方が長い。

しかし、その歳月が、まったく昨日のことのように思える。あのとき訪ねて、自分のつくったこけしを見せてくれた老人が、まだ生きているような気がする。そこは、みちのくも、奥羽山脈の山ふところにちかい鳴子（なるご）の次の駅で降りて、少し歩いた山中であった。今、列車は、その頃の蒸気機関車を赤と黄色の気動車に変え、窓外に残雪を見せながら、鳴子へと向かっている。なつかしい山の姿が見えだした。あれは鳴子の温泉街のすぐうしろにそびえる胡桃（くるみ）ヶ岳だ。あのコブを突き出したような山の形は、昔と変らない。その山と相対して北にそびえるのは、花渕山。あの山の姿もなつかしい。私は二十七年ぶりに、「中山平（なかやまだいら）」のこけしの作者の家を、たずねようとしている。

しかし、その老人は、もうとっくに死んでいて、会うことは出来ないのだ。それは知っていた。当時、すでに高齢であった。私をここへわざわざ来る気持にさせたのは、あの一本のこけしだ。それを私は、今も、書斎の一隅に飾っている。そのこけしの底の部分には、

大沼岩蔵　七十三歳

と筆で書かれている。

数あるこけしのなかでも、とくに、この作者のこけしを、私が心の中に刻み、その後も折にふれ、想い出すのは、そのつくりが独特だからだ。十年ほど前、こけしの好きな人に、偶然、大沼岩蔵のこけしを持っていることを話したとき、その人は、それは、大へんな値打ちものですよ、本当に持っているんですか、と、疑うような顔で聞きただしたのを憶えている。大沼岩蔵は、私が会った昭和二十一年から三年後の昭和二十四年にはこの世を去っていたのだ。私は、その人から、大沼岩蔵が死んだことを

知った。

といって、私は、このこけしをコレクション・マニアが珍重するように、作者が死んだから値打ちがあがり、それを高く他人に売ろうとなど考えたことはない。私は、こけしをコレクションの対象とは考えていない。私にとっては、自分の足を運んで、それをつくっている作者に会ったことが意味を持ち、一本のこけしから、その作者の心情、生活を想像すること、そして、その作者が生活していた場所や環境を見ることによって、それぞれのこけし作者の心の中にあるものを知りたかったのである。今、こうしてやってきたのも、そこには作者自身がすでにいないと知っていながら、彼の住んでいた家はどうなっているだろうか、とか、あの家をとりまいていた自然のたたずまいはどうなっているだろうか、と考えて、二十歳の頃と同じ期待で、今近づきつつある山や河を眺めていたのである。

しかし、結論から先にいうならば、はるばるやってきた中山平の大沼岩蔵の家は、跡形もなかった。いや、彼が住んでいたと思われるあたりすら、まったくわからなかったのである。二十七年の歳月が改めて思われた。

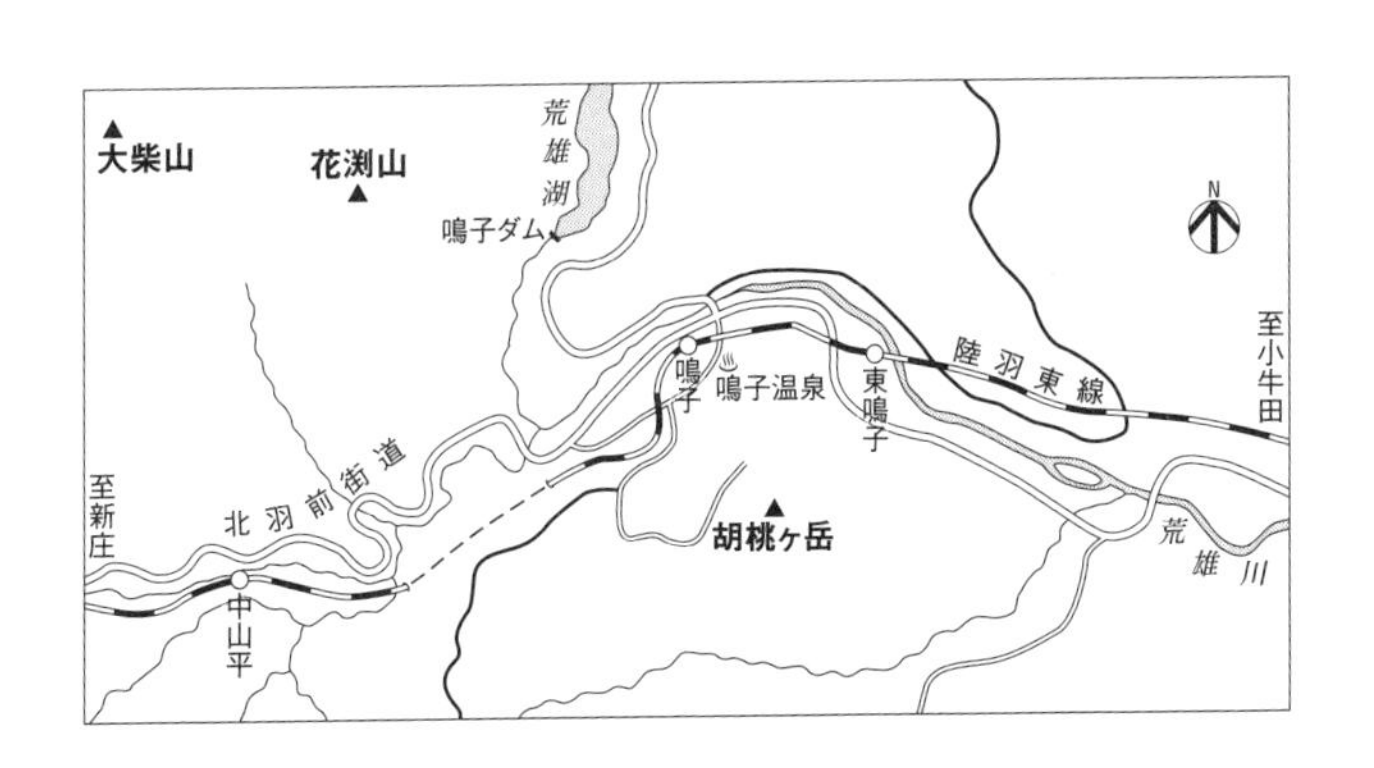
大柴山
花渕山
荒雄湖
鳴子ダム
至新庄
北羽前街道
中山平
鳴子
鳴子温泉
東鳴子
陸羽東線
至小牛田
胡桃ヶ岳
荒雄川
N

二

名残りの雪が小さな山間の駅の周りに白く、ある部分では鹿の子まだらに残っていた。中山平で降りた客は、二、三人だった。私は、記憶をたどって、歩きはじめた。すでに道は舗装されていた。それは当然だろう。しかし、十分も歩くと、巨大な橋があらわれた。こんな橋はなかったはずだ。しかし、それも長い歳月を忘れて昨日と同じはずだと思いこむ私だけの一方的な期待が現実とちがっていただけのことだ。しかし、おそらく、まだあの一軒家はあるだろう、と思った期待は完全に裏切られて、私は雪の名残りのなかをさまよいはじめた。

そこは、まるで荒野だった。聞くすべもない台地の上だった。私は冷く吹きおろしてくるみちのくの風をさけるようにアノラックを着たまま、しばらく呆然と荒野の中に立ちつくした。何もないのだ。大沼岩蔵はもちろん、あの家すらないのだ。いや、あたりを見わたしても人家は全く見えなかった。

そして、引き返そうかと思ったとき、私の脳裏には、あの独特な大沼岩蔵のこけしが華やかな色彩をともなって、うかびあがった。独特なこけしといったのは、顔の描き方にあり、また胸の部分の細かい縁どりにあった。胴に描かれた花模様にも独特なものがあった。

　顔は、けっして愛嬌のあるものではない。眼が小さく、鼻をU字形にリアルに描くことによって、可愛らしさが減じてさえいる。こけしは、鳴子、遠刈田（とおがった）、温湯（ぬるゆ）、木地山、土湯と、いくつかのタイプがあり、一般に、愛嬌があると思われているのは、遠刈田でつくられたものだろう。こけしの代表のようなかんじである。それは、眼が大きく、切れ長で、頭の形、頬のふくらみ、胴に描かれた連続模様、それらが、微笑をただよわせた少女を思わせる。とくにこけしの研究家でない人たちは、おそらく、遠刈田のこけしが、一番可愛らしいと言うにちがいない。鳴子のものもいい。鳴子といえば、こけしの代名詞のようにさえいわれるだけあって、遠刈田同様、一般受けのする形だろう。とくに、鳴子のものは、文字通り、首が廻って、キューキューと「鳴る」ようになっている。

　しかし、大沼岩蔵のこけしは、鳴子の近くでありながら、まったく違う形と表情を示していた。私は、今、雪の残る荒野のような山間の丘にひとり立ちすくんで、二十七年前の、あの老人の言葉を思い出した。

「戦争後は、ほとんど訪ねてくる人もありませんな。たまに気のむいたときに、つくる程度でな。せっかく、いらっしゃったんだから、二、三本見せますか」

私は、今もその日の情景を忘れない。日のあたる縁側に、みかん箱をどかんと置いたかと思うと、そのなかから、無造作に、二、三本のこけしを出してみせた。鳴子のこけしとはまったくちがっていた。

「わしゃ、ほとんど作らんのでね。これしかないが」

私はそのなかの一本をえらんだ。彼は、注文もしないうちに、その底を上にむけて、署名してくれた。大沼岩蔵、七十三歳。——すでに老齢であった。しかし、私が、ぜひ、顔を描くところをみせて下さい、というと、絵具と筆をとり出して、まだ無垢(むく)の一本に、眼と鼻を描き入れた。

私はその手つき、筆づかいに、こけし作者の夢を読みとった。

七十をすぎた老人が、女の児の表情と真剣にとりくんでいるその姿。こけしは、みちのくの女の児をシンボルにしている。老人作者がその筆をとるとき、心の中には、最初、どんな女の児がイメージアップされていたのだろうか。遠刈田のこけしの表情をつくり出した人は、おそらく、あの切れ長の眼、大きなひとみ、そんな女の児がいれば理想的だ、とあこがれたのではないか。こけしの顔は、男の夢の象徴だ。それも成人した異性へのそれではなくて、幼い児へ託した夢だ。

大沼岩蔵の場合、この独特な表情は、いつどんなときに生れたものか。

こけしの表情が、他の郷土人形とちがうのは、それが女の幼児であり、成熟した女のそれではないことだ。それは、同じ人形でも、博多人形などとは対照的なものだ。いわゆる「色気」をリアルに出さず、それでいて、見るものに、やがて成熟したとき放つ色香を想像させる人形。しかも、それを老いてまで自らの五指で描く名人芸。この名人芸は、中風になったり手にふるえが来たら不可能にちかい。左手でこけしを支え、右手で、巧みに描き入れる技術は、長年の習練が生み出す作者のイメージの結晶である。

こけし作者の心の中には、少なくとも、つねに、ひとりの女の児のすがたがある。それがその人の理想の女かどうかは別として、最初は、一人の女の原型があったにちがいない。

三

私は荒野のなかの、ひとときの夢から覚めた。そのとき、むこうから、ひとりの女性が姿をあらわした。

「大沼岩蔵さんの家は、このあたりにあるんでしょうか」

と聞いたが、中年の農婦とみえるその人は、納得のいかない表情をして、

「大沼さん、知りませんね。このあたりには家はありませんよ。奥の方は開拓村ですからね」

時の流れは、三十年にちかかった。過去は風景をも変えていた。その女の人が消えたあと、幻影のような大沼さんの家を頭に描いた。しかし、寒くなった。もう引き返そう。

駅に戻り、とある小さな食堂に入った。

「ここには大沼さんの弟子も住んでいないんでしょうか」

店の主人は、

「鳴子に、二、三人いるでしょう。仙台の桜井さんも弟子だね。中山平には、もうこけしつくりは一人もいないね」

答えはあっさりしていた。何でこんな季節に、こんなところへ来たのか、といった顔付であった。私は、ふたたび列車に乗って次の鳴子で降りた。もう、大沼さんの弟子のひとりに会うつもりはなかった。私は、こけしのコレクションに来たのではない。訪ねれば、おそらく、夢が現実にひき戻されるだけだと思った。

私は、温泉街の斜面を登り、温泉神社へむかった。そこには、「こけしの碑」とい

うのがあることを知っていたからだ。

こけしは、今日でこそ、全国のみやげもの屋に氾濫して、オリジナルな素朴さを失った、いわゆる「近代こけし」が出廻っている。こけしを愛する人々は、それを残念に思い、みちのくの山村で作られる本来のこけしを「伝統こけし」と称して区別さえしている。

こけしを単なる「木偶」から、ひとつの郷土芸術と見立てて、評価したのは誰か。多くの好事家や、民芸を愛する人の一部が、いつの頃からか、こけしを芸術品としてみるようになった。

そうしたこけしファンのひとりに、深沢要という人がいる。その人が、この「こけしの碑」の生みの親だ。そこには、

みちのくは　遙かなれど
　夢にまで
こころの山々
　こころのこけし

と刻まれている。そして背面には、
昭和二十二年一月十二日　西宮で病没、二十三年九月十二日建立　妻　深沢欣

とあった。

昭和二十二年といえば、私が鳴子や中山平をたずねた翌年だ。当然、私が仙台の大学生時代には、まだこの碑はなかった。私は知己ひとりすらなく、空襲で焼けただれた仙台の町をさまよい、町をうろついていても空しく、何か旅に出たくなり、こうしたこけしの里を探しては歩いた。そして、いくつかの山村で出会った作者たちの印象が忘れがたく、大学卒業の折、ひとつの紀行文にまとめたくなり、一文を草した。その文章が、私の紀行文の処女作でもあった。昭和二十三年、それが偶然、応募した『旅』という雑誌で当選作となり、活字になった。

四

今日、旅をし、紀行文を書くことを半ば業としたのも、思えば、その動機の底辺に、あのこけしの村々があった。こけしの里をたずねたことが、偶然、紀行文を書かせた。それは、出会ったこけしづくりの人々が私に感動を与えたからである。感動はさまざまだったが、私はこけしが、あのみちのくの鬱蒼とした山肌の樹からつくられることに気づいたとき、これは玩具ではなく、樹と、作者と風土の三つあっての産物だと思った。同じ人形でも土でつくったものではない。木からつくられるところが、奥羽山脈ならではのことだと思った。

そして、その材質はカツラを最高とし、ミズキ、ブナ、ホオの樹でつくられる。その樹を伐り出すところからはじまるこけしづくり、最後に顔を描くのも同じ作者であることを知ったとき、私の紀行文の題は決った。「こけしを育てる山々」――この一文が私の紀行文の「原点」だったのである。

冬野――中世の飛鳥路

何度目かの大和路。その日の私の脚は、聖林寺（しょうりんじ）へむかっていた。大和でも飛鳥（あすか）の山裾である。仏像愛好者にとっては、国宝の十一面観音を秘めた古刹である。寺の背後は小高い山で、その奥をたどれば、多武峰（とうのみね）につづいている。多武峰といえば、藤原鎌足をまつった山である。談山（たんざん）神社といえば、あまりにも有名で、個人的な旅路としては魅力がなく、行けば、たいてい修学旅行の学生たちが群れている。まつられている人物が大化改新の立役者、そのイメージが人生の成功者であるだけに、後世、なにか魅力がない。今でも、庶民の多くは、立派に生き抜いた人よりも、波瀾の運命に生きた、どちらかというと非運の人物に心ひかれる。日本人的心情であろうか。

この神社が「西の東照宮」と呼ばれるのをみてもわかるように、日光の東照宮も、徳川家康という為政者がまつられているせいか、修学旅行の折には行っても、その後は、まず見にゆく気にならない人が多い。談山神社も、東照宮と同じように、今では、あの朱塗りの建築美だけが讃えられるようになってしまった。

私が訪れた冬ちかい日も、この神社は紅葉を終えた樹林の奥に、あでやかすぎる朱色をみせて、さすが、人影だけは少なかった。初老の夫婦が一組、石段を登りながら、

「紅葉のとき来ればよかった」

と残念そうにつぶやいていた。

私が、聖林寺を訪れたあと、あえてそのまま戻らず、さして魅力を感じないこの寒々とした山上の神社まで来たのは、実は、聖林寺の下でバスを待つ間、ふと見た地図のなかに、「冬野（ふゆの）」という山上の集落の名を発見したからだった。

冬野——その地名にひかれた。今は初冬、いかにも今の季節に訪れてほしい、といった感じの山上の村ではないか。

春や秋の字をつけた地名は多いが、あえて「冬」を冠したその感覚。一体どんな人が住む村だろう。いや、正確には、村ではなく、地図をみれば、二、三軒しかなさそうな山の頂の集落である。おそらく、そこへ登れば、飛鳥の村々が一望に見渡せる。そんな位置と地形にも心ひかれた。

地図は、そこまで歩いてもわずか一時間ほどで着けそうな距離を示している。そこへもっとも早く着ける登り口が、談山神社だと思えたからである。

果たして、間違いなかった。談山神社の前を通って、五分も登ると、左右の人家は消え、アスファルト道路は、ゆるやかに登り勾配となった。

何という静けさであろう。談山神社の奥は春秋の季節も人の通わぬ道である。それは、それから五分たらずの間に見た、廃墟のような山門の跡の大地と石垣の肌をみただけで想像できた。わかった。ここが、実は談山神社の表玄関だったのだ。いつの世からか、人々は今私もたどってきた裏側から登るようになってしまったが、そこに今なお堅固に残る古い城壁のような入口と山門の礎石。それは、この談山神社が飛鳥にむかってひらいていたことを示していた。

「女人禁制（にょにんきんせい）」と大きく刻まれた標石。これもその昔は、神社ではなく、寺であったことを証明している。妙楽寺と呼ばれていた。すぐ下の、さっき訪れた聖林寺は、その別院という形の寺であったと知れば、うなずける。

その山門の前に、私は、「左、冬野」の道標を見た。これだ。私が地図の上でひかれ、いま目指そうとしている山上の村は……。

杉で蔽われた断崖が、左右へ道を分けている。右へ行けば、飛鳥の石舞台（いしぶたい）へ、とある。左へゆけば、冬野か。その瞬間、風が鳴らす杉木立の音を意識した。すでにここは冬にちかい。寒い。さっきの聖林寺では、初冬だと思ったが、なるほど、ここには

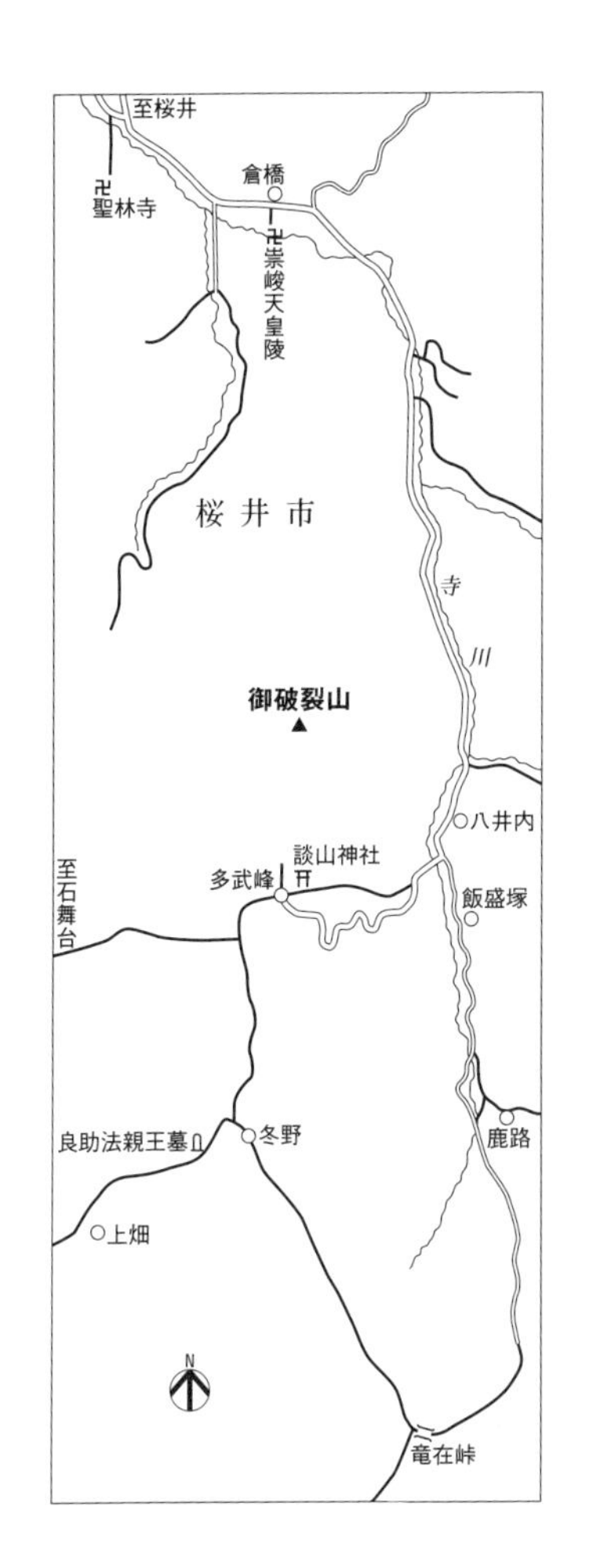
至桜井
倉橋
卍
聖林寺
卍崇峻天皇陵
桜井市
寺
川
御破裂山
八井内
談山神社
多武峰
至石舞台
飯盛塚
冬野
良助法親王墓
鹿路
上畑
N
竜在峠

冬がせまっている。

冬野まで三十分とはかかるまい。それからどうするか。いや、冬野で何か予期しない話でも聴けるか。しかし、この調子では、離村ばやりの今日だから、無人の民家だけかもしれない。空家同然の孤村だったら、それもまた格別の記憶に残るかもしれない。ともかく歩きだそう。

地図は、ここから一キロ先の冬野という山村の一隅に、「良助（りょうじょ）法親王墓」という文字を記している。これはどんな親王か。聞いたことがない。いずれ、後醍醐天皇の第何皇子という人か。冬野という名の山上に、そんな一見、高貴と思われる人物の墓があるのは、また別の興味が湧く。

杉林のつづく肌寒い山路は、ときどき、視界がひらけて、右手に大和平野がのぞく。一度目の視界には、二上山（にじょうさん）が二つの峰を分けて、地平線を飾った。二度目の視界には、畝傍（うねび）山と天（あま）の香具（かぐ）山がはっきりと指させた。三度目は、あそこがおそらく甘樫（あまかし）の丘、その右手が藤原京の跡と判断できる広大な視界であった。

道は登りつづけている。この山道は西側に急に落ち込み、すでに海抜は五百メートルを越えた山上である。パノラマをみるように一望に入る大和平野、そして眼下の飛鳥。

こんな山上にある冬野という地名。詩人が住んだか、心ある人が冬を過したか、と思ったとき、左右に一軒ずつの家があった。これだ。もう冬野にちがいない。「野」はあるのか、「冬」だけしかないのか。寒い身体を休める茶屋でもないだろうか、と期待したのは、現代人の甘い空想だった。突然、行く手から風が吹き込んできた。同時に、視界が明るくひらけた。そして左手に一軒、かなり新しい立派な民家が建っていた。トラックも停車していた。冬野にも人は住んでいた。

そして、今、立った山上は、このあたりでの最高点のように思えた。そこから、三方に、大きく空がひらけていた。吉野の山々が見えた。

風が西から東へ、北から南へ、つよく吹き抜けた。寒い。さすが冬野だ。休むところはないものか、と思ったが、今見た三軒ともまるで無人のようにかたく扉を閉(とざ)している。

五十坪ほどの芝生地帯が、まさに冬野であった。枯れた草の上に腰を下ろして、少しこのあたりの過去の情景でも考えるか。

来てよかった。想像した通り、冬野は、山上の孤高を保った、塵界に超然とした山村だった。今立つ地点は、山上の三叉路である。「右・飛鳥石舞台、左・竜在(りゅうざい)峠、吉野方面」という道標が、それを示している。

地図をみると、海抜六七七メートル。良助法親王の墓は、すぐそこらしい。せっかく登ってきた山路だ。誰にも会うことのない旅路もまたいいものだ。今日は飛鳥を見おろす旅などと考えてきたが、まだこんな午前中ならば、吉野川の方へ山の背を歩いて行ってみてもいい。良助法親王が後醍醐天皇の皇子だとわかったら、ここから吉野川へむかう道は、おそらく南北朝時代に、かなりの人が歩いた街道かも知れない。冬野というより、冬山と呼びたい寒さがおそい、金剛山が西のスカイラインを大きくかざっている。そして、果たして、良助法親王の墓は、そこから歩いて五分の南にあった。

何と、立派な塚のような墓である。「冬野墓、宮内庁」と書かれた説明板の前は、十段ほどの石段になっていて、まさに、高貴な人の墓の雰囲気をみせ、塚の上をおおう樹林は、大和平野から吹きあげるつめたい風に鳴っていた。「冬野墓」——そこには「亀山天皇皇子、良助法親王」とはっきり書かれていた。

まあ、こんな四季冬のような山上に葬られた皇子、さぞかし、その生涯にはエピソードがあろう。しかし、亀山天皇といえば、後醍醐天皇よりも前だ。私は持参した「日本史年表」をひらき、改めて亀山天皇の時代背景を知ろうとした。

第九十代、この天皇の治世は正元元年（一二五九年）から十五年間ほどである。南北朝時代の少し前である。その天皇の皇子か。おそらく、長子ではあるまい。不遇な生涯だったにちがいない。こんな山上に、しかも、冬野というところに……。歌人であったのか、あるいは、他の三つの季節よりも冬をことさら愛した皇子だったのか。ここに墓があるということは、ここで息をひきとられたのか。不遇な最期であったのか。歴史年表に残るほどの皇子でないとしたら、それ以上の想像を発展させることも出来ず、しばらく冷たい風に耐えた。

墓の背後に立つと、飛鳥から大和三山の一帯が、冬晴れの空のなかで鮮やかにひろがっている。山の頂のような地点にある墓。寒さに打たれよ、と祈るように眠るのか、と思うと、どうしてもこの皇子の生前が知りたくなった。

しかし、寒さに耐えられず、五分足らずで冬野集落への道へ戻った。そのとき、さっきは見えなかった村人のひとりに、偶然出会った。私は、待っていたとばかり、良助法親王のことを聞いてみた。

村人の語るところによると、良助法親王は、八番目の皇子だったためか、幼くして仏門に入っている。二十歳頃には天台宗の座主になったが、その後、還俗している。そして、俗人の身として、この山の上に住んだというのである。

「寒かったでしょうね」

と思わず聞けば、
「ここで亡くなられましたのでね、お墓があるんですよ」
五十一歳までここで過したと知れば、けっして早死ではない。不運ではなかった。おそらく、自ら求めた別天地であったのだろう。逆に、みちたりた生涯であったかもしれない。

なぜそう感じたか。父の亀山天皇は、在世中、実に苦労している、と思えるからだ。建長元年（一二四九年）に生れ、晩年は京都に南禅寺を創って出家し、禅宗に帰依している。そういう心境になったのも、在世中、日本史上でも一大国家危機だった元寇（げんこう）の来襲があって、文永の役、弘安の役が起ったことに無関係とは思えない。この戦いでは、日本はあやうく土足で踏み込まれるところであった。歴史上では、この二つの戦いが特筆されただけで、結果は、共に強風のために敵は敗退したが、すでにその前から、三度も元の使いが来日していて、それを拒絶したための報復的来襲だったから、天皇だけでなく、幕府も血相を変えたのである。そういう時期だけに、亀山天皇の心境は察するに余りがある。在位十五年で退いたのも、出家したのも、何となくわかるような気がする。

そんな父を持てば、皇子の心も平和な時代とは違っていたろう。いや、父の天皇だけでなく、少し前の順徳天皇といえば、幕府の手で佐渡に流されている。すでに南北朝時代の到来を予告するさまざまな事件が起っていた。ふと現実にかえって、皇子はどのみちを通って、この山上へ登ってきたのだろうか、と私は改めて思った。千二百年代といえば、幕府が興福寺のもっていた荘園を全部おさえて、大和の国にまで守護・地頭を置いている。国難のときに、世を捨てて、この皇子は山上の別天地に逃避していたといわれそうだが、元と高麗(こうらい)の敵軍が博多に攻め上った文永十一年（一二七四年）、世にいう文永の役の年、この皇子はおそらく、わずか七、八歳のはずである。幼少期、彼は日本がさかんに蒙古からねらわれているのを聞き知っていたにちがいない。そんな時代背景と、天皇の地位を保証されない第八皇子という運命が、いち早く仏門に入らせたにしても、一度還俗したあと、何でまた、こんな山の上に住みついたのか。

冬野がたぐり出す過去のイメージは、はてしなく、そして限りなく、私の体内に湧きつづけていた。

しかし、いかにも寒い。ちょっと休んでおくれやす、という好意に、いや、今こうして良助法親王の話を聞けば、ぜひ吉野川へ通じる街道を歩いてみたいと思う私に、まあ、ちょっと、とさらに誘われ、屋内でしばらく風をさければ、冬野の話は、今日の、それでいて昔とさして変らぬ生活の裏話にうつった。

「昔はここに旅籠が四軒あってね。山上の宿場ですよ」

なるほど、ここはひとつの「分か去れ」のような十字路だ。西へゆけば飛鳥へ、北へゆけば山の辺の道へ、南へゆけば吉野へ、茶店もあった街道だったことがうなずける。

「四軒茶屋といいますねん」

それが今も、四軒だけ、ちゃんと残っているとは。うち二軒は身体を寄せ合って冬の風に耐えているようで、そのうちの一軒が、今でも親王の墓を守る管理人役をしているとのことだ。他の三軒は、斜面ばかりの畑で、どんな農作物をつくって生きているのか、それが気になった。

「サトイモが実によく出来るんですよ」

思いがけぬ農作物が自慢であった。トマトの質も、高く評価されているそうだ。大根、ゴボウ、ニンジンといった根菜類のよく育つ土壌なのだそうだ。

「五味康祐さんが、近くの寺に一時滞在して原稿を書いていましたよ」

それは冬野を少し降った上畑という集落の一隅であった。氏はそこにある寺を、幼少時代から知っていて、先年、下界と縁を切った生活を試みたというのである。彼は、良助法親王の心境を真似たわけではあるまい。しかし、冬野は、いかにも男がひとり、隠棲するにふさわしい。

今も、昔とさして変らぬこの風の音、肌寒さ。大和平野の移り変りを知りながら、ちょっと超然とした山の頂。冬野は、まさに頂であって、野ではなかった。

私は、過去のさまざまな人々の心を、自分に植えかえてみながら、竜在峠を目指した。夕方までには、吉野川の川面が見られるだろう。

馬のいななき甦る道

一

いわゆる街道の古き旅情を再認識する試みが多くおこなわれるこの頃でも、今、私がたどる三州街道、伊那街道は、その過去を知るものにとっては、他の街道とはちがった郷愁を甦らせる。

それは、豊橋から、三河の奥を縫って、信州の飯田に結ばれている。三河の「三」と信州の「州」を採って、「三州街道」と呼び、伊那街道とも呼ばれる山中の道である。今も、いわゆる観光地帯ではない。

なぜ、他の街道とちがって、独特の郷愁をただよわせると言ったか。ここには、江戸時代、「三河の馬稼ぎ」と「信州中馬（ちゅうま）」と呼ばれる荷運びの馬が往き来したからである。

今の表現で言えば、この街道は「政治道路」ではなかった。いわゆる「産業道路」だったのである。政治道路だと、大名行列が通る。大名行列があると、交通渋滞をひきおこし、馬でのんびりと物資は運べないので、大名行列の通らないこの南北の〝脇往還〟を利用したのである。

南は名古屋であり、北は伊那谷である。この間、今でも、点々と、古い宿場がある。鳳来寺山の西麓を通り、田口、津具(つぐ)、根羽(ねば)、平谷(ひらや)、浪合(なみあい)、駒場、そして飯田と、ほぼ二、三里おきに、集落があらわれる。

「信州中馬」と呼ばれたのは、伊那谷から下る荷を運んだ馬たちのこと、「中馬」とは「中継馬」の略か、「賃馬」の発音が変ったものともいわれ、運ぶ荷は、山国でとれる煙草を筆頭に、串柿、繭、お椀、そして飯田のほこる「元結(もとゆい)」などであった。

逆に、名古屋の方から山国へ上る馬子たちを「三河の馬稼ぎ」と呼び、馬の背には、海でとれる塩を筆頭に、海産物、呉服物、そして茶や綿が載っていた。日本でも、こういう形で「脇往還」が利用されたケースは珍しいのである。

奥三河の津具村、そこは信州との境であり、峠を越えると、根羽村へ出る。このあたりの道の香りを嗅ぐと、当時の馬たちのいななきと、息切れがよみがえってくる。津具、そして、根羽、いずれも、本当に、海から遠い山中の感であった。

私は、その前夜、鳳来寺山の北側にある田口という、かつての宿場町から少し入った塩津というわかし湯の宿に泊って、江戸時代の道中を想像した。

今は、この温泉宿のすぐ近くの山稜に、「東海自然歩道」がひらかれている。しかし、ただ、自然のなかを歩くだけではなく、出来れば、このあたりの古い街道の、アスファルトの下にひそむ人と馬の「挽歌」を聞くべきだ、と思った。

その過去の情景は、今日のトラックの運転手の嘆きとは質を異にしている。馬でとぼとぼと物を運ぶ旅は、一見のんびりとした道中のように思えるが、馬子唄の声の底には、口には出せない哀訴やにくしみもひそんでいたのである。江戸時代も半ばまでは、「信州中馬」の運び屋たちも、「三河の馬稼ぎ」の連中も、鼻歌まじりで、こりゃいい商売だとウケに入っていた。

同じ形の稼業でありながら、三河で「馬稼ぎ」と呼んだ理由は、四頭の馬をつれていながら、馬方は手綱をとらずに、人間の方は、馬たちのうしろから、追うようにして、歩いていたからである。だから、一名「馬追い」と言った。一頭が三十貫平均の荷をつんでいたというから、一度に一二〇貫は運べたことになる。

トラック時代でも、運搬量の大小と速さがしのぎをけずる。当然、江戸時代でも、信州勢と三河勢の間で優劣が競われた。江戸も文化・文政の頃になると、「信州中馬」

至塩尻
飯田
阿知川
大平峠
清内路峠
上清内路
飯田線
天竜川
駒場
恵那山
御所平
浪合
治部坂峠
三州街道
岐阜県
長野県
平谷
上村川
根羽
矢作川
稲武
津具
名倉川
伊那街道
大桑
田口
老寒川
塩津
愛知県
鳳来寺山
飯田線
巴川貯水池
三河大野
至豊橋

は馬の数が制限された。一方、三河の馬稼ぎの方には、とくにそういう制限がなかった。制限がない方が自然、優位を占める。文化十三年（一八一六年）には、ついに、ワリをくった信州中馬側が訴えを起した。

信州南端にちかい浪合村でのことである。今見れば実に平和で浮世離れした山中の宿場だが、ここで殺気立つほどの裁判沙汰を起したのである。信州中馬で稼いでいる六十二ヵ村の馬方たちが、豊橋にちかい新城（しんしろ）、吉田の荷問屋に対して、今後は、全部「信州中馬」を利用しろ、と申し入れたのである。三河勢と信州勢は、はげしく利害を主張し合った。ついに幕府がのり出し、信州七、三河勢は三という割合で折合いをつけようとしたが、奥三河の津具村が承知しなかった。

津具村は、今も、峠にかこまれた高冷地の村である。自慢できる産物らしいものはない。馬をひいて稼ぐしかない。それだけに、七対三で制限されることにはどうにも我慢できなかった。信州中馬の連中、うまく、利権を確保したな、とばかり、いきり立った。

これに対して、信州中馬もだまってはいなかった。信州側に入った三河の連中は泊めないといういやがらせに出た。実力行使は、不満に耐えきれなかったこの津具村で展開した。ついに、馬が通れないように、橋に杭まで打ち、大木を倒して交通妨害の挙に出た。

信州中馬側は、それなら、バイパスを通ればいいと、信州奥の根羽から西へ峠を越え、今の稲武（当時の武節）へ出た。名倉川ぞいにあった迂回路を通って、田口、新城と馬を通わせたのである。そういう手があったのか、と津具村の馬方たちはくやしがったが、結果として、気の毒なことに、津具村は敬遠されてしまった。これは裏目に出たと、今度は、バイパスの名倉川ぞいのコースも邪魔してやろうということになったが、幕府も見かねて、ついに文政三年（一八二〇年）に裁決を下した。

遠距離輸送の荷物は「中馬」にたのむこと、近距離のものは、どちらの馬を利用してもよい。さあ、こうなると、得をしたのか、損をしたのか。私は、当時の村人たちの気持を思いながら、大桑という名のバス停留所で降りた。そこは、今いったバイパスのような街道の途上であり、持参地図からは想像できないような広大な高原であった。今日の世でも稀にみる自然のままの高地である。こんなにひろく平らな土地があったのか、と一瞬、その地形におどろいた。一口に言って、何と現代ばなれした荒涼美にあふれていることか。とりまく山々は低いが、このバスの通う街道そのものが、すでに六百メートルを越えた高冷地である。東西、南北、それぞれ三キロはあろうかと思われる山中の平原である。ほとんど人家はなく、ときどき開拓農家らしいものが視界に入る。
やがてあらわれた「大平」とよばれる集落は、チベットの一隅の村を思わせた。

二

この視界のひらけた街道を歩くと、冬のせいか、馬たちの鼻から出た白い息が思いうかぶ。東をさえぎる山のむこうが津具村である。馬方同士の争いのあった村だ。この村には、今も二百基ちかい馬頭観音が残っていると聞かされた。馬は当時の彼等にとっては、今のマイカーよりも大切な、「生きたトラック」である。酷使もしたろう。そして、疲れきって死んで行った馬たちを思うと、馬頭観音は、他の地方のそれとはちがったイメージで街道時代をクローズ・アップする。

ふと降りたくなってバスを捨てて歩きはじめたこの高原地帯、その真中をつらぬく一筋の街道の左右にも、そんな馬頭観音がありはしないか、と私は半ば凍てついた道の左右に眼をくばった。白い息が視界をかすませ、その大気の冷たさは、冬の軽井沢を思わせた。たしかに、この風景は、ちょっと一昔前の浅間山麓に似ている。

やがて、行く手は、山と山の間に入り、名倉川にそいはじめた。もう少し歩けば、稲武という町に出る。そこまでゆけば、飯田へゆくバスがあるはずだ。これに乗れば、「信州中馬」たちの住んでいた村々を通る。

予想していたように、バスは、ひと村ごとに、ひとつの峠を越えた。まず、根羽という村、しかし、次の平谷（ひらや）へ来たとき、また降りてみたくなったのは、ここに、今も当時の「馬宿」の名残りがあると、さっき稲武の町で聞いたからだ。はたして、それは、とある一軒の切妻づくりの古い民家で、入ってみると、裏へ通り抜け出来る庭があり、その奥に、馬のねぐらがあったことがわかった。馬方たちは、おそらく、こうした宿で、疲れ切った身体をよこたえ、かならず酒を飲んだことであろう。馬方たちの会話がよみがえってくる。

彼等は道中、「コロガシ・チョボ」と称するバクチをたのしみながら馬をひいていたらしい。大きなサイコロを足で蹴りながら、起伏のある長い山路の無聊（ぶりょう）をなぐさめたのだろう。

さっき通った根羽村にしても、この平谷でも、「信州中馬」の生活の面影は、一列に並ぶ街道町の家並みからも偲べる。この三州街道には、善光寺詣でや秋葉講の善男善女たちも通った。平谷のT字路でみた「丸谷旅館」の古びた造りからは、その当時の旅人たちの声さえ響くようであった。

平谷で休んだ宿での御馳走は、五平餅であった。ここは信州の南端にちかく、木曾の山々の始まるところである。三州街道の名が、伊那街道に変っている。しかし、飯田までは、まだまだ遠い。峠を、三つ四つと越えなければならない。飯田まで出る途中で、予期に反してその地形に見惚れたのは、平谷と浪合の村の間にある治部坂峠であった。

そこで、三州街道は、突然、高まった。地図をみると、千二百メートルちかい峠である。上りも下りも急斜面だったにちがいない。どちらの方角から来ても、それまで陽の光も充分差しこまない谷間の道をたどって来た旅人、馬方たちにとって、ここは、気分を一新させるような展望にめぐまれる。バスに乗って通り過ぎてしまってはわからないこの爽快な休止符。北に木曾の山々がひときわ高く、その全容をひろげている。

あの正面にもり上がるのがおそらく木曾峠、またの名を大平峠、伊那と木曾谷とをさえぎる難所、その奥でひときわ高いのが、おそらく、越百山あたりか。さすが、定期バスも、この峠では十五分ほど止って、乗客に山岳展望のひとときを味わせてくれる。しかし、すでにドライブ・インも出来ていて、バスの停るあたりは庭園風にしつらえてあった。こんな山中にも、現代人は、人手を加えたがるのか、と思った。

古い家並みの残っていた平谷の村のはずれにも、「平谷高原」などと書かれた別荘分譲地があった。こうして、かつての歴史的な道も、最近は単に避暑地といったイメージで人を呼ぶ傾向が目立つ。信州では軽井沢がそうだ。ここも軽井沢におとらぬ高冷地として売り出したいのであろう。

「治部坂」の地名には軽井沢ほどの魅力がないせいか、来てみてはじめて知る地形美だったが、峠というよりこの一帯は、たしかに夏も涼しそうな高原地形であった。

「明治時代の半ばに早くも牧場が出来たところです」

と教えてくれた村人の吐く息は白かった。このあたりには雪こそないが、北の行く手にひろがる木曾の山々の肌はまだ純白だ。

三河と信州の間には、この先、まだ大きな峠があった。治部坂の次は寒原峠。その名を聞いたとき、あらためて寒さを感じた。ここを越えればやっと信州飯田に近づくのか。

寒原峠の手前にある浪合という村の名にひかれて泊ることにした。

その夜、泊った宿は、中馬たちが通っていたころをしのばせた。

「武田信玄が関所をここにつくったんです」

という過去も、来てみて納得できる地形であった。この街道は天竜川にそって諏訪の方から通じている。南の方角は織田信長と徳川家康の連合軍を連想させる道で、長篠の戦いと言えば三河の一角、鉄砲をつかって連合軍は勝った。

　そんな鉄砲の音が聞えてきそうなこの谷間の村。武田信玄が死んだといわれる駒場はこの少し北だ。しかし、地元の人は武田信玄のことはあまり話したがらない。積極的に語ってくれたのは、「御所平」の過去、そこは名の通り、かつて高貴な人が住んだと思われる〝貴種流離〟の跡、浪合のすぐ東にある地名である。

　南北朝時代に東国に逃げた後醍醐天皇の皇子のひとり、宗良（むねなが）親王がひそかに住んだ谷間ゆえの地名である。宗良親王の息子だった尹良（ゆきなが）親王の墓がいまも街道のわきにある。その墓の前に立つと、東西南北が山で囲まれている地形を感じとる。どこにも出口のないような谷底の村。

　翌日、そんな環境を脱出するような旅情を期待して越えた寒原峠の印象が意外にあっけなかったのは、三州街道も国道一五三号線になってしまったせいだ。あっという間に、その下をくぐって過ぎた巨大な高速道路は「駒場」というなつかしい地名も、コンクリートの重みで圧殺していた。

　駒場は、名の通り、かつて馬たちの集まった牧場の異名だ。ここで「中馬」たちの馬も育てられ、また散っていった。西へゆけば神坂峠、そこを越えれば木曾谷に通じ、美濃、尾張からくる道は中仙道より古い東山道であった。

そこにいまは恵那山の下を貫くトンネルが出来てしまい、名古屋ナンバーをつけた車が、私の乗っているバスを追い越して行った。

三州街道のフィナーレは少々スピードが早すぎた。バスを降りた飯田の町で、少し心を落ちつけようと、喫茶店に入ってコーヒーを飲んだ。さいわいその店の窓ガラス越しにいま越えてきたと思われる寒原峠のあたりが見えた。ノートをとり出して、昨夜の宿でメモした歌の一節をあらためて読んでみた。

　葦毛小馬の中荷がすぎて
　登りかねたよ治部坂を

いまの私は、馬ではないが、歩きかねたよ、峠路を——という実感であった。

兎追いし彼の山

私が長年探し求めていた「ふるさと」の「ふるさと」をやっと発見した。二重の表現を妙に想われる方もあろう。最初の「ふるさと」とは、小学校唱歌の題である。あの「兎追いし彼の山、小鮒釣りし彼の川……」という歌詞ではじまる懐しい歌である。その歌をつくった作詞者の「ふるさと」が、どこであるか、を長年知りたかったのである。

それが大正初期から歌われながら、今日まで一般に知られなかったのは、ふつうの流行歌とちがって、文部省唱歌であり、作詞者、作曲者が公表されていなかったからである。

しかし、この歌は、戦後教科書がつくり替えられても、少年少女たちの教育方針が変っても、いつも歌われてきた。その歌詞の漂わせる永遠の「郷愁」が、妙なるメロディーとともに長じた大人たちの心にも、それぞれのふるさとを想い出させてきたのである。そして、この作詞者は、実は、同じ文部省唱歌で今日も歌いつがれているもうひとつの名作、「朧月夜」も作詞していたのである。

その名は、高野辰之、明治九年（一八七六年）生れ、ところは、信州の北の隅、下水内郡豊田村という山村であった。

そこは、今も、兎が跳び、小鮒のすむ昔からかわらぬ山村であろうか、春は、おぼろに霞む月が今も昇るだろうか、いや、「菜の花畑に、入日うすれ」とうたわれている菜の花が、今もその村の地表を黄色く飾っているだろうか。「春の小川」は、公害の今日でも、濁らずにさらさらと流れているだろうか。

私は、東京生れの東京育ちのせいか、少年時代に覚えて以来、頭を離れないこの三つの歌、とくに、「ふるさと」の歌は、その後、折にふれ想い出され、そんな村が本当にあるのだろうか、と今日まで、見果てぬ夢を追ってきたのである。

実は、この歌の舞台は、架空で、桃源郷を求める心が生んだものだろうと最近はあきらめていた。しかし、今年に入って、それが実在する村であり、そこに生れ、青春期までを過したある人の実感的作詞であることを知って、さっそく飛んで行きたいような衝動にかられたのである。

春はちょうど「朧月夜」を見せる季節が近づいていた。私は地図をひろげ、その信州の北の一隅を探した。下水内郡豊田村は、長野の町の東北、飯山の手前、千曲川の流れから少し西北へ入った、平凡な山村であった。「平凡」――そのイメージは、地図だけから感じたものである。行ってみれば、おそらく、意外に魅力のある村ではなかろうか。

とりたてて語られる名所も旧蹟もない。それが逆に私の心をひきつけた。「ふるさと」とは、平凡な、とある山村であってよい。特殊な地形や歴史がひそんでいる必要はない。この歌が、多くの人から愛唱されてきたのは、どこにでもありそうで、それ故にそれぞれの人が自分の故郷を感じとってきたのではなかろうか。村役場へ問い合わせてみると、そこに生れ育った高野さんは、この歌の作詞者で、作曲者の方は別人である。調べてみると、作曲をしたのは岡野貞一氏と言い、鳥取の出身のようである。鳥取市では近い将来、この歌を記念する歌碑を建てるという話であったが、私の目指す高野さんの故郷は、まだそんな晴れ晴れしい公開方法は考えていないようであった。

それなら、なおさら、今のうちに訪れてみたい。私には、想像した通り、その村が、アルプスのふもとのような環境ではなく、さして高くない丘のような山にかこまれた地形であることが気に入った。果たして、春の一日、私が降り立った小さな駅は、

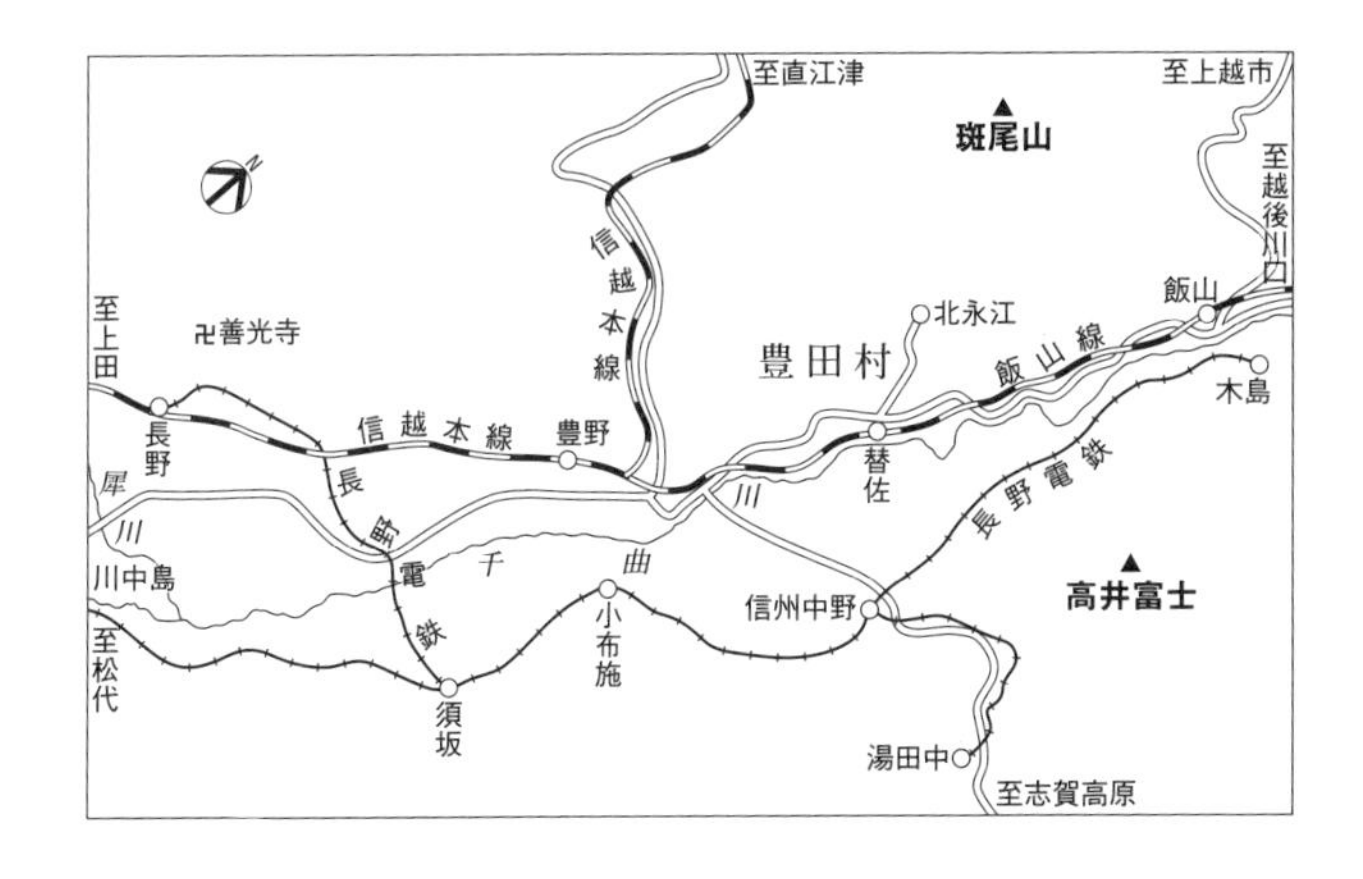

至直江津
至上越市
斑尾山
至越後川口
信越本線
飯山
北永江
豊田村
飯山線
木島
至上田
卍善光寺
長野
信越本線
豊野
替佐
犀川
長野電鉄
川中島
千曲川
高井富士
信州中野
小布施
至松代
須坂
湯田中
至志賀高原

「替佐」を「かえさ」と読ませる独特の名にふさわしい古びた駅舎を持ち、降り立った私を、たちまち一昔前の旅情にひき入れた。飯山線は長野の先で信越線と離れ、千曲川にそって越後へむかう。今も数えるほどしか列車を走らせないローカル線である。

高からず低からずの山のつらなり、その行く手に、斑尾山（まだらおやま）が千四百メートルちかい高さでひときわ高い。その手前に、目的の村はある。駅から約五キロ、来てみればバスも走っていた。

そして、行く手に見えたひとつの山村、それは、豊田村でも「北永江（きたながえ）」という集落であった。バスの停るあたりには月並みな商店街もあったが、少し歩くと、たちまち、農村に変った。この一見、平凡な丘陵にかこまれた村、これが、ある人の「ふるさと」だった。しかし、それは、もっと多くの人々が心に描く「ふるさと」と言ってもよかった。

斑尾山が百戸ほどの村を見おろし、地形上は周囲から隔離されたような別天地に見えた。少年だった頃の作詞者が、兎を追った山はどこだろうか、小鮒を釣った川は……。私は行きずりの村人に衝動的にたずねた。

「そこの斑尾川、マドロウガワずらな。今でもきれいですよ」

たしかに、急に大地を切り込んで運河のようにみえる小川は、小川というには立体的で、澄んだ雪解け水を滔々と流している。

「鮒はいなかったんね。鮒は濁った川にしか棲まんでしょう。おそらくヤマメかカジカだったんだろう。それを詩にするとき、フナに変えたんじゃなかろうか」

この推理は、けっして私を失望させなかった。詩人はフィクションをうたってもいい。文学がフィクションであるように、詩と現実が一致しなくてはいけないという規則はない。そして、この事実は、やがて訪れた高野さんの親族の口からも裏付けられた。

兎追いし彼の山　小鮒釣りし彼の川
夢は今もめぐりて　忘れがたき故郷

そこにうたわれているのは、ふるさとを離れた作者が、はるかに偲ぶ心のなかの風物である。

私には、こういう故郷がない。それ故か、物心ついてから、信州へ住みたいと願い、松本の高等学校に身を置いた。そして、今は第二の故郷のような気持でなつかしむ信州の一角に、このような「ふるさと」のオリジナルがあったことを改めて知るひとときは、当然ながら、この歌をつくった高野辰之という人物の当時の心境に想い及んだ。

彼の生れ育った家は、今訪れてみれば、その甥にあたる高野助之氏が孫たちと住んでいた。この人もすでに六十歳に達し、地元の郵便局を勇退し、時折、叔父の辰之氏が遺した文章や記録をとり出して、一昔前のふるさとを偲んでいる。その家が木の香も新しい造りであるのには、ちょっと失望したが、明治時代とはちがって、ここも文化の恩恵に浴している以上、郷愁だけを求める第三者の期待に応えることは出来ないだろう。そういう現実の変化を、私は批判したくない。とりまく風景はまだまだ昔のままである。現に彼の生家から数百メートル歩けば、あの「小鮒釣りし彼の川」にぶつかった。

それは斑尾山を源とする小さな掘割のような川で、両岸にオニグルミの木が並んでいた。その左右は細かく分けられた「田毎の月」を思わせる水田のひろがりであった。川から少しずつ高くなってゆく斜面の地表は、いわば千枚田といってよかった。そして小さな橋の上に立ったとき、ここで歌の作者は、鮒ならぬヤマメか、カジカを釣ったにちがいない、と思った。

「『彼の山』とは斑尾山だという人もいますが、そうとは考えられませんね、もっと手前の、その辺の山ですよ」

と助之さんは、私を導きながら言った。

「大正初期頃までは、このあたり、一面の菜の花が咲いていたんです。それが朧月夜の舞台だったんですよ。菜の花はこの村の財源でね。ナタネ油をとってそれを灯油にしたんですよ。ランプ時代が終るとともに姿を消してしまいましたが、わたしの少年時代には、まだまだ菜の花が一面に咲いていましたよ」

今宵もやがて朧月夜になるだろうか。私はそれを期待して、あえてこの季節に訪れてみたのだ。

「月は、あの東の方の、少し北よりから昇りますよ。そして南へ沈んでゆきますよ」

私はその情景を心待ちしたが、残念ながら頭上の大空は曇っていた。

菜の花畑に　入日うすれ
見わたす山の端　かすみ深し
春風そよ吹く　空を見れば
夕月かかりて　においあわし

大正三年（一九一四年）頃の作といわれるこの歌の情景は、今も味わえると思った。月の光と位置も、おそらくその頃とは変るまい。

「ここは飯山へ二里半、信州中野へ三里、飯山線がない時代は、雪深い僻地でね。半年が雪の中でしょう。だから、春の訪れが本当にうれしくてね。春が来たという実感が、春の小川の歌にも出ているでしょう」

春の小川はさらさら流る
岸のすみれやれんげの花が
匂いめでたく色うつくしく
咲けよ咲けよと　ささやくごとく

春は桃、桜が一度にひらく。やがてリンゴの花さく初夏がくる。小川は雪解け水の音をひびかせ、岸には菜の花のカーペットの蔭で、スミレが咲く。そこにうたわれているものは、花や月ではなくて、まさに、春のよろこびそのものだ。

「叔父は、雪深い冬も十歳頃までは、飯山の学校へ通っていましたよ。そんな苦労の歳月が、あとになって、なつかしい想い出に変ったんでしょう」

高野辰之氏は、この地元の小学校を出て、十歳の頃から飯山の町に下宿して、長野の師範学校へ通った。飯山に下宿していたのが明治中期だとすれば、氏の夫人が島崎藤村の『破戒』に登場する娘さん自身だということもうなずけるだろう。本名はツルエさんだそうである。週末には飯山からこの実家に帰り、ふるさとの実感を味わったのである。やがて、彼は国語を教える教員免許をとり、故郷を離れ、上田万年氏に師事した。国語学、音韻学の権威だった恩師ならば、弟子の高野さんが、作詞をしたのは当然だろう。しかし、今日の流行歌をつくる作詞家とはちがう。彼は三十歳をすぎたときから、文部省に身をおいている。やがて教科書の編纂委員になったが、その関係で積極的につくった音楽教科書の歌詞が、今日のように、巷でうたわれることはなかった。「文部省唱歌」ならば、おそらくは、教室の片隅におかれた古びたオルガンの音とともに、それをうたう少年少女の胸のなかで、あのメロディーが思い思いの「ふるさと」を浮び上がらせて、それぞれの生活環境をイメージアップさせたにちがいない。やがてこの歌はひとたびふるさとを離れた人々の心に、よりつよく訴えた。それは、日本の農村のもつ郷愁を象徴するような歌詞であり、第二節、第三節をうたうとき、すべての人に父母の顔を想い出させ、再び帰ることはないかもしれない故郷を浮び上がらせたにちがいない。作者自身は晩年、この村に帰ってきて、余生を送りながら変りゆく故郷の風物をなつかしんだようである。

いかにいます父母　つつがなしや友がき
雨に風につけても　思い出づるふるさと

そして作者自身も父母を失ってからは、おそらく、第三節の歌詞が、心の底に沁みたにちがいない。

志を果たして　何時の日にか帰らん
山は青きふるさと　水は清きふるさと

辰之氏は、かつて自らうたったように自分の志を果たした。彼の父は八十八歳の米寿まで生きていた。その間、氏ははるか離れた東京で父母の健在を祈ったにちがいない。四十歳の時には、念願の『日本歌謡史』の大著で、東大から文学博士の称号も得た。彼は東京にいる間も、時々帰省しては、父母と語りながら、故郷の四季をいとおしんだ。ひまがあれば、即興の歌をつくった。そんな風にして出来た短歌が、今、甥の助之氏の手元には沢山ある。

「七十一歳でなくなったんですが、晩年もグチは全くこぼしませんでしたね。温顔で、酒好きで、それでいていつも書斎で本を読んでいました。たまに居間へ出てくると、即興の歌を披露しましたが、自分で声を出してうたうことはありませんでした」

助之さんは、庭先に出来ている辰之氏の記念碑を見ながら、その一挙手一投足を想い出すように語った。その夕べ出された春の夜の食膳には、ナメコがあった。

「菜の花はなくなり、今はナメコがこの村の財源ですよ。次がお米、そしてリンゴです」

ナメコも郷愁の山の幸であった。冬は、歌詞と同じように、ウサギが村の山かげを跳ぶそうである。私は、さっき見た、この村の全景を思いうかべていた。今は豊田村、当時の永田村、そこは、東の丘から見おろすと、まるで絵のような農家をちりばめた起伏であった。

　心のふるさとは、健在だった。実景として健在だった。私は満ち足りた気持で、朧月の昇る宵を待った。

保福寺峠の瞑想

一

この峠を越えてみることは、三十年越しの念願であった。それをやっと最近果たした。この信州のほぼ中央にある峠への愛着は、実は、十六歳で、松本の高等学校に入学した時からはじまった。それで三十年越しということになるのである。

なぜ、その間、訪れる機会がなかったか。さして難儀な峠路でもなく、行こうと思えばゆけたはずなのに、何となく、時が経過した。松本に住んでいた三年間は、山岳部員になり、どちらかというと、日本アルプスばかりを評価しがちな血気にはやるアルピニストであった。松本の地平線をかざる山々のなかでも、「西山」とよばれるアルプスに眼を奪われ、「東山」と称する低い山々は、半ば軽蔑していたのである。この峠も、実はそんな「東山」の一角にあった。松本の人が、東山と呼ぶ山々の代表は、美ヶ原であった。保福寺峠は、その美ヶ原から北へつづく山なみの小さな窪みのひとつであった。付近に、名のある山はなかった。

松本にいるうちに、アルプスは極力登っておこう、低い山々の方は、そのうち行けるさ、歳をとっても登るチャンスはあるだろう、と思ったのだ。それが意外にチャンスがなく、ついに、三十年目ということになってしまったのである。

最初、この峠の名を知ったのは、高校に入って間もなく読んだ島崎藤村の『千曲川のスケッチ』のなかの一章であった。それは古い交通路で、歴史ある峠路のように思えた。藤村は登山を好んだわけではないから、美ヶ原などにはまったく触れていなかった。いや、美ヶ原などという高原は、昭和に入ってからはじめて世に知られたのである。藤村が小諸にいて、この峠のことを書いたのは明治末期である。私が松本に住んでいた頃でも、保福寺峠の名を語る人は、まったくなかった。もっぱら、美ヶ原が話題になり、そこへはアルプスへ行けない日の足馴らしと称して、三年間に二十回以上登った。その頂から北へつづく尾根を歩いてゆけば、この峠へ来るはずだが、歩くひとはいなかった。道も定かでなかった。美ヶ原の北は、せいぜい武石峰、三才山峠ぐらいが語られるだけであった。三才山は松本からもよく見えたので、三才山峠だけは越えたいと思い、これは果たした。

保福寺峠は、三才山峠のさらに北にあった。時が経てば、やがてバスが通い、藤村の描いた頃のイメージはなくなり、その変りはてた姿に失望する時が来るだろう、と思った。

しかし、不思議なことに、この峠は、最近まで変らなかった。奇蹟といってよかった。それで、あえて、三十年目の宿願に挑んだのである。

二

何故、この道路開発時代に、この峠だけが昔のまま、戦後二十年以上の年月のなかに埋れていたか。それは、この峠が意外にけわしく、車を通すなら、別の峠の方がよかったからである。保福寺峠の北にある青木峠、地蔵峠の方に、戦後いちはやくバスが通った。この峠は、松本と上田を結んでいる。その頂点では日本アルプスがずらりと車窓を飾る。上田側へ降りはじめると、浅間山が地平線を飾る。

信州の中央部なら、年ごとに観光地化し、この保福寺峠も相前後して、こうした交通路と化すにちがいないと思ったが、そうではなかった。年ごとに美ヶ原が人を集めても、保福寺峠は人々の視野には入らず、逆に語る人とてなくなった。そうなると、

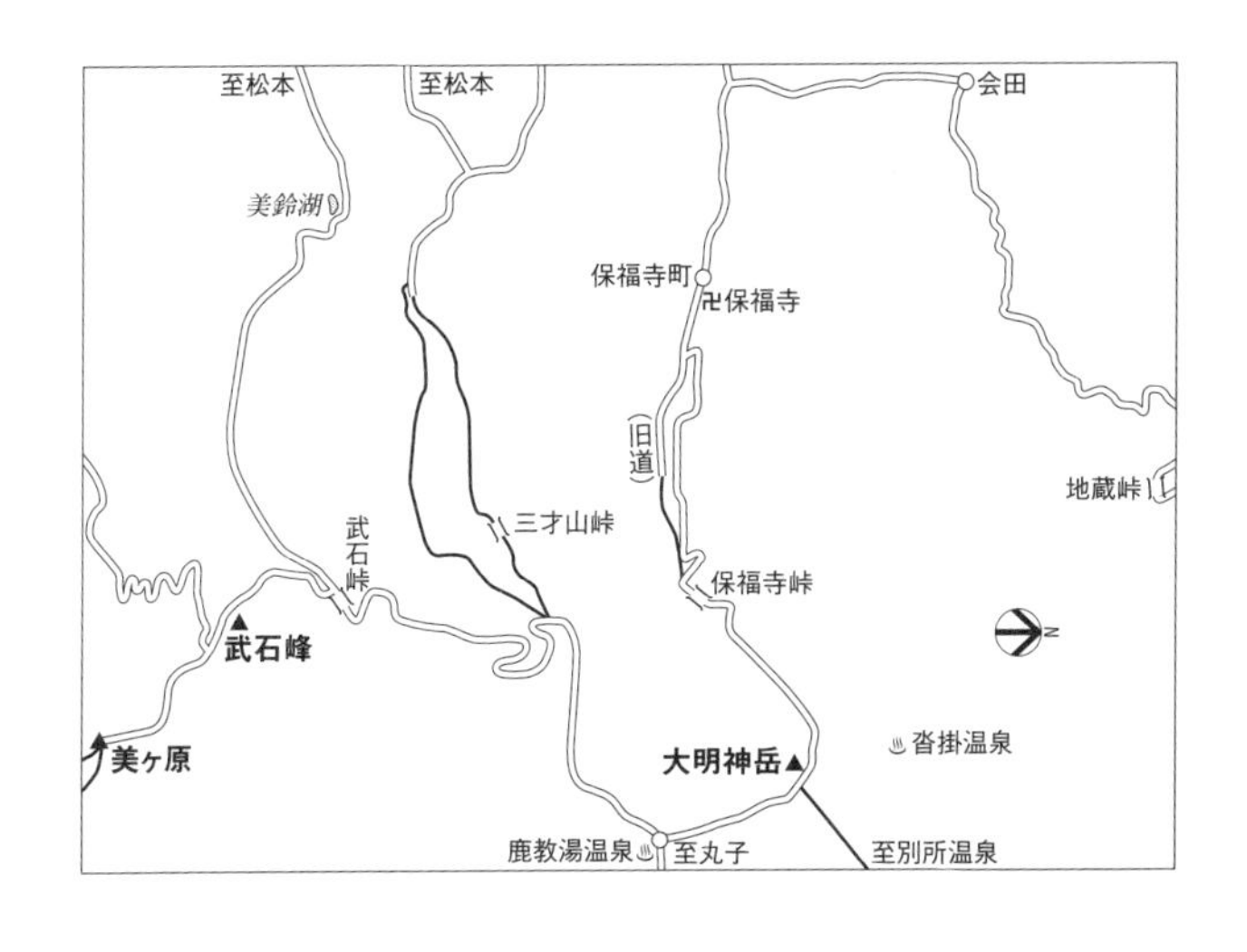
至松本
至松本
会田
美鈴湖
保福寺町
保福寺
旧道
地蔵峠
三才山峠
武石峠
保福寺峠
武石峰
美ヶ原
大明神岳
沓掛温泉
鹿教湯温泉
至丸子
至別所温泉
N

逆に私の関心は強まった。

春浅い信州の安曇野、松本へ久しぶりに降り立った私の視界には、なつかしい美ヶ原のすがたがあったが、この町から保福寺峠は見えない。しかし、今日は、歩いてあの峠を越すのだ。幸い、バスが麓の村まで通っている今日だ。そして、峠を越える旅情もさることながら、私が見たいものは、まずその麓の村に残る宿場のすがただった。なぜなら、その村の名こそ、まさに、保福寺と呼ばれ、その名をもつひとつの寺があるはずだった。

「ホフクジへゆくバスは?」

と聞くと、一日二回しかないことを知らされると同時に、

「ホウフクジずら」

と言い直された。ホフクジではなかった。地名を知ったかぶりして発音することが反省された。このバスがそこへゆくまでの地名も、既成知識が通用しなかった。「錦部」は、ニシキベではなくて、古くは「錦織」と書いてニシゴリであった。

松本に住んでいても、こんな村があることを長い間知らなかった。そこは、信州でも陸の孤島のような山ふところであった。錦織は帰化人が住んだという説がある。保福寺はそのさらに奥にある。

ゆきどまりのような地形だが、実は、この道が峠となり、かつては上田へ出る唯一の交通路であった。保福寺峠越えの道こそ、「東山道」であった。東山道と言えば、中仙道がつくられる前の街道であり、美濃、伊那、信州を通って、上州、北関東へと通じていた。木曾路に中仙道が出来る以前は、この保福寺峠は、幹線道路だったのである。それ故に、立派な寺も出来た。保福寺は、曹洞宗の寺であった。その寺を中心に人々は住み、やがて宿場となった。

郷愁をただよわす宿場町である。そこには予期しない「本陣」の建物があった。本陣を訪れた突然の客は、意外な好意をもって迎えられた。小沢利一郎という名刺を貰った。この人が現在の本陣の住人であった。山登りのベテランでもあるようである。名刺の肩書には「長野県山岳協会会長」とあった。

「一度建て替えたので、そんなに古くはありませんが六十年は経つ本陣です。中をごらんになりますか」

と快く請じ入れてくれた。

薄暗い内部は、冷やかな土間を入口にもち、家自体は十間四方のひろさだそうである。黒々とした天井は長年たかれた煤で蔽われている。立派だ。あと五十年もたてば貴重な文化財になるだろう。

「私の先祖は、この裏山にある砦を守る守備隊長だったんです。ここは東山道の関所みたいなところですから、見張り役をしていたんですよ。宿場になったのは、徳川初期からです」

江戸時代は、間道と化したのだろう。東山道時代は、この家の前の道が上田の国分寺と松本の国分寺を結ぶ唯一の道だったのだ。『万葉集』にも歌われている峠路だそうである。そして、山岳会を主宰している小沢さんならではの話として、

「ここはアルプスに初めて登ったウェストンが通っているんですよ」

という事実が私をよろこばせた。そうだったのか、それで島崎藤村もおそらく来てみたにちがいない。日本アルプスの名付け親とされているウォルター・ウェストンといえば、当時の英人宣教師である。クリスチャンだった藤村には注目に値いする存在だったにちがいない。

「ウェストンはこの峠を越えて上高地に入ったんです。明治二十四年です」

思うに、まだ中央線のレールは松本までは敷かれていない。おそらく、信越線で上田まで来て、この峠を越えたのだろう。

しかし、今は人影もない。ウェストンの話に興味を示した私に、小沢さんは、本陣の建物の奥は明治調の洋館です、ごらんになりますかと案内してくれた。この建物が

また何と郷愁をそそることか。珍品である。ふるさと再認識で、最近は、こうした古い民家がさかんに発掘され、紹介されているが、これは、隠れた逸品である。

人々は、しきりに、こうした過去の遺産を探しもとめる風潮にありながら、自分たちの眼でそれを発見しようとはしない。宿場といえば、中仙道の妻籠(つまご)が名を売り、ひろい信州でも、郷愁の風景は、あそこにしかないように思い込んでいる。

今、これから歩こうとする保福寺峠にしても、私が、こうして書けば、そんないいところがあったのか、と訪れる人がいるかもしれない。観光ブームの時代の悲しさは、このあたりでも、美ヶ原にばかり、人々の話題があつまる。あつまることによって、そこが俗化する。そして俗化の犯人たちがそれを嘆く。

「歩いて越されますか、この峠は六里ありますよ」

と小沢さんは言った。上田側は急な山肌で断崖にちかく、そういう地形だから、バス道路に出来なかったのだそうである。猪も避けたという急な山道だというのである。と聞けばわかるように、これから歩く峠までの松本側はさして急ではないということになる。

「この峠を通って、毎日中学校に通った人がいます。先年亡くなった東急の社長の五島慶太さんですよ。あの人は、峠のむこうの青木村の殿戸という村の出身で、当時、中学は松本だったので、歩いて通ったそうです。旧姓は小林さんと言ってね」

おそらく、片道十里以上はある。ウェストンに負けたくなかったのだろうか。ちょっと信じられない。

「いや、三日間しか通わなかったとか、一週間続けたという説もあります」

それにしても、たいへんな努力家である。そういう人たちのことを思えば、この峠越えで疲労した、などと言う弱音は吐けない。散歩のつもりで越えなくてはなるまい、と言い聞かせ、私は、早春のウグイスの鳴く峠路を歩きはじめた。しかし、三十分も歩かないうちに、時代の変化に気づいた。道は舗装されている。乗用車が一台、私を追い抜いた。なんだ、車も走れる道だったのか。たったひとりの徒歩旅行のたのしさが味わえると思ったのに……。

最奥の民家で私は尋ねた。旧道をたどりたいという希望をのべると、意外にも、旧道はもう歩けないとのことであった。やはり、開発の波はここにも押し寄せていた。旧道は、この少し奥でダムと化し、道は消えていた。仕方なく、新しく開かれた車道をたどった。

しかし、幸いにして、間もなく土そのものの道に変り、私を追い抜く車は、なかった。ひとり旅の旅情が身を包んだ。そして、登るにつれて、足もとの高さは増してゆき、一時間も歩くと、背後に、白いアルプスがその全貌をひろげた。ああ、まさに、正面は、常念岳のピラミッド。この峠路は、あの三角錐のような常念岳の最もよい展望台であった。この山は松本の町から見るとやや斜めから眺められるが、ここでは、本当に真正面になる。この常念岳こそ、槍ヶ岳よりも穂高よりも、個性的で心に残る山である。

あの山あっての松本の風景であった。あの山をみていると、私は青春時代にひき戻される。松本高校山岳部員のひとりであった、あの二十歳前の私が今よみがえってきた。私は、思わず、その頃山でよく歌った高等学校の寮歌を口ずさんだ。

雲にうそぶく槍、穂高
天馬の姿いさましく
乗鞍、白馬みな友ぞ
燃ゆる瞳をいかにせん
さらば、いざ立て若き児よ
諸手をひろげよじ登り
男(お)の子のちから試しみん
信濃はうれし夏の国

一節をうたい終って、ふり返ると、アルプスのスカイラインは、常念岳のすぐ背後にあの槍ヶ岳と穂高を見事にのぞかせていた。歌はやめて、私はスケッチに移った。槍ヶ岳はまさに、日本のマッターホルンであった。ここから見る槍ヶ岳は、美ヶ原からのぞく角度よりもずっと立派で、急な三角形で天空にそそり立っている。その左の穂高がまた、あの奥穂・前穂・北穂をすべて見せて、彫刻的である。

おそらく、明治中期にここを通った山好きのウェストンは、日本アルプスに登らぬ前から惚れこんだにちがいない。

私のいる高さは、海抜千メートルを越えたのである。私は望遠鏡で、穂高の白い山脈を拡大してみた。まさに、春は遠い雪深い山頂群。前穂高の三峰、四峰がなつかしく双瞳にちかづいている。安曇野に春は来ても、まだあの山には春は遠い。

眼下に、保福寺の集落、その先に、会田あたりの村々。会田といえば、江戸時代には、二十軒も旅宿があった。今はわずかに一軒。あの道傍には「右、いせ道、左、ぜんかうじ道」と刻んだ道しるべがあった。今、この会田の少し先を走っている鉄道のレール。あれが出来てから、この会田はすっかりさびれた。松本と長野をむすぶ道は、篠ノ井線というレールに変った。

松本で逢った会田の村人の言葉を、今改めて想い出した。

「大正時代までは、会田も保福寺もにぎやかだった。繭の仲買人がいつも泊ってくれてね。鉄道が出来てからは、さっぱりだんね。陸の孤島ずらね。保福寺、あれほど静かなところはないんね」

たしかに、町並みはしずかだった。あれで百戸もあったのだろうか。そんな思いにふけるころ、私は、峠の頂点に達していた。

ドライブ・インを兼ねた茶店が一軒あった。私は、そこで新しく視界をひらいた千曲川の谷間をみた。

ここで信濃の国は、二つに分れているようであった。その東西にひろがる眺めは、「大和まほろば」に代る「みすずかる信濃の国」の見飽きない大地の起伏であった。

花と石畳と一里塚

一

中仙道というと、人々は木曾の馬籠（まごめ）や妻籠あたりを語りすぎる。申し合わせたように、まるで、旧街道の郷愁は、ここにしかないかのように、人々は訪れる。

ひろい視野が欲しい。他人が評価したものを後追いする傾向がありすぎる。旅は普及したが、旅する人に「自分で発見する眼」がない。

中仙道は、東京の板橋から、軽井沢を通って信州を斜めに貫き、木曾路へ入るが、木曾路の部分だけが妙に話題になるのは、そこに鉄道が走り、訪れるのに便利だからである。木曾路が終って、美濃に入ると、中仙道は中央線のレールから離れ、車窓から消える。といってドライブする人も通らない丘陵地帯を貫いている。岐阜県の南部である。このあたり、地図をみると、今なお郷愁をさそう宿場が点々とあるように思え、私にとっては十年越しの久恋の旅路であった。

そのひとつ、大湫の宿は、長い間、なんと発音するのか、難解な地名であった。それ故か、逆に、妙に心をひかれた。辞書にも出ていないようなこの文字を使った町は、「オオクテ」と読むのである。「クテ」とは何か。そう思って、次の宿場の名をみると、「細久手」である。「湫」は「久手」の別な書き方であることを知ったとき、ぜひ、この二つの宿場の間を、二本の脚で歩いてみようと思った。今日でもバスは通わない道である。

この二つの宿場へゆくのも不便だ。仕方なく、中央線は瑞浪の駅から車を走らせて、細久手で降りた。そこで見た宿場の家並みは、期待に反しなかった。「細久手宿」——真新しい案内板は、次のように説明していた。

慶長十五年（一六一〇年）に新しい宿として設けられ、江戸から四十八番目、宿内の戸数六十~七十戸、うち、旅籠屋二十五~三十五軒で、助郷十四ヵ村の人々が宿を助けて人馬役を負担した。姫様道中では、楽宮、寿明姫などが降嫁の際にここを通っている。

舗装はしてあるが、左右の家並みの半ばは、江戸時代を偲ばせる。歩けば五分で終る長さだが、ほぼ真中に、「大黒屋旅館」が当時のままの造りである。脇本陣まである。縦にのびる細かな連子格子と出格子が独特な木地をみせて芸術的である。玄関は、昔のまま、大きく開いている。馬にでも乗って「たのもう」と入りたくなる雰囲気である。

このあたり、江戸へ約九十里、京へ約四十里という道程である。中仙道は木曾川をはるか北に離して、今歩き出した私の視界は小高い丘の上である。この丘は馬の背のようになった海抜五百メートルほどの高みで、北も南もひろくひらけている。十分と歩かないうちに、道傍に、小高く盛り上った土塊をみた。雑草が生い茂っている。その下に立札がある。まさに一里塚である。これは珍しい。今や、全国的にも一里塚は稀少価値だ。

> 高さ四メートル、直径十二メートル、中仙道に残る数すくない一里塚のひとつ、ここから加賀の白山、木曾御嶽、木曾駒ヶ岳がよく見える。

と書いた案内板がある。たしかに、晴れ上った初夏の地平線にはそれらしい山のスカイラインが指させた。中仙道が木曾を通っているあいだはこうしたひろい視界はない。それだけに、この丘陵の上を歩く旅のひとときは昔の旅人にとっても印象に残ったにちがいない。

おそらく、この日、この時刻、同じ中仙道の妻籠の宿には、復元した宿場町にあこ

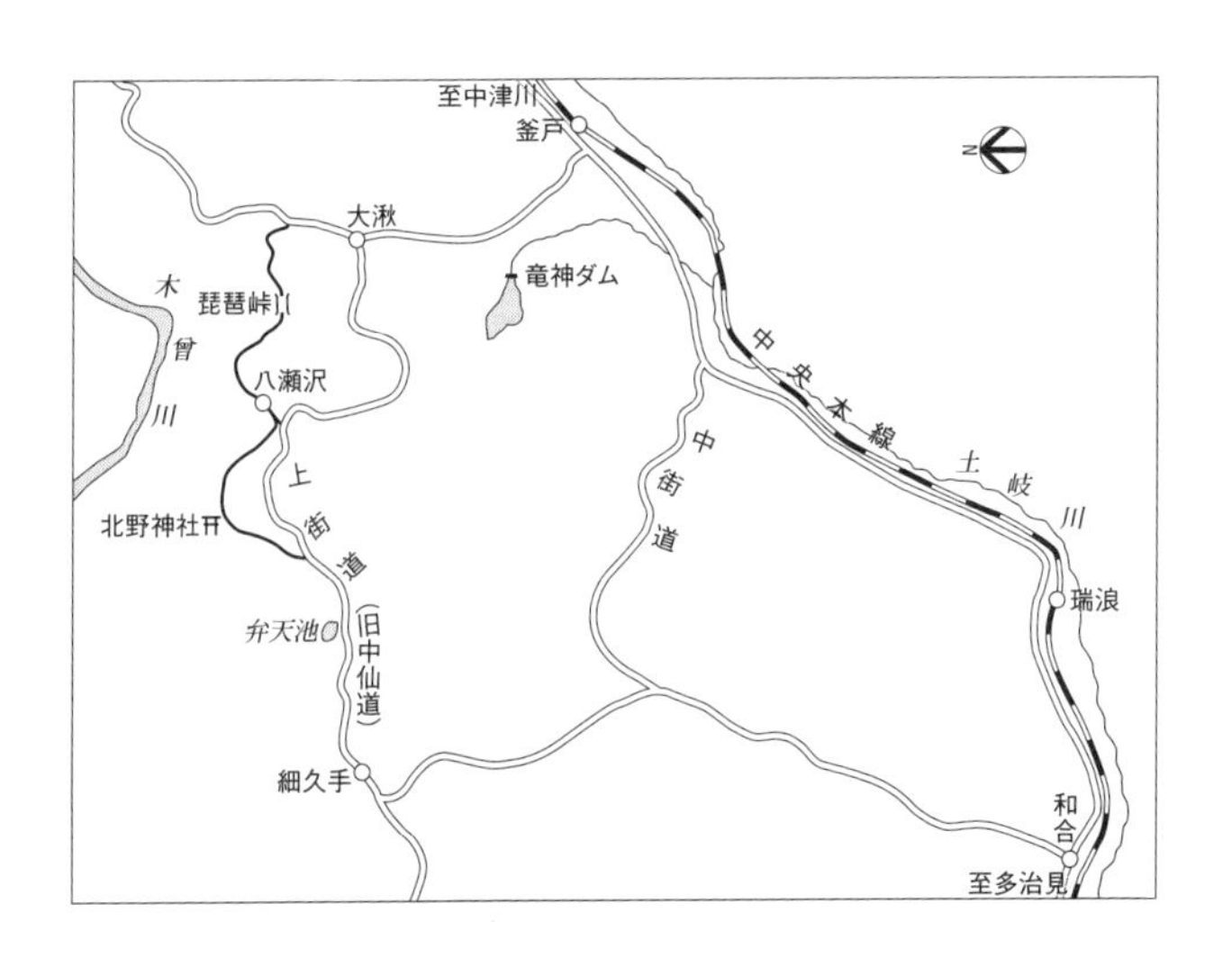
至中津川
釜戸
N
大湫
竜神ダム
木曽川
琵琶峠
八瀬沢
上街道
北野神社
弁天池
(旧中仙道)
細久手
中街道
中央本線
土岐川
瑞浪
和合
至多治見

がれて群なす人が訪れているにちがいない。しかし、この同じ中仙道の人影ない静けさはどうだ。国道ではない。何号線という名もない。舗装されているのが現代を思わせるが、私を追いぬく車もほとんどない。山中でもないのにリュックサックを背負っているのが少々気になるが、それだけに心は江戸時代の旅人気分になれる。左右から山のせまった木曾路を抜け出した昔の旅人が、この明るい尾根道を歩くときの爽かな気持が思われる。細久手から約三十分、左手の道傍に小さい池を見た。弁天池という立標がある。みると、池の一部には鮮やかすぎるほどの紫の花の群落がある。池のふちをいろどるこの美しい初夏の色彩。それを見た瞬間、ああ、カキツバタだと思った。水郷のアヤメと人々は呼ぶが、実はあれは水辺に咲くのだから、正確には、カキツバタかショウブの花である。アヤメはやや乾いた大地に咲く。

カキツバタは見るからに、アヤメよりずっと大きく立派だ。『伊勢物語』で在原業平が東海道筋の八橋(やつはし)のカキツバタを絶讃してから、後世、多くの旅人、文人墨客が必ず話題にして訪れて、その旅情を味わってきたが、こんな山上の、とある小さな池に、こんなに見事なカキツバタがあったのか。私は、それだけで、今日の中仙道の旅は充分だと思った。

私は十分以上もその紫の花にみとれていた。舗装道路のわきなのに、人影も車もない。カキツバタは無心に咲きほこっている。初夏に来てよかった。池は長さ二百メートルほどしかないが、みているうちに、ここは、おそらく、池底から自然の湧水が絶えないのであろうと思った。それは昔の旅人にとって、喉のかわきをいやすオアシスであったにちがいない。そして、池畔に立つ案内板によって、この池が江戸時代からカキツバタをひそかに毎年咲かせてきたことを知った。

蜀山人――江戸時代の文人、別名、大田南畝がそれを書いている。「左の方に小さき池あり、カキツバタ生い茂れり、池中に弁財天あり」と。いや、おそらく、蜀山人が訪れた時より、はるか昔から、このカキツバタはそこに咲いていたのではないか。『伊勢物語』の八橋のように、人通りが多ければ、いち早く有名になっていたかもしれない。それだけに、知られざる傑作を発見したような気持になり、うれしかった。

初夏の陽ざしが紫を輝かす。かすかに花弁が揺れる。池の水こそ青くはないが、蜀山人が記録した通りの弁財天が池の真中にぽつんと建っている。その祠のなかの御本尊と思われる石像をさすり、裏面の文字を判読してみようとしたが、風雪に削られて定かには読めなかった。しかし、蜀山人の時代から数えても百五十年以上の風雪に耐えているはずだ。

カキツバタよ、永遠に咲け。『伊勢物語』に書かれた東海道のそれに負けずに、初夏が来たら、かならず咲け。そう言いたい気持で弁天池を見送った。

二

紫の花の色が脳裏から消えないままたどる旧中仙道の初夏の行く手には、相変らず人影なく、快い汗が肌を蔽った。北野神社を通るみちをさけ、直線の街道を歩き、やがてみたのは、八瀬沢の集落。そこを出はずれるとあたりは急に百年以上前の街道風景に変った。細久手を出てから約一時間である。琵琶峠と書かれた道へ入ったのである。いや、この山路が、本当の中仙道であった。それは、全く昔のままのように思えた。こんな道が残されていたのか、と疲れを忘れて足を早めようとしたとき、私の脚は、昔そのままの石畳を踏んだ。瞬間、私はタイム・マシンも用いずに、江戸時代の旅人の気分になった。そして次の瞬間、みた立札の文字、それは、間違いなく、この石畳が、中仙道の名残りそのものであることを証明していた。

琵琶峠は、もと湿地の多い峠路でした。この石畳は少しでも旅する人が歩きよいようにと敷かれたものです。昭和四十五年に発見され、日本で一番長く約六百メートルあります。

私はまた、そこにひとときの瞑想をもたざるを得なくなった。リュックを降ろして、左右から生い茂る草を分けて、石畳の上に、どっかりと腰をおろして、あたりを見廻した。眼の前をモンキチョウが一羽舞って、私の想いを祝福してくれた。あたりをゆっくりと味わおうと思って、少しゆくと、右手に小高い大地の盛り上がりがある。これが今日みる二番目の一里塚であった。そして、さらに歩き廻ると、石畳からちょっと入った空地に、真新しい便所と丸太づくりのベンチがあった。出来たばかりの野営施設かと思われた。これが東海自然歩道を歩く人のための休憩所であることを知った。

私が今歩いてきた旧中仙道が、今では東海自然歩道となっていることは、旅に出る前から知っていたが、歩く人とてない感じから、まさか、こんな施設がかくれているとは想像もしなかった。便所には汚物の臭いがなく、木の香りが漂っていた。便器も私が最初の使用者であるかと思われた。ベンチも焼却炉も人待ち顔で、十分坐っていても、森閑としていた。私の頭の廻りをふたたびモンキチョウが舞い、よく来たぞ、琵琶峠はいいぞ、というかのように何度か旋回して消えて行った。

踏む石畳はあっけなく終ったが、行く手は小さな峠となった。これもたちまちその頂点に着いた。ものの十分ほどだった。しかし、その峠から見えた遠い山はおそらく伊吹山であったろう。東にかすむ山は木曾の恵那山か。

峠を降りるのも五分の短さだった。そして、その降り口に見出した古い石標が、今味わってきた峠の由来と過去を教えてくれた。「文化十一甲戌初秋」と刻まれた文字は少しも磨滅せず明瞭で、その傍らの説明板がこの峠を歩いた文人墨客の気持を彷彿とさせた。

この峠から西を望むと鈴鹿の山まで見えることを知った。木曾路とくらべれば、峠というほどの感じはなかったが、美濃十六宿のなかでは一番高い峠だと書かれていた。

こうして、二十分後には、大湫の宿場町に着いた。オオクテ——妙な名だが、大久手と書いてみれば、「細久手」とともに「久手」という共通の、平凡な二文字がのこる。聞いてみると、久手とは、湿地のある凹地であった。地形的表現である。そう言われてみればこの二つの宿場は、ともに山のふもとにあり、低地である。低地といっても山中の谷間ではない。水田も地味のよさそうな環境である。

大湫は細久手よりも古めかしかった。脇本陣の家が昔のまま残っていた。そこは中仙道からひときわ急に高くなった山の斜面を石段にして梅の古木が二本左右に旅人を迎えるように立っている。立派な門、その傍には椿、奥にひかえた脇本陣の建物は、固く閉され、叩いても人声すらない。しかし、二百年は経たかと思われる木肌は少しも朽ちていない。正面の白壁には「梅鉢」の変形と思われる家紋が直径一メートルの大きさで鮮やかに目を射る。

　バスを待つ間、地元民らしい初老の男にきくと、この宿場は三、四度大火に遭って、昔の民家は数えるほどしかないとのことであったが、一番古い民家を指さし、あれは享保年間のものと教えてくれ、本陣は焼けて、脇本陣だけですと言った。その脇本陣は無人かときけば、家主は他地に住み、時々帰ってきて空気を入れているとのことであった。門前の梅だけが、菅原道真の歌のように、主なしとて春を忘れずに毎年咲くのだそうだ。門を入ろうとすると、梅の香が漂ってくるのである。

　この脇本陣、中は見られなかったが、入口の説明板によると、十九室、一五三畳、別棟が六つあったと言い、今は半分の規模しか残っていないが、享保十一年（一七二六年）に中仙道四十八番目の宿場の一夜の宿として誕生したのである。

　人通りもほとんどない初夏のひるさがり、もちろん旅行者の姿は皆無で、私はなかなか来ないバスを待ちながら、背後の高い山を見上げていた。大湫名物、神明様の大杉が見えた。この大杉も蜀山人が記録している。樹齢千二百年と言うだけあって、天空にそそり立っている。あの杉に聞けば、見おろす中仙道の過去がすべてわかるだろう。残念ながら杉は声もたてないが、火事にも耐えてきたのだろう。

　徳川家康が慶長九年、宿制をつくったとき以来、急に人通りを見せたこの宿場、いや、この古杉にいわせれば、私はまだここに細々とした道しかなかった奈良時代のことから知っていますよ、と答えるかもしれない。千二百年前と言えば、中仙道がまだ東山道とよばれていた時代である。僧の行基が初期の宿場づくりに東奔西走していた頃である。

大杉は、徳川三百年の参勤交代の大名行列もはるか高い梢から見下ろしていたことであろう。日本も変ったな、今は舗装になってしまった。俺の栄養源の大地もだんだん狭くなる。俺の寿命はいつまで続くだろう。せっかく千二百年生きながらえてきたのだ。クルマは困る。東海自然歩道と名づけたのだから、今後は若い「歩く人間」たちだけにしてもらいたい。そんなセリフが聞えてくるような初夏の夕べであった。

しかし、私の待つバスはついに現われなかった。その日は日曜日で、夕方のバスは運休であった。仕方なく、とある店からタクシーを呼んでもらい、忘れられた中仙道の不便さを改めて思った。かつての天下の大道も、今日は逆に僻地と化した。私は一緒にバスを待っていた地元の人を二人便乗させて、名古屋へ向かった。やがて中央線のレールが見えた。国道十九号線には初夏のドライブをたのしむ車が絶え間なく往き来していた。

語られざる阿武隈山地

　みちのくと一口に呼ばれる東北地方のなかでも、戦後は、岩手県下の不毛な山地一帯を人々は「日本のチベット」などと形容して、その不遇な生活に同情したが、その後、このあたりは三陸ブームと言ってよいほどの人出をみている。同じ東北地方でも、仙台より南の阿武隈山地が意外に話題にならず、いわゆる非観光地帯になっているのは不思議だ。

　おそらく、何か理由があるにちがいない、と思っていた。仙台に大学生活を送り、「白河以北一山百文」というイメージで呼ばれた東北一帯に江戸ッ子として同情もし、一時的にもみちのくの住人となった私としては、仙台の北と南で、どうして、こうも第三者の受けとり方がちがってくるのであろうか、という素朴な疑問があった。

　どうみても、北上山地とくらべたら、仙台の南にある阿武隈山地の方が暖かく、チベット的風土ではなく、東京からも近いし、話題になってもいいはずだ。それが逆に、盲点のようになっている。共通していることは、とくに高い山もなく、温泉もない。阿武隈山地への人知れぬ私なりの同情は、とくに、霊山（りょうぜん）より南の福島県南部であった。そこは、東の太平洋岸に常磐線が走り、西の会津との間には東北本線が走っているという現状である。この二つのレールにはさまれた一見平凡な山地、この一帯の生活はどうなのか。戦後二十年経っても、地元民のさしたる声もない。あえて、話題になったと言えば、葛尾（かつらお）村で「熊沢天皇」が名乗りをあげて、われこそは正統の天皇なりと言い出した人のひとりが、この山中の一隅にいたということである。

温泉がなくては、旅先として魅力がないと思われていた戦後十五年間くらいは、この阿武隈山地が温泉や名山にめぐまれた奥羽山脈ほどもてはやされなかった理由はわかるが、歴史ブーム、郷愁の地が旅情の第一条件となってきた最近の十年間でも、相変らず語る人のないのはどういうわけか。私は、そんな年来の気持を秘めて、初夏の一日、常磐線は、「大野」という小さな駅に降り立った。

なぜ、こんな駅に降り立ったか。実は、以前から、気になっていた地名がその駅からはじまる街道上にあったからである。それは、福島県のほぼ中央部であり、西へほぼ直線に阿武隈山脈を横断すれば、郡山にむすばれ、その間に、「都路街道」という名がついていたからである。この街道のほぼ中央に都路村、その村の中心と思われる

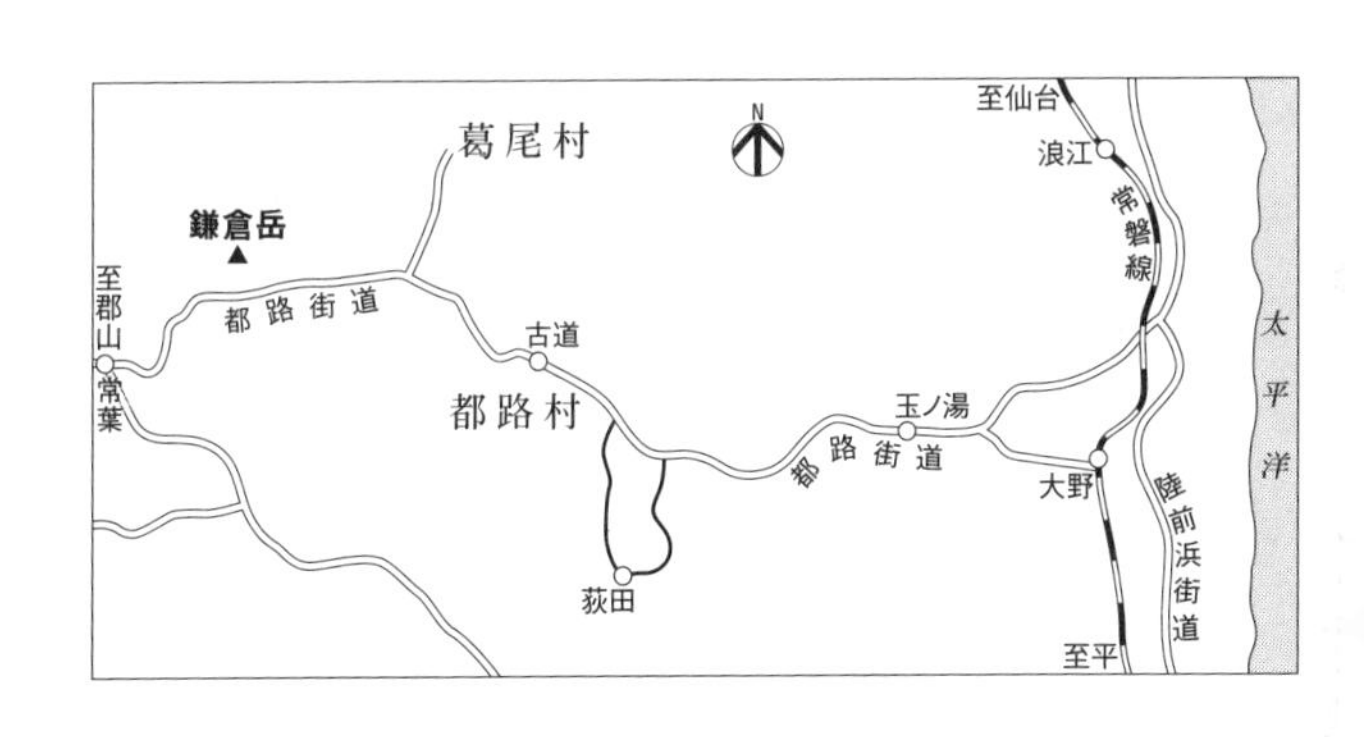
至仙台
浪江
常磐線
葛尾村
N
鎌倉岳
至郡山
常葉
都路街道
古道
都路村
玉ノ湯
都路街道
大野
太平洋
陸前浜街道
荻田
至平

あたりに「古道」という名の村落があることを、十年越し、気にしていたからである。何と郷愁をさそう地名であることか。

「都路街道」と呼ぶ以上、「みやこ」があったのか。いや、「都」と言えば、京都からはひどく遠いし、江戸へも通じる道ではない。仙台が「都」であったはずはなく、東西に走る街道だから、参勤交代の大名も利用したはずはない。おそらく、「ツロ」と発音するのだろうと思った。それにしても、「古道」——コドウとは旅情がある。この街道を歩いて古道と言う集落へ泊ってみよう。しかし、大野という駅で降りて、バスの来る時刻を地元の高校生に尋ねた瞬間、私は、自分の空想のおろかさを知らされた。「都路」は「ツロ」ではなく、まさに「ミヤコジ」であった。やっぱり、「都」に関係のある道だったのか。「古道」——「コドウ」までバスは走っているか？　と聞いたとき、高校生は納得のいかぬ表情をして、少し考えこみ、「ああ、フルミチですか」と笑った。

旅行通を自負し、歴史への関心にもイマジネーションが必要だとつねづね思っていた私が、見事、期待を裏切られた一例である。しかし、そういうことがあるから、旅は永遠にたのしい。さあ、きっと何か、この山中には意外な過去がひそんでいるぞ、と私は思った。

「都路」——これをミヤコジと読んだのは、いつごろからだろう。町村名変更の産物か、と思った想像も、やがてくつがえされた。旅路に対する一方的推理が次々と否定されてゆくたのしさ。私はバスの車中、窓外の風景と地図とひきくらべながら、夢中で過去への興味をつのらせていた。

左右はやがて十和田湖の奥入瀬溪谷を思わせる緑の林間を走る。こんなゆたかな樹々の茂りと、それにそう川の流れがあったとは。人々は十和田や北上山脈を妙に話題にし、こういう手近な山路を目指そうとしない。旅行者の影は見えず、左右はバスの屋根を蔽うほどの自然林のトンネル。駅から二十分ほど走ると、玉ノ湯という二軒ほどの宿があったが、沸かし湯にしては環境もよく、いいところだ。帰りに泊ることにするか。二軒とも比較的新しい建物だが、古くからある温泉だろうか。古道とは、本当に昔からある古い街道上の村なのだろうか。

地名への想いが興奮させる旅路はここに限らなかったが、今日は、とくに謎解きに近いたのしさがある。やがて古道の人家が行く手に見えた。阿武隈の山々は低いが、好感のもてる穢れのない山々ではないか。奥入瀬溪谷に劣らない溪流を縫って走ったあと、ひくい峠を越えて見えはじめた視界は、さながら、ひとつの桃源郷であった。北上山地とはちがった空の明るさ。地図をみると、ここが「都路村」である。古道はその中心の集落だ。

　おそらく、過去を語ってくれる古老がひとり位はいるだろう、と思って、運転手やバスガールにたずねると、やがて加藤亀蔵さんという旧家の老人の名が出た。さっそく訪ねると、さあ、この村には、古文書はないね、ほとんど焼けてしまっているから、正確なことはわからんよ、とちょっと失望させられたが、長火鉢の傍で語りはじめたこの村の過去は、次第に私を興奮させて行った。

　私が知っているこの阿武隈山中の過去といえば、ここからはかなり北に位置する霊山という修験道の山に、南北朝時代、北畠親房やその児の顕家がたてこもって、北方の敵と戦った。それ以前は鎌倉に進出した源頼朝が北上して、この福島県の北で、地峡のようになった厚樫山（あつかし）を利用して平泉の藤原泰衡と戦っている。しかし、頼朝がこの山中には足を入れたはずはない。今の東北本線ぞいに白河から須賀川を通り、福島市の北へむかっている。

「都路街道」という名が古くからあるとすれば、おそらく誰か、都へ往復するのに利用したにちがいない。それにしても、都へゆくなら、江戸にしても、京都にしても、今の東北本線ぞいの方が近い。そうなるとわからなくなる。

「都路とは何のミヤコでしょう」

「わからんなあ、ただ、この付近には、菊の御紋章を今なお家紋にしている家がありますよ。宗像(むなかた)家を名乗っていますがね、安徳天皇の末裔と称していますよ」

安徳天皇の名が出てくると、南北朝時代より古い源平時代だ。伝説めいてくる。安徳天皇は壇之浦で入水し、母の徳子は建礼門院となって洛北に身をひそめている。安徳天皇が生きのびて山中にひそかに生きていたという話は、四国の祖谷渓(いやだに)でも聞いたが、こんなみちのくの山中にもあったのか。それはちょっとうなずけないが、菊の御紋章と聞いて、あるいは、南北朝時代の頃の「ミヤコ」のイメージがこの古道と関係していたのではないか、と思った。

菊の御紋章を今も使っているという荻田という集落は、地図を見ると、ここから約二里ほど南東の山中にあった。五戸しかない小さな集落である。しかし、そこも過去に焼けているので立証するものがない、と加藤老は言った。

そう聞くと、私の推理は自由になった。思うに、この古道が、都路街道の途上で、その名を定着させたのは、おそらく、南北朝時代以後ではなかろうか。南北朝時代といえば、南朝の後醍醐天皇の皇子が数人いるから、そのひとりがこの街道を通っているはずだ。後醍醐天皇の第七皇子、長じて後村上天皇となる義良(のりなが)親王が、たしかにこのあたりに来ている。それは史実が記録していることで、時は、足利尊氏が京都に攻め上るころ、後醍醐天皇は南朝を支持する北畠顕家に義良親王をつれて仙台の国府へ東北鎮圧にゆくことを命じている。顕家の父は、有名な『神皇正統記』を書いた北畠親房である。顕家は父の親房と仙台の多賀城へゆき、現地で味方となった結城宗広や親朝とともにみちのくの鎮圧に一度は成功するが、北朝軍勢が攻めてくる。一方で、南朝の味方だった楠木正成が戦死するので、天皇側は不利になる。尊氏は時来れりとばかり、北畠一族を攻めてくる。その戦場となったのが、この一帯である。北畠父子は、吉野へ戻ってくれと天皇からたのまれる。吉野へ一度戻るが、ふたたび北上せざるを得なくなる。

このとき、親房は、今の志摩半島の鳥羽の港から船を利用して海路北上をこころみている。ところが、不幸にして、太平洋沖で難破する。仕方なく、常陸の海岸へ船をつける。

彼等が太平洋岸ぞいに歩いた記録はたしかにある。まだ楠木正成が戦死しない頃、北畠顕家が上陸してから、途中、今の南相馬市にある小高（おだか）城を攻めて、ふたたび多賀城に戻ったのは建武三年（一三三六年）五月とされている。むかしの進軍コースがわからないところに後世の人の勝手な推理がゆるされるが、翌日私が歩きはじめて感じたこのあたりの過去は、この都路村を含めて、その頃、想像を絶したほどの戦場になっていたのではないか、ということであった。この村にかぎらず、阿武隈山中の村々は、今でこそ静かで、平和そのものの風物を秘め、一見、桃源郷とさえ見えるが、奥州街道と、太平洋岸の浜通りの間にあって、逃げまどう武士、勝ちほこった武士が入りみだれ、敵と味方がよくわからず、虚々実々の舞台になっていたのではないかということだ。

仙台にいたころ読んだ地方史の記憶がよみがえり、中世の頃の農村の情景が思われた。鎌倉時代に芽生えた、「惣領制」。それを強いられた農民の生活に思いあたった。鎌倉時代以降、日本の家族制度の底辺に「長男」を評価する習慣が生れたのである。偶然、ある家の長男に生れただけでいろいろと優遇される。そして、次男、末男は実力があっても「割を喰った」庶民の生活は、この辺でも、当然、展開していたはずだ。

この不幸な慣習が、ついこの間の戦争前までつづいた日本だが、鎌倉時代から南北朝のころを考えると、この差別が、同じ家族、家系でも、昨日の味方を、明日の敵にしたのである。

南朝側であったはずの、北畠顕家の家来、五人の侍のうち、ひとりがまず寝返りを打った。義良親王が後村上天皇となったのでほっとした結城宗広は、自分が死んでから、息子の親朝がまさか、北朝側につくとは想像もしなかったろう。こういう惣領のような人物が寝返りを打つと、部下は、たちまち同調するのが当時の常識だ。奥州全体の敵味方の分布図がやがて逆転さえしたのである。

阿武隈山脈の太平洋側の武士たちがすべて北朝方に転じた。北関東の武士のほとんどが北朝についた。こうして、北畠一族の夢は、完全に裏目に出て、南北朝時代の終局がやってきたのである。

おそらく、この間に、阿武隈山中の村々は、昨日の味方を今日の敵とし、都路街道には、ひそかに隠れ里をみつけてさまよう次男、三男坊が右往左往したと考えられないだろうか。

古道の集落から、都路村の風物を眺めながら、約二里のみちを私は歩いた。鎌倉岳という岩肌の魅力的な山の下まで来た。この山は、その昔、坂上田村麻呂がみちのく征伐に来たときに山上から矢を放ったと、加藤老は言った。その頃の方が、おそらく平和で、なごやかな風土であったにちがいない。

いや、現在、ふたたび、私の眼には、桃源郷のように思える。

「都路村は、その昔、隠れ里に絶好だと思って、善良な庶民が住みついたんですよ」

鎌倉岳を見上げていると、さっき聞いた加藤老の言葉が、みちのくの青い空のなかから聞えるような気がした。源平時代の話は、戦後もてはやされるが、南北朝時代の話は戦後すっかり語られなくなった。そのために、この阿武隈山地の過去も話題にならないのであろう。しかし、都路村の過去は同情に値いする。そして、村人が、あまり過去を語りたがらないのも、なにかわかる気がした。私の歴史的推理がたとえ、多少間違っているとしても……。

それにしても、都路村そして古道とはゆかしい名である。

伝説に生きる桃源郷

一

バスの車窓から岩肌が手に触れるような左右の切り立った峡谷を抜けると、目指す奥大和の村は、突然、視界をひろげた。曾爾村に入ったのである。といっても、どこかわからないかもしれない。大和の奥というべきか、いや、伊勢のくにと大和の境、いわゆる大和のくにというより、奈良市には遠く、一山越えると、三重県である。そこに、ひとつの桃源郷のような盆地の村がある。

地図から想像はしていたが、本当に、四方が山で囲まれた村である。とりまく山々は約千メートル、けっして高くはないが、近畿地方ならば、一種のチベット的地形である。その実感は今でこそ昔語りの感だが、バスが通るようになったのは、戦争中のことだったから、当時、地元の人のいう古事記以来の交通革命がおこなわれても、ほとんど話題にならなかった。大和の東南のすみに、別天地があるぞ、という話が人の口にのぼったのは、戦後大分たってからのことである。

西へ峠を越えれば室生寺が近いが、ここは村の名前が美的でない。曾爾——これをソニと読める若い世代はすくないだろう。今私が感動しながら左右の窓外から眺めてきた溪谷美は、「香落溪」と呼んでいるのだから、戦後は「香落村」とでも変えたら良かったのに、と思うのは、村人の心を知らない者の発想だといわれそうである。「香落」という文字も、コウチと読むのはむつかしい。むかしは、「河内」と書いたのである。「河内」と書けば、地形が思い浮ぶ人が多いだろう。かつて、日本アルプスの「上高地」も「神河内」と書いた。「神々しい川の上流」である。それと同じ感覚で、ここもイメージアップされるだろう。事実、今、名張という近鉄の駅からこの村へ入るまでの道は、旅の前奏曲のように、見事な峡谷地形をみせてくれる。この山村への旅の第一楽章は、この柱状節理をみせた溪谷美だ。

バスの車掌が「小太郎岩」と名を告げたとき、車窓から見上げる左手の屛風のような岩壁には、ロック・クライミング中の若者たちがいた。二人、三人、ザイルは長く下に垂れ、首を中天へあげなければ、その姿は見えないほどである。こんな見事な岩場があったのか、と突然下車して、岩壁の直下にある茶店に入って聞いてみると、

「日曜日は、必ず登っていますね、若い人はこの山の伝説を知らないかもしれませんが」

「小太郎なら、継母をあの岩の上から突き落すことになりますね」

「ザイル仲間では、それはあかんわ」

時代は変った。

そのむかし、この村に住む小太郎という少年が継母の仕打ちのひどさをうらんで、今見上げる絶壁の上から突き落したという伝えがある。二百メートルはある直立岩壁である。関西では、御在所岳に次ぐ天与の岩壁である。

この岩が曾爾村の入口を飾る風物ならば、これから奥の自然の素性が推理できるというものである。一口に言って、この村をとりまく山々は、堅い安山岩なのだ。安山岩ならば火山が生んだものであり、それならば、この村をとりまく山々は、関西地方には珍しい突き出た山姿が多いことも想像できるだろう。

二

なるほど左右、そして、行く手も山だ。村の中央にきてみると、予期以上に珍しい

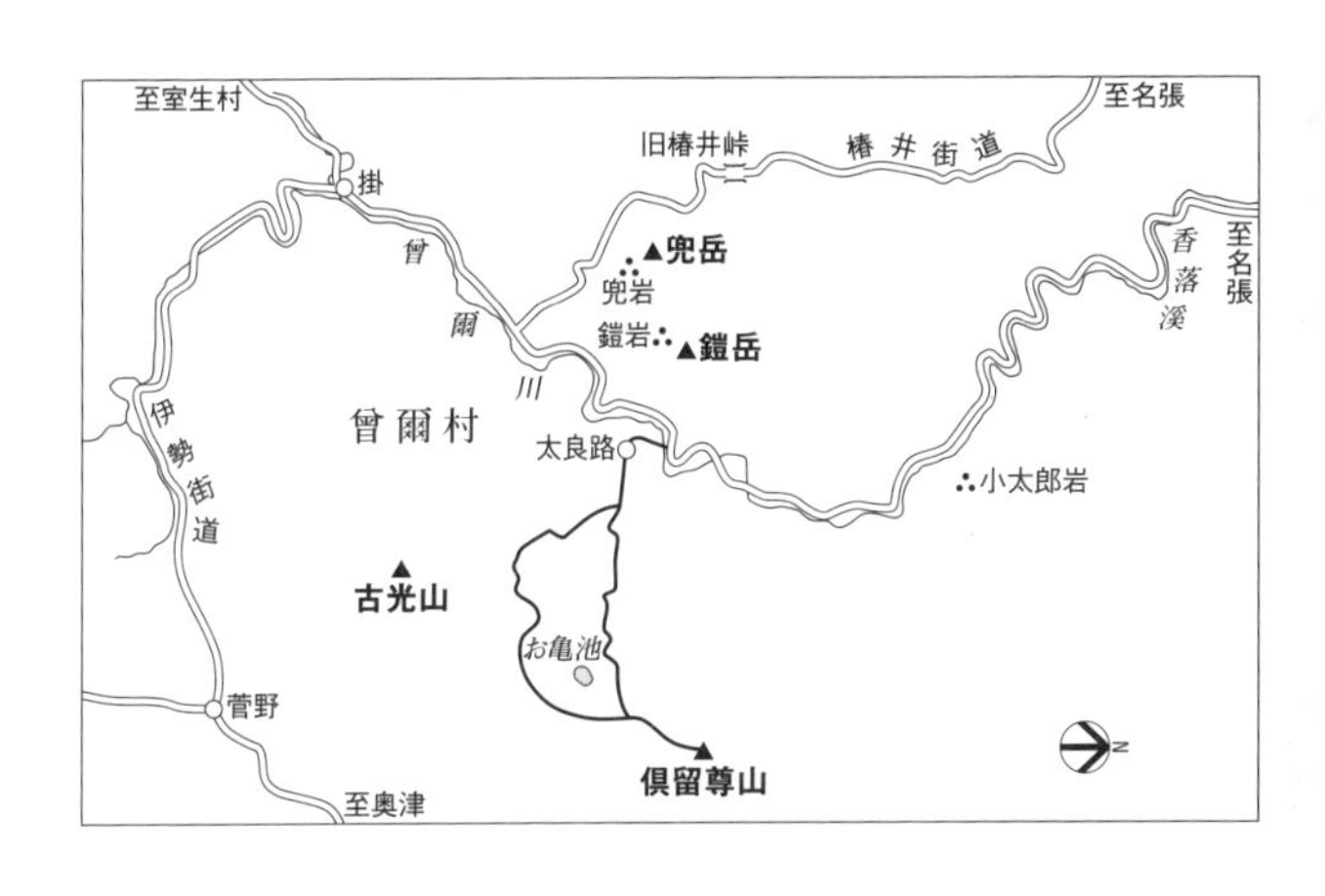
至室生村
掛
旧椿井峠
椿井街道
至名張
至名張
香落溪
兜岳
兜岩
鎧岩
鎧岳
曽爾川
曽爾村
伊勢街道
太良路
小太郎岩
古光山
お亀池
菅野
倶留尊山
至奥津
N

白い。

形をした山がある。右手に見えるのが鎧岳、そして兜岳。たしかにヨロイやカブトの形そっくりである。それは頂ちかくから直角に、柱状節理の岩肌があらわれているからである。たしかに鎧を連想させる。ヨロイの隣にカブトそっくりの山があるのも面白い。

左手のスカイラインに目を移せば、そこにはラクダの背を思わせる山がある。その名を、「倶留尊山」と呼ぶ。クロソと発音する。これも妙な名である。曾爾にしても、倶留尊にしても、一文字一発音である。これは古事記時代の表現を変えていない証拠である。曾爾も、古事記では、「曾邇」と書いてある。「倶留尊」とは、「黒い地蔵尊」のことだと村人のひとりはいったが、考証は多々あるらしく、もうひとりの村人は、この山自体が「クロソ仏」だといった。御神体そのものであるというわけだ。山頂近くに、一丈五尺もある花崗岩質の石仏があるそうだ。毎年三月二十四日が「クロソ会式」のおこなわれる日だという。

西行法師もこの村へ来たことがあるらしいが、このクロソ山は歌に詠んでおらず、鎧岳の方に感動したらしい。

葛なる鎧ヶ岳へ来てみればそよ吹風のくさずりの音

という一首を残している。

「鎧岳の形は南米のリオ・デ・ジャネイロの岩山と双璧だそうですよ」

と山麓の村人は自讃したが、かつてのチベット的山村の人々の視野も、地球の裏側までひろがったものだと、改めて感心した。

三

村の一番奥まで行っても大した距離ではない。一時間も歩けば、山にぶつかる。南も山である。その間、改めて、この村の隔離された生活の「のどかさ」がわかる。わずらわされずに生きて来た感じの村である。

「トマトが名産でね、今では水田も稲はやめてトマト一色です」

と道傍の村人はいった。意外な農作物で生きている。曾爾のトマトといえば、大阪の市場で最高の評価だそうである。出荷するにはやはり、今通ってきた香落渓を通ってトラックが走るのか、と思って聞いてみると、この奥には昔の伊勢街道があることがわかった。私の通ってきた道は、おそらく昔は峡谷ぞいで歩けなかったであろう。いや、大正七年までは、どこへ出るにも峠越えを強いられたのである。しかし、私の下車した名張との間には別の旧道もあったはずだ、と左右に眼を見張っていると、鎧

岳を見送ったあたりにやはり岐れ道があった。そこに残る道しるべには、

右　曾爾街道

左　なばり道――椿井街道

とあった。椿井はツバイとよみ、この名の集落を通る道がバス開通以前は利用されたのである。

明治二十七年（一八九四年）にこの椿井谷を歩いた男が途中迷って野宿した記録があるそうである。兜岳の裏で旧椿井峠を通るが、この古い道を今歩く人はいない。しかし、これが明治までは名張への唯一の入口、出口だった。兜岳を窓外の正面に見るしゃれたロッジの一室で、今その実景に触れた椿井街道の今昔に思いを馳せながら、古い記録を見せてもらった。

今日の近鉄の前身である参宮急行電鉄が開通した昭和五年は、曾爾村にとっては革命的な年だったのだ。名張の駅を降りて椿井街道を通らず谷にそうと、曾爾まで行く手前に香落溪というすばらしい峡谷があるという噂がひろまったのである。大阪の、とくに金持連中がそれを聞いて週末の旅先にえらんだ。彼等は自然を賞でるよりも、帰りに「平尾」の歓楽街で遊ぶのが目的だったらしいが、とにかく、この峡谷美が画期的な人気をよんで人々の訪れを見せたのである。

しかし、名張から香落渓の入口までは四キロある。耶馬溪（やばけい）に劣らない絶景を見るためには、さらに八キロ歩かなくてはならない。当時バスはなかったから、大阪商人たちは金にまかせてタクシーを飛ばした。この昭和五年から昭和十二年頃までが、思うに、香落渓ブームの時代である。たしかに、今も、私の眼にも、九州の耶馬溪におとらない地形と見えた。当時、地元の人たちは、まだ椿井街道を歩いていたはずである。この難路に人影が消えたのは、戦争中バスが通いはじめてから大分あとのことであろう。

四

曾爾村は、奥へゆくほど、開けてくる感じである。それが納得できたのは、この村の一番奥に昔から、東西に走る伊勢街道があったことを知った時である。この伊勢街道が昔の出入口だったのだ。おそらく、北からの「情報」は途絶していても、この街道に伝わる情報は、かなり豊かだったと思われる。村の最奥にゆくと、江戸時代の道しるべがあった。西の方を示す文字が「岡寺」と読めるところをみると、この先、大和平野へ出ると、飛鳥路へ通じることがわかる。伊勢詣での善男善女が、この村の南をしきりに通ったにちがいない。戦国時代、この村は織田氏の支配下になっている。元禄時代から天領になっている。

天領にされたということは、この村の存在が評価された証拠である。今でも、何か、超然としているところがある。これだけ、目をひく自然美があれば、今日ではもっと観光時代らしい「色気」を出してみせるのがふつうだろうに、そういうところがない。いいことである。おそらく、その心根は、理由あってのことではないか、と私は思った。果たしてそんな村の人々の気持が理解できたのは、やがてお亀池（かめがいけ）を訪れたときである。

小さな池が、山の頂のすぐ下に秘められていた。曾爾村も南の隅にちかい一角で、この池からちょっと登ると屏風のように切り立った天然の障壁が伊勢のくにとの境をなしている。

村を南北に貫く曾爾川から東へ八百メートルちかくまで登ると、すぐ北にクロソ山がせり上がり、頂上少し手前というところで、突然、草原の平地があらわれる。大和には珍しい牧歌的な草原である。その中央にお亀池がある。周囲は一周しても十五分たらず、ちょっとみると、水面があるとは思えないほど芦がおい茂っている。これは、本当に天然の池だ。いや、小さいながらも、火口湖だと私は思った。花崗岩、安山岩質の山ふところなら、それは間違いのない推理である。人造湖ではない。最初はもっと大きかったはずだが、こうした山頂にちかい火口湖は、年月とともに、底が浅くなり、やがては、水が干上がり、草原と化してゆくのである。今はその終りにちかい時期を示していると思った。

池はそのごく一部だけに水面を見せていた。しかし、実に澄んでいる。地下水が湧いている。関西には稀な天然湖である。小さすぎるので人の口に上らないだけである。

私がじっと水面を見つめている傍らで、同行の村人がいった。

「お亀という麓の主婦が、ここである日、突然、化身したんです」

その伝説は、湖畔の立札ですでに知った。太良路という集落の住人だということである。夫が追いかけて来て、ここまで来たとき、見たものは、大蛇の姿だったという。

「今でも底なし沼だというんですが」

「測ってみたことはないんですか」

「二メートルもある鯉が棲んでいるというんですよ」

「陸封されて巨大化したんでしょうね」

これは現代人同士の会話である。

「大分前に、鯉を釣った人が、あとで病気になったので、たたりをおそれてそれ以来、誰も釣りませんね」

なるほど、伝説は生きている。この池には手をつけない、釣もしない、もちろん、観光開発もしない。ここはそのままにしておきたい、たたりが怖いから、という結論は、すでに村だけでなく、最近、県当局でもみとめたそうである。

昭和四十二年、この草原が県下にはめずらしい別天地と評価されて、全日本学生キャンプの舞台になったが、そのとき、今後は観光地にしようという話が当然出た。村人の感覚を知らない電鉄会社や三重県側の町村は観光開発に乗り気を示して、一時は有志二百名の賛同で実現というところまで行ったが、村人の気持をよく聞いてみたら、お亀池のたたりは怖い、という結論に達した。以来、この一帯は、昔のままに、ということになったのである。

伝説は、現代の商魂に勝った。二十世紀後半ならば、記録されるべき壮挙（?）である。だから、今でも地元の観光パンフレットは、この美しい謎の自然美を少しも誇張して讃えてはいない。

「この天然の池にはサギスゲの群生やタヌキモ、ミミカキグサ、モウセンゴケの食虫植物が見られ、初夏は杉林の中にクマガイソウが咲く。夏はキャンプ場として多くの利用者がある」

それでいいのである。お亀池よ、永遠に静かであれ、といいたい気持で、私は人影のない火口湖を見下ろした。

栗山郷の地底の声

一

平家の落人集落は、あちこちにあるが、この鬼怒川の奥へ来てみると、ほかのところとちがって、妙に、その大地の底が気になる。そこでは、温泉を掘ろうとしたとき、平家の武将が埋めた馬の鞍が出てきた。槍や香炉も出てきた。その温泉の名は湯西川とよばれ、山をへだてたもうひとつの集落は川俣温泉とよばれる。この川俣では、今も、地底から周期的に、間歇泉が吹き出している。

地底では、おそらく、熱い湯と平家の落武者の遺骸とが、不気味な怨念を溶かしあっているのではないか。

人呼んで、栗山郷、関東地方の北に秘められた、今も山深い谷間である。日光の真北である。鬼怒川の源流である。原始林といっていい山肌のひろがりである。今でこそバスが通っているが、こんな山奥に入り込もうとした平家の落人たちの気持はどんなであったろう。そこへ落ちのびるまでの道中の会話が改めてよみがえる。

「ここはどこだ」

「鶏頂山（けいちょうざん）のすぐ下だ」

「ここがいい。ここなら源氏の連中も探しに来られまい」

「ここへ住むか」

最初住みついたところは、塩原の奥の山ふところであった。しかし、やがて源氏方に見つけられてしまった。二百人の落武者たちは、次々と殺され、四十名に減ってしまった。

「おまえが、端午（たんご）の節句に鯉のぼりなど立てたからだ。あんなものを立てなければ、遠くから見ても、発見されずに済んだのだ」

「もう悔いても遅い。もっと山奥へ入ろう」

しかし、鬼怒川の源流は平地をみつけるのも困難だった。落武者の統率者であった平忠実は、疲れ果てていた。乗っている馬がついに力つきて倒れた。

「ここで住みつくしかないか」

彼は従者にそう言いながら、愛馬から鞍をはずした。これだけは残しておこう。そう思いながら、湯西川のほとりに穴を掘った。思えば、自分の尻を長い間乗せて歩いた分身のような「藤蔓の鞍」だった。

「そんなところへ埋めると、また源氏にみつけられはしませんか」

従者の忠告に、平忠実は、そうか、と思い直した。本流ぞいは人目につきやすいと気付き、さらに沢を分けた。高倉山と呼ばれている山のふもとだった。そこに住むことにした。

「平という姓では正体がわかってしまうだろう。平の字を分解して、『人偏（にんべん）』をつけ〝伴〟という字にしよう」

こうして、「伴」姓を名乗る平家集落が出来た。

今、湯西川の湯泉宿のひとつは、「伴久旅館」を名乗っている。しかし、その当時から温泉宿だったのではない。

忠実は、雪のふる日、鞍をうずめたはずの塚へ行ってみて、ふと不思議に思った。そこだけ雪が積っていない。塚の傍らから温泉が湧いていたのだ。忠実は、そこに今まで大切に持ちつづけてきた宝物の一部を埋めた。

「おそらく、後世、ここを掘って温泉に入るものがあるにちがいない。そのとき、わが生涯の宝が発見されることになる」

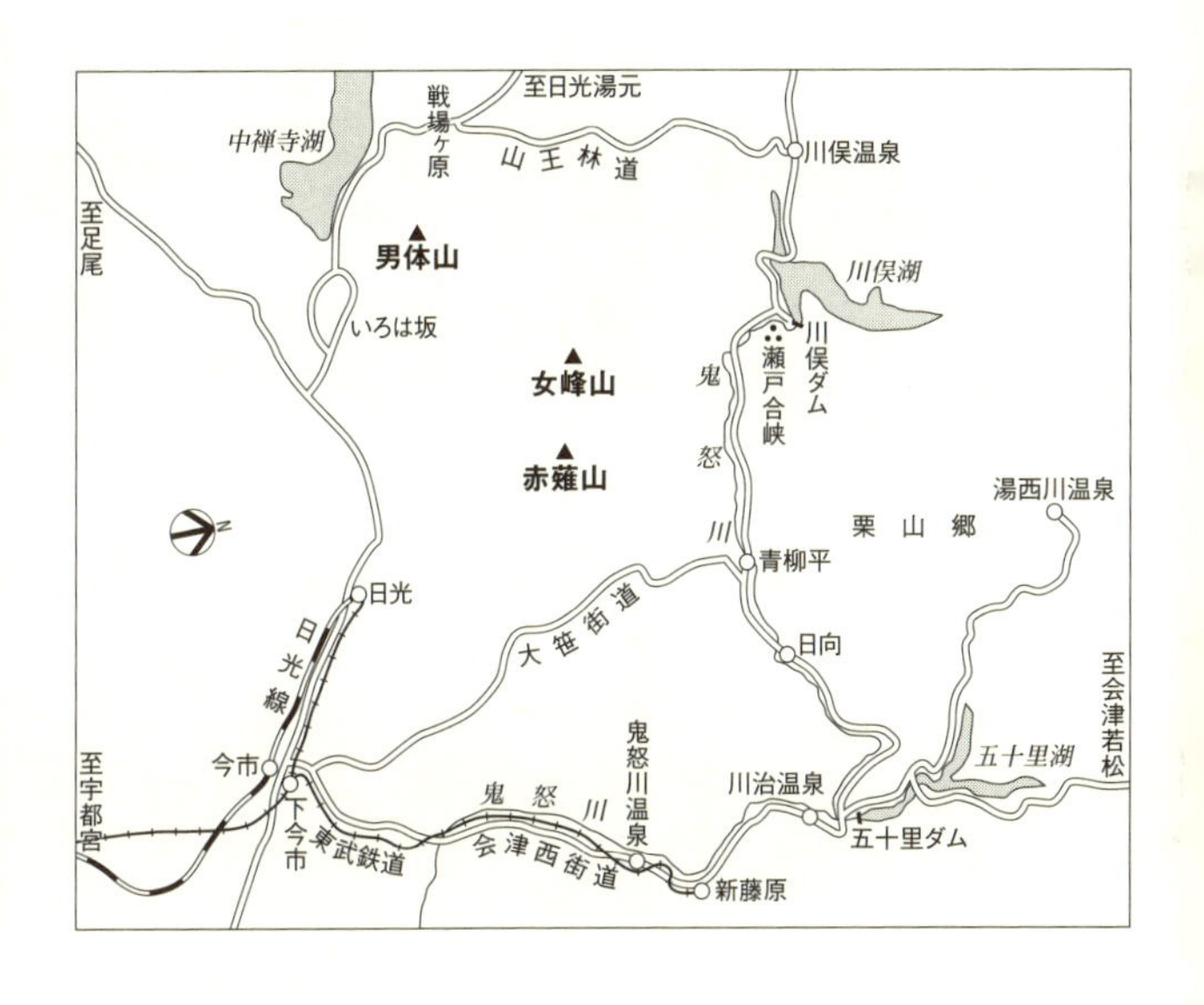

至日光湯元
戦場ヶ原
中禅寺湖
山王林道
川俣温泉
至足尾
男体山
川俣湖
いろは坂
川俣ダム
瀬戸合峡
女峰山
鬼怒川
赤薙山
湯西川温泉
栗山郷
青柳平
日光
大笹街道
日光線
日向
至会津若松
鬼怒川温泉
五十里湖
今市
川治温泉
至宇都宮
下今市
鬼怒川
東武鉄道
会津西街道
五十里ダム
新藤原

彼の想像通り、三百年後、天正元年（一五七三年）になって十一代目の嫡流、伴対馬守が温泉をみつけて、浴槽をつくろうとしたとき、藤蔓の鞍が出てきた。宝物もみつかった。

伴対馬守は感激した。

「藤鞍の湯と名づけよう」

現在、伴久旅館に残る藤蔓の鞍は、まさに、平家の落人集落であることの証拠品である。馬の鐙（あぶみ）も掘り出されている。香炉と槍も保存されている。伴久旅館の番頭は、チョンマゲを結っている。平家ムードを出そうというアイデアである。先日、このへア・スタイルで東京の町中を歩いていた。全国に点々とある平家の落人集落のなかでも、ここは、正真正銘というイメージをＰＲしているのである。

二

現代の鬼怒川のみなかみ。そこは、川治温泉をすぎるとたちまち、人家のない山ふところに入る。川治から真西へ谷を分け入ると、ひとときは、もう人家はないのか、と思わせる峡谷をゆくが、やがて、ぽっかりと頭上の空がひろがり、そこに、よくぞ住みついたと思われる人家の群がある。「日向」という地名は、山でさえぎられる太陽光線が、そこだけ当るのかと思わせる斜面の集落。

川治の華やかなホテルの氾濫と比較するとき、そこはその延長線上にあるとは思えない。源平時代はどこを通って、ここへ入ってきたか。湯西川へ入るよりも難儀したはずである。川治から今たどる道が出来たのは戦後のことである。

やがて、青柳平。ここでは名の通り、少しばかり、平地がある。こんな山中に村役場があった。ここも平家の落人集落といわれている。しかし、ここへ最初に入りこんだ人々は、今私が通ってきた鬼怒川ぞいには来ていない。日光連峰を山越えして、南から直接入ったのである。大笹街道と呼ばれた山道が唯一の侵入路であった。

さっき訪れた「日向」の集落に「山越」という姓が多いのは、自分たちの過去を象徴させたい気持のあらわれであったと考えられはしないか。今は、歩く人もなさそうな大笹街道。

青柳平の家並みが終るあたりは、トウモロコシ畑が妙に目立つ。今も、これが畑作の代表なのか。

ここに限らず、平家の落人たちは、米のとれない山間で、ヒエやアワを栽培した。藤の花が咲く季節、雪が解けると、ヒエの種を蒔いた。夏は土用の入りの日になると、ソバを蒔いた。

今はダムがつくられ、固定資産税が入るせいか、舗装道路がつづく。

やがて瀬戸合（せとあい）峡。ここで鬼怒川の源流は行く手をはばまれるかと見えるが、突然、左右のせまった絶壁をふさいで巨大なダムがあらわれる。そこから奥が川俣湖と呼ばれる大きな湖面となっている。

川俣も変った、と昔を知る人は言う。たしかに変った。湖畔には、民宿の看板をかかげた民家が目立つ。ボートこそ浮んでいないが、休憩所もある。しかし、その湖畔から少し入った山かげに今もある「平家塚」、それが示す落人の歴史は、湯西川と同様に、当時の悲惨な落人の末路をしのばせる。

上空から見れば、おそらく青い蛇体のように湖面をひろげる湖が終ってしばらくすると現われる川俣温泉の宿。それは、川に面して、点々と建ち、その真中あたりと思われる橋の下に、間歇泉が湧いている。見ていると、三分毎に、三、四メートルの高さまで熱湯を吹き上げる。地底で、大地は怒っているのか。平家の落人たちを静かに眠らせようとしないのか。これを地底の憤りと受けとれば、そこに、敗北した平家の武者たちの顔が浮んでくる。

「ここには、平（たいら）、小松の姓が多いんです。まさに、平家そのものの名です」

と川俣の住人は言った。数軒の宿のいずれもが川原の一隅にもっている露天風呂に入って、頭上を仰いでいると、みどりの原始林の間から、青い空が細長くくりぬかれている。山はせばまり、谷は急峻だ。

岳人荘、渓山荘とよばれる宿の前を通って、鬼怒川の川原へ出る。草を分けてゆくと、丸木橋がある。これをわたると、平家塚にみちびかれる。川俣湖のほとりのものとはちがう、村人しかその位置を知らない秘められた平家塚である。

みどりの原始林のなかで少し高くなった塚。その中には、平家の鎧や武具が埋められたらしい。しかし、村人は、それを掘り出すことはさけている。掘れば、なにか、たたりが起る。事実、そういうことがあったと、村人は信じている。

「掘ってみたい興味はありますが、村人は反対しますね。このままの方が夢とロマンがありますよ」

と一柳閣の八木沢さんは言った。川俣湖の湖底に沈んだ村が火事で焼けて以来、地元の歴史を語る証文がなくなってしまったそうである。今も残る生活様式、しきたりのなかから、落武者時代のオリジナルを想像するしかない。

そのひとつ、今も、川俣温泉の人々が自慢しているのが、サンショウウオの燻製である。宿でも売っている。ちょっと見ると、グロテスクな黒い魚のようである。一匹の魚かと見えるこの両棲類の干物は、長さ十センチほどに縮まったサンショウウオの集まりである。二十四をひとつにまとめてある。これが栄養源に乏しい山村での唯一の強精剤だったのだ。

「昔は、スズ竹でつくったウケで獲ったものです」と言った村人の声を思いうかべながら、露天風呂に身を沈めて鬼怒川の川面をみていると、梅雨のころに出没するサンショウウオのすがたが思われた。「梅雨のころの一ヵ月しか獲れないんです」だから、高価だといいたい風であった。宿の売店では、二十四千円という値段であった。

「平家納豆を御存知ですか。大豆を保存しようとしてワラにくるんで放っておいたら、腐ってきて、食べてみたらうまいので考え出したのが納豆ですよ」

平家の落人たちは、こうした生活の知恵を次々と生み出したにちがいない。

この川底、川のほとりには、おそらく、落人たちの骨、そして馬たちの死骸も土と化しているだろう。平家塚には果たして何が秘められていることか。

三

八月十八日、湯西川の温泉では、毎年、湯殿山神社のお祭を盛大にくりひろげる。

この山中へ、出羽三山の信仰を持ちこんだのは、いつの頃からか。それは天正年間と伝えられ、温泉の神様だとされている。

天ッ神、国ッ神、はらいたまえ、浄めたまえ、湯殿山、月山、羽黒山、御山の大神を守りたまえ。

と三十回くり返す水垢離（みずごり）の行（ぎょう）。行は一日三回おこなわれ、八月二十日朝の「水行」でフィナーレとなる。

温泉が湧き出た平家の落人集落。それは、天与の財産に思われたにちがいない。何も獲れなくても、せめて、温泉があれば生きてゆけると、村人は地底の贈物を、天からのさずかりものと感謝してきたのである。湯殿山神社を祭神にしたのも、うなずける。湯殿山の御神体は、地底から湧き出る湯そのものだからだ。

独特な寄棟づくりの民家をみると、ああ、これが平家づくりだな、といつも私は思う。平家の人々は、みやこへの郷愁をすてさりがたく、家の形にも貴族のセンスをとり入れた。神社の神殿をかざる千木（ちぎ）を模した「ウマノリ」をつけた屋根があれば、平家の落人の住居だと思えばいい。

今もけっして便利とはいえないこうした山中の民家をみていると、口には出せぬ過去の生い立ちを心に秘めて、ひっそりと生きつづけてきた落人たちの心境がしのばれる。彼等は、地形に感謝した。米はとれなくとも、四季のめぐみに感謝した。生きのびていられる現世の自分に感謝した。そして、必然的に、呪文をとなえた。生きていることの確認を、毎日のようにしたかったにちがいない。

そうした生活の底辺でいつの間にか伝えられた呪文のひとつ、それは、今聞いてみると、何か、天の声を思わせ、地底にこもる怨念の声とも受けとれるのである。

弓矢の恩を忘れたか
アビラウンケンソワカ
ワラビの恩を忘れたか
アビラウンケンソワカ

世を移って、今は伴久旅館の一隅から、賑かな宴会の歌声が聞えてくる。

立山――その山麓の知恵

一

その山の中腹で、いわゆる「地獄」をみたとき、こんな自然現象に「地獄」のイメージをつくりあげた過去の人々の発想に興味をもった。それは、越中の立山の地獄谷をみたときだった。それまで、地獄といえば、北は本州北端の恐山でも印象づけたし、別府や雲仙でも、北海道の登別でも、地獄の名をつけた火山現象を見てきた。

昔の人は、山を神聖な霊山とみたと同時に、その山中に、こうした非常な場所も発見して、それを下界の人々に宣伝した。今日の感覚なら、なんだ、これが地獄か、単なる火山の噴出口じゃないか、と一笑に付せるが、江戸時代までの日本を考えると、硫黄孔も泥火山も成因はわからず、立ち昇る煙を「亜硫酸ガス」などとは思いも及ばなかった。そして、ただただ、神秘にしておそろしい山中の風景、おそらく、これこそ、この世で悪いことをした人間が死後にゆく世界に似ているだろうと想像し、この火山風景を、「勧善懲悪」の教えに利用したところがある。

立山は、その発想をもっとうまく利用して、ふもとの村は稼いだのではないか。立山のケーブルの終点、美女平という山上の地点から下界を眺めたとき、さっきみてきた地獄谷の風景と思い合せ、この地獄を売りものにして、この麓の村は、毎年のように信仰登山客をあつめたにちがいない、と思った。

そんな皮肉めいた発想が、私に、眼下にみえるひとつの山村にゆかせた。それは芦峅寺(あしくらじ)と呼ばれ、昔から、立山へ登るのには、関門のような登山口だったからだ。

妙な地名で、今日の当用漢字にはないが、「寺」があったのはたしかで、「峅」とは「神様のいるところ」という意味らしい。神様といっても、明治以前は寺で、今でこそこの村の中央に雄山(おやま)神社があるが、もとは、立山信仰の洗礼をうける場所で、二列に並んだ門前町である。

その町並みの一部は、今も古さをただよわせ、いかにも独特な旅情がありそうだ。戦後は、アルプス登山を案内するガイドたちの住むところとしてのイメージの方がつよいが、そういう生き方をする人が多いのも、もともと、ここが山案内を生業(なりわい)にしていたからである。

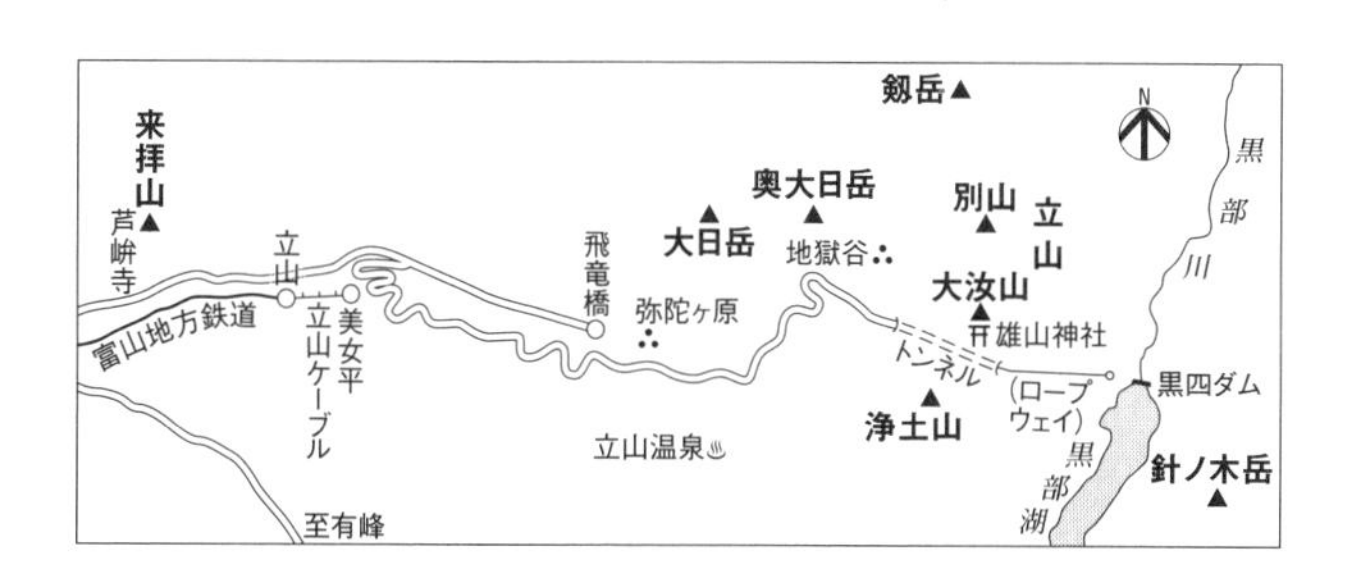

剱岳
来拝山
芦峅寺
奥大日岳
大日岳
別山
立山
黒部川
地獄谷
飛竜橋
立山
美女平
立山ケーブル
富山地方鉄道
弥陀ヶ原
大汝山
雄山神社
トンネル
(ロープウェイ)
黒四ダム
浄土山
立山温泉
黒部湖
針ノ木岳
至有峰

芦峅寺の雰囲気は、果たして、期待を裏切らなかった。立山の入口に位置し、ここから少しゆくと、急な藤坂になる。信仰登山の人たちが苦労して登ったところである。かつての細々とした街道はアスファルト道路となり、両側に数十戸の民家が並ぶが、中央部の左右には、宿坊が今も古い造りで信仰登山の頃をしのばせる。

立山も昭和三十九年からは、ケーブルが出来、昭和四十二年には、室堂（むろどう）までバスが入り、昭和四十六年には頂上直下をトンネルが貫き、まったく歩かずに黒部の方へ抜けることが出来るようになってしまった。それ故か、この芦峅寺を通る人はほとんどなくなり、宿坊を民宿に変えて、細々と一部のファンだけを泊めて生きているようである。民宿を兼ねている大仙坊の住職は、忘れ去られてゆく立山信仰の歴史を今のうちにまとめておかなくては、という気持からか、先年、立山信仰研究ともいうべき大著を書いた。それを私にみせながら、

「最近は、風土記の丘をつくりましたよ」

とイメージダウンをとりもどしたいように、別な魅力もあることを力説した。

しかし、私には、風土記の丘よりも、立山がいかにして昔からその自然や地形をイメージアップして信仰登山客をあつめたか、その秘密が知りたかった。なぜなら、立山といえば、日本三大霊山のひとつ、各地に修験道の山は数多いが、この山ほど全国

から沢山の登山者を集めたところも珍しい。江戸時代以来のその人気には、おそらく何か独特なセールスポイントがあったにちがいない、と思ってきたからだ。

すでに、修験道の本山的存在である大峰山はもちろん、羽黒山、恐山、そして戸隠山と、かなり調べてきた私としては、立山がなぜ、あれほど庶民にアピールしたかが興味の対象となって久しい。

「いやあ、要するにセールスがうまかったんですよ」

と大仙坊の住職は明快に答えた。一口に修験道と言っても、他の山岳信仰とちがっていたところは、この立山では、いわゆる「荒行」という形のつらい想いをさせなかった。誰でも極楽へゆけます。それには地獄をみなくては、その地獄が――この山には本当にあるんです、と宣伝したというのである。

さっき見てきたあの地獄谷のことだ。それは、たしかに、今も不気味な山上の地表だ。科学的に説明できなければ、これが死後の世界かもしれない、と思い込む。紺屋(こうや)地獄、百姓地獄、などと名づけてあるが、実は、あらゆる階層、職業の人の関心を満すためになんと百三十六の職業別地獄があったというのである。訪れた人の職業によって、あなたは、現世でわるいことをすれば、この地獄にゆく、百姓であれば百姓地獄、という風に、リアルに説明した。

考えたものである。単なる地底の火山現象を人間の業に結びつけて、極楽往生を願う庶民の心をひきつける。それを最初に考え出したのは誰だろう。地獄谷につく手前に、雲上の別天地のような弥陀ヶ原がある。それを味わったあと、これで頂上も近いと期待していると、極楽ならぬ地獄があらわれる。教義として念仏をとなえなければ極楽往生は出来ないと言いはじめたのは、すくなくとも、浄土宗のパイオニアである源信だろう。十世紀の天台宗の僧である。

　源信は、大和の生れだから、立山は知らなかったはずだが、彼が創始した『往生要集』の思想がオリジナルになっているはずだ。彼は具体的にどの山に地獄があるとか、極楽があるとはまったく書いてないが、地獄とはこんなところだ、とまるで実在の世界のように、リアルに書いている。『往生要集』という教えは、「厭離穢土」「欣求浄土」「極楽の証拠」などという内容で、つらい浮世を去って念仏をとなえて浄土に参ろうというすすめを、まず地獄の説明から始めていて、

「地獄の第一は屎泥処である。極熱の屎がどろどろしていて、味はあくまで苦い。罪人がこの屎をむさぼりくらうと、虫どもがどっと蝟集して、皮膚を破って肉をはむ。骨を砕いて髄を吸う。

　第二は刀輪処である。火炎はたけり狂い、ことごとく焼きつくす。身体はケシ粒の

ように粉々に砕かれる。

第三は瓮熱処である。罪人をとらえて、鉄のカメに入れ、豆のようにじっと煎りあげるところである。

第四は多苦処である。ここには何万億種かの数えきれぬ苦しみがある……」

こうした筆法で、これでも改心しないか、これでもか、と言わんばかりに地獄のすさまじさを説明する。説明というより、見てきたような見事な「描写」だから、これを聞いた人々は、地獄の風景を実景として思いうかべそうになる。しかし、この現世にはない。

迷いと煩悩多き庶民の疑心暗鬼を知って、「いや、地獄なら、立山に本当にある。うそだと思うならぜひ見にいらっしゃい」という形で誘いこんだのが、立山芦峅寺の人々の見事な商法だったのである。

「江戸時代は、もうかってね。結局、経カタビラや、装束を売るんですよ」

住職は現代人らしい割り切り方で言った。別にそれを責めることはない。宗教とか信仰は大なり小なりそういう現世的発想でカモフラージュされている。それをはっきりと言ってみせたまでだろう。明快で、気持がよかった。

二

芦峅寺の町並みの一隅に、小さな朱塗りの橋がある。「布橋（ぬのはし）」と呼んでいる。町のイメージチェンジのために、「風土記の丘」と名づけ、ここも名所のひとつに仕立てているが、実は、これも、立山信仰の客寄せの小道具のひとつである。

どうも神聖なるべきイメージを現世的に表現したくなるのも、信仰心乏しい私の性（さが）というより、日本の庶民信仰の実態にふれたいからで、この橋こそ、全国から立山見たさにやってきた女性ファンの「関門」だったのである。

この立山にかぎらず、九州の雲仙も、女人禁制（にょにんきんせい）で、女性は登れなかった。しかし、女性も同じ人間だ。数としてもつねに男性に匹敵する人口がいる。その女性層をシャット・アウトしていては損じゃないか、という発想が生んだのが、この橋を利用しての「女性専用」の洗礼所である。

この橋を渡ると、女性も成仏できます、それには、男性の信仰登山の終った八月十三日以後にいらっしゃい。そうすれば、山上の地獄へ行けなくとも、身も心も浄められ、極楽へゆけますよ、というわけである。「布橋」と呼んだのは、この橋の上に、白い布を敷いて、その上を眼かくしさせて女性たちを歩かせ、対岸のお寺まで行かせて、そこで念仏を唱えさせたのである。

「こちら側が人界、橋のむこうが天界でしてね。天の浮橋と呼んでました。千三百六十反の白い布をジュウタン代りに敷いて、しずしずと渡るんです。目かくししてますから坊主が手をひいてつれて行列して渡ったものです」

この女性専用の儀式を「布橋灌頂（かんじょう）」と言ったそうである。

橋の手前には今でもエンマ堂がある。そこで天界へゆく準備をととのえて、橋を渡る。百人もの僧が列をなして女の手をひいてゆく情景が、よみがえる。

「ここを渡ると、女も変じて男となる。不浄の身も浄められるというわけです」

と住職は言った。

「不作で農村が貧しい年でも、わずか夏の一週間に三千人は来たもんです」

住職にいわせると、仏教をひらいたお釈迦様は、男性本位の開眼、成仏を説いたためか、女性の方を忘れている。それを補ったアイデアのようである。

たしかにこの発想は、他の修験道の山が考えつかなかったものだ。女人禁制を今もかたく守りつづけようとしている大峰山などは、芦峅寺のやり方を世俗的すぎると批判するだろうか。

「いや、日頃から涙ぐましいセールスをやっていたんですよ」

それは、この立山に限るまい。大峰山だって、今も登山期以外には、宿坊の人たちは京都や大阪方面に出掛けて、来年はぜひ、また登山に来てくださいと、たのみに歩き廻る。この芦峅寺の場合は、もっと組織的にやっていただけのことだ。かつて江戸時代には、宿坊三十八といわれ、それぞれ泊る客を県別に分けていた。

一年の稼ぎを、夏の二ヵ月の信仰登山でまかなったというのだから、計画的ならざるを得まい。秋から冬、春の間は、各県へ、来年の客の誘致に出掛けて、村はからっぽだ。出稼ぎならぬ登山客集めである。

「これがそのとき使う曼陀羅(まんだら)ですよ」

マンダラが仏像を描いた掛軸だとは知っていたが、立山では、仏像の代りに、地獄極楽の絵を描いて、客集めの宣伝につかったのである。

「諸国檀那廻り」と称して、各県を廻る。そこで三、四十人を一軒の信者の家に集めて、このマンダラをみせる。六尺大の掛軸を三つたらすと、そこには、極彩色の目を驚かす地獄と極楽の絵がある。構図はいろいろあるらしいが、だいたい、立山を思わせる天界を上部にして、中腹の地獄は、『往生要集』の絵解きといった形で、描かれている。頭は人間だが、身体が牛と馬になっている姿、エンマ様を前に、鬼が人間を焼いている情景、フンドシひとつで痩せこけた男が泣きわめき、逃げている図、その上の天界では、にこやかに仏様が笑っているという構図が多い。

「マンダラは、商売道具でしたから、それぞれの宿坊で、専門の画家に書かせたり、自分のところで書いたり、いろいろ苦労したようですな」

その巻物ならぬ掛軸を善男善女にみせ、もっともらしく説明する宿坊の人たちの表情が思いうかぶ。これで、来年の夏も、沢山来てくれるぞ、と芦峅寺へ戻れば、さあ、忙しい。登山者たちが来たとき売る経カタビラ作りが、冬の生業である。カタビラとは、死者を裸で天界におくらないというシキタリが生んだもので、「肉身の皮膚」を象徴していたというのである。

「この経カタビラと、お札を売るのが諸国めぐりの主な目的でしてね。檀家にそれぞれ、この二つをあずけてきて、来年、売れただけのお金をもらってきたわけですな」

地獄の沙汰も金次第というが、立山信仰の全国的な人気は、こうした芦峅寺の人々の独特なアイデアがアピールしたのである。

立山をはじめて開山したという文武天皇時代の慈興上人がこうした後世の知恵を耳にしたら、何と思うだろう。「立山の自然現象を実にうまく売り込んだものだ」と笑うだろうか。

「芦峅寺の商法を真似たのが、下流の富山の薬売りたちですよ」

なるほど、そう言われてみれば、行商の形で商品をあずけて、翌年その代金をとりにゆく仕組は、独特だ。

その後、ここが、登山者のガイド業を定着させたのもうなずける。信仰登山者がなくなって、一般公開になった時から、今までの登山経験を充分活かして、いち早く明治以降は学校山岳部の学生たちや剱岳登山者たちのエスコート役、ガードマンになったのは芦峅寺の人々の叡智だ。佐伯姓と志鷹姓の二つしかないというが、この純血の門前町は、今や、アルプス登山のベテランたちの発祥地となっている。佐伯姓を名乗る人々の多くは、日本でも危険の多い剱岳の守り神として、高く評価されている。そのひとり佐伯富男さんの家をたずねると、氏は、南極観測隊員として選抜されて以来、山岳界でも異色の人柄が買われ、私が訪れた日の翌日、またまた海外登山に出掛けてしまった。

佐伯一家、志鷹一家といえば、立山・剱岳の精通者としてよみがえっている。

黒部のダムまでケーブルカー、バス、ロープウェイが出来てしまった今日、芦峅寺は、忘れ去られ、人々はそこから抜け出して、かつて地獄を見おろす山上で活躍している。

登山者のほとんどは、地獄谷を通らず、ベルトコンベアに載せられたように、立山の直下をトンネルで抜けてゆく。地獄に魅力を感じなくなった現代人は、山を怖れず、気楽な気分で剱岳に登り、しばしば遭難しては、佐伯一家の助けを受けている。

芦峅寺はさびれても、佐伯一家、志鷹一家は今日も健在である。

富士山麓の挽歌

一

　今はないその村のすがたを遠望したのは、十数年前のことだ。富士五湖のひとつ、西湖のほとりにある紅葉台の頂から見たその村は、おや、こんなところに、こんな古い民家の群が……と思わせるカブト造りの屋根が、屏風のような山肌を背景に数十戸、絵のように並んでいた。その屋根には平家の落人集落がたいていい付けていた「千木」が×印を並べて、見る者に郷愁を抱かせた。

　東京の近くに、こんな絵のような民家をそろえた村があるとは……。その村は根場とよばれ、名の通り、山のつけ根に位置して、まるで桃源郷のようであった。なぜなら、同じ富士五湖のひとつであっても、その村が見おろしている西湖と言えば、山中湖や河口湖、精進湖、本栖湖の四つの湖とはちがって、バスの車窓からは見えなかった。あえて、そこへ行く意志を持たなければ、間近に見ることは出来なかったからだ。それ以来、私には、一度その民家のひとつに泊って、改めて、その旅情を味わいたいという想いがつのった。

しかし、予期しないことが起った。昭和四十一年九月二十五日、深夜、突然襲った台風二十六号が、激流のような山津浪を起し、この絵のような民家の群を根こそぎ押し流してしまったのである。一夜明けたとき、そこは地獄図であった。見れば、屏風のようにそびえる背後の山は、山肌の半ばを剝がされていた。長い間、三十九戸をふやしも減らしもせず保ってきた平和な村が、一夜にして潰滅したのだ。何と、三十九戸のうち中央部から一番遠くにあった三戸だけを残して、泥と濁流と化した。二百十三人のうち、六十三名が消えた。遺体は眼下の西湖まで流され、何度かの捜索のあとも、ついに発見されなかった。

その悪夢のような一夜のことを想い出すのは、生き残った村人にとっては、つらいことであろう。誰をうらむことも出来ない。九月二十五日といえば、日本の台風の集中記念日のような日だ。戦後だけでも、洞爺丸沈没、狩野川台風、伊勢湾台風、すべてこの日だ。日本の「忌日」だ。そして、いま、この根場は、七回忌を終え、来てみれば、村は新しい家と屋根を並べて、かつての廃墟を一キロ先に眺める位置に、まったく新しい装いを見せて再生していた。

二

「根場民宿村」とバスの車掌は、西湖のほとりをすぎると、アナウンスした。ここは、今や、ふたたびよみがえった三十八戸のうち、三十戸が、民宿で生きてゆくことを誓い、すでに、五年の歴史を持っていたのである。しかし、私が、そのうち、ぜひ見たいと思っていたあの本当の根場の民家群は、なかった。それは、新しい町並みから、すぐ指させる近さでありながら、今見れば、緑の雑草を生やしたままの荒涼とした斜面に変っていた。

一見、都会と変らない新しい民家の並ぶアスファルト道路、バスも通えば、ガソリンスタンドも出来ているが、村人には、この風景は、ひとつの「幻影」かもしれない。生き残った人々の網膜によみがえるのは、おそらく、あの古いカブト造りの屋根の生活であろう。

今、移り住んだ場所は、かつての樹海の一角である。ここは昔から水もなく、住める場所ではないとわかっていたから、あえて、あの北の急斜面の山裾に住んでいたに

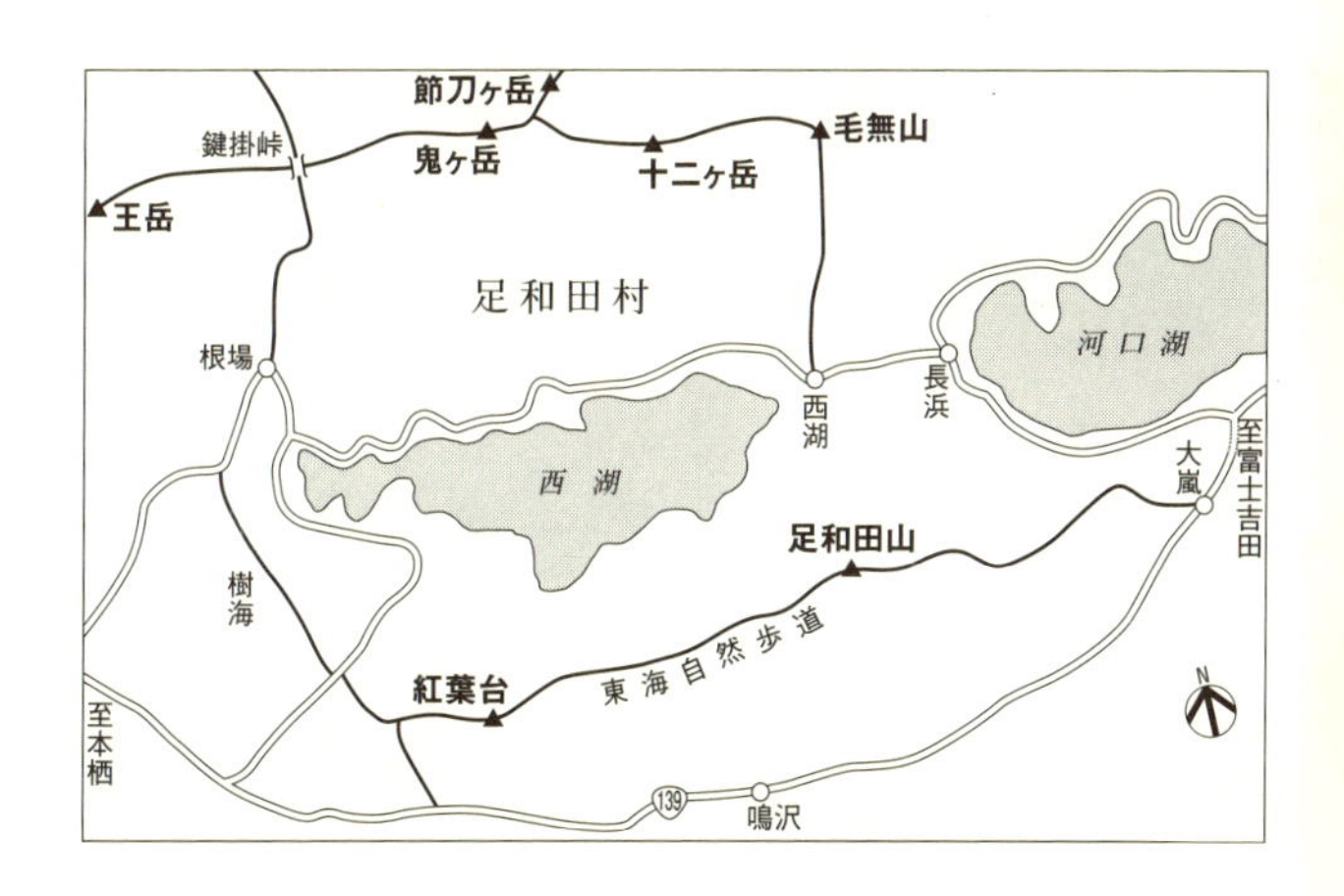
節刀ヶ岳
鍵掛峠
鬼ヶ岳
十二ヶ岳
毛無山
王岳
足和田村
根場
河口湖
長浜
西湖
西湖
至富士吉田
大嵐
足和田山
樹海
東海自然歩道
紅葉台
至本栖
139
鳴沢

ちがいない。しかし、少しでも高い場所でなくては、またあの天災が、と思えば、致し方なく、ここへ移ったのだろう。

民宿を村人全部にやらせて生きてゆくしかない、といち早く意見の一致を見、それを推進させ、今では民宿組合の事務局長をやっている古谷信喜さんという青年を訪ねようと私が思ったのは、彼の母、そして祖母、弟の三人が、不幸にもあの日の犠牲者であり、それ故に再起を賭けた悲願が、「民宿村」という形で展開したのだろう、と思ったからである。

「幸い、昔から、この根場は、村民の気持がまとまっていましてね。ふたたび養蚕、あるいは酪農をとも考えましたが、養蚕は甲府盆地にゆずって、新しい生き方をしようということになったんです」

新しい生き方と言えば、この根場は、戦後十年目に、全国新生活運動のナンバーワンとして、厚生省から表彰された実績をもっている。昔から、古谷姓と渡辺姓の二つしかないことも、村がひとつにまとまって再起をはかれた条件であろう。渡辺姓の人は「稲荷さん信仰」、古谷姓の人は「八幡さま信仰」と分れていても、所詮は同じだということになるのだろう。

古谷さんは、聞いていた通り、まだ若かった。民宿組合の事務所につとめる一方で、自宅も民宿のひとつであり、「白樺荘」と名づけて富士山を間近に眺める高みにあるが、庭の一部がすでに樹海である。窓を開けると、かつて住んでいた根場の廃墟が指呼の間に見える。そこを見るときの彼はどんな気持であろうかと、思った。

三

「思い出すと悪夢のようですね。僕は高校一年でした」

やっと、彼は七年前の忘れ得ぬあの夜のことを語りはじめた。

「あの日、夕食時ぐらいまでは、大して雨も降っていなかったんです。十時頃になると、今夜は馬鹿にはげしく降るなあ、と家族で言い合っていた位なんです。それが十二時をすぎた頃でしょうか、外をみると川面と庭の高さが同じになっていたんです」

やがて、一瞬といってよいほど急激に様相は変った。五人家族は本能的に、階上へ昇っていた。カブト屋根の民家は、三階にちかい高さまで梯子で昇れる。戸外では、雨の音とは思えない轟音が聞え、妹が、

「山鳴りじゃない」

といったときはすでに、古谷家の庭の背後は滝となっていた。

「玄関から靴が浮んできたよ」

「東は川だから、西へ逃げよう」

と古谷君がいった瞬間、電灯が切れた。暗黒のうちに、家の下半身は川そのものとなっていたのだ。川の中に家が浮んでいたとは知らず、五人家族はさらに三階の梁へつかまった。

「お母さん、大丈夫！」

と古谷君は思わず叫んだ。

「足をはさまれた！」

という父の声に皆が恐怖を感じたとき、

「みんな、いる！」

と妹が呼びかけた。そのとき、暗やみのなかで、濁流が家をねじまげ、川の表面に渦が出来、強烈な求心力で、物体を捲き込んだ。もう、人間は物体でしかなかった。

「あっ、お母さんが……」

と古谷君が思ったとき、渦は、眼の前で彼の弟と母の二人を濁流の中へひきずり込んだ。そして祖母をふくめて三人は、ふたたび、姿を現わさなかった。

一夜明けて見たものは、西湖の湖面までつながった泥沼の川であった。昨日まで家の横を流れていた川の位置もわからなかった。民家は、遠くに離れた東側の二軒と、西側の一軒を残しただけで、完全に九十九パーセントが地獄のような泥のなかに埋まっていた。その厚さは三メートルもあった。湖の上を見ると、タンスや膳がプカプカと浮んでいた。牛も流されていた。

救援隊のくるのも遅かった。まさか、富士山をみるこの古い生活地帯が不慮の山津浪に遭うとは誰も想像しなかった。古い民家があることは、歴史的にも安全地帯と考えられたからであろう。

古谷君は打撲傷を受けて、罹災した村人と共に西湖のほとりのユースホステルに収容されて、二晩悪夢にうなされた。やっと立ち上がったとき、入院を要する身だと知らされた。やがて村に戻ってきたとき、はじめて母と弟の死を今更のように実感した。しかし、この二人の遺体は、ついに、七周忌をすぎた今日まで発見されていない。

「西湖の中へ流され、沈んだまま浮き上がらないのだろうということになって、その後、何度か潜水夫を入れて調べたのですが、私の母や弟をふくめて、今も十三人の遺体は見つからないのです」

西湖は水深九十メートル近くもあるといわれ、潜水しても下部は濁って見えないのである。今、新しく移された村の中心部にゆくと、あの日の罹災者を葬った慰霊碑がある。その碑に刻まれた村人の名前は、区長、渡辺祐喜さんを第一行に、鳴沢小学校長、古谷文一さんほか六十三人、その日の台風は、一時間に百ミリの降雨、流れ出た背後の山からの土砂の量は、何と霞ヶ関ビルと同じ容積だと書かれている。

住民のほぼ三分の一という犠牲は大きかった。それも働きざかりの三、四十歳代の人が多かったのは痛手であった。

四

私は、改めて、廃墟と化した斜面の大地を踏んだ。七年前の村のすがたをよみがえらせながら、ゆっくりと、土を踏んでみた。荒地と化した草地に咲く赤い花、それは一見、遠くからは、死者をなぐさめるマンジュシャゲの花かと思えたが、そうではなかった。「根場草」と名づけてやりたいような真赤な花。その花弁はサクラソウに似て、もっと茎が長い。死者の生き代りであろうか。

見上げる眼前の山肌は、ふたたび台風シーズンの到来を思わせて、半ば山の頂をかくしている。その暗雲が晴れれば、そこには、根場の村人たちがその昔、甲府との唯一の交通路として利用していたはずの峠路が見えるはずだ。鍵掛峠は、おそらくあの辺だろう。しかし、さっき聞いた古谷さんの話では、この峠路はほとんど人影を見なくなったという。ハイキングに利用する人も、稀になったという。

厚い雲が少し払われると、その背後の山肌が、いかに急角度でせまっているかが、改めて解る。この屛風のような山が剝がされるように流れたのだ。

「岩ばかりの山で、水を吸い込まないんですよ」

という古谷さんの声が想い出された。

もうふたたび、ここに人は住もうとしないだろうか。かつて、村の真中に流れていた小さな川が、今は両岸を灰色のコンクリートで固められ、人工の深い溝となっている。人が逃げ出した廃墟とわかっていながら、こうした防衛対策をした村人の気持。それは、誇張して言えば、ギリシアの神殿あとのようでさえあり、一瞬、私は、デルフィの遺跡をさえ連想した。こうして、かつての住居地は、場所を変え、廃墟と化してゆくのか。感傷的な言い方はさけたいが、人の命は、はかない。

廃墟の斜面に点々とさく、赤い花をスケッチブックに模写し、根場の人々の挽歌をうたう鍵掛峠からの風に身体を打たせながら、私は、廃墟の左右に残る一軒の民家を目指した。

中は「もぬけの殻」だった。人去って、家は風の吹きぬけるままに放置されていた。

しかし、このカブト屋根を戴いた民家は、一個の芸術品である。土足で入るのがはばかられるが、畳も上げられ、天井裏まで見通せる。最初は切妻であったかもしれないこの独特な形の民家の構造がよくわかる。入母屋づくりの変形とも見えるカブト造りの屋根は、三角形の破風に飾りの懸魚(げぎょ)をつけたり、格子戸をはめ込んでいる。この形式の民家が不思議議に甲府盆地には生れず、この富士山麓だけにつくられたが、先祖が平家の落人の末裔というのは、嘘ではないかもしれない。

富士五湖めぐりのバスも、この西湖の湖畔は通らず、四湖しか見せてくれない。ここは、長い間北と南が山でさえぎられた隠れ里だったのだ。

「平家の落武者四人が住みついたという言い伝えがあるんです」

という古谷さんの話を憶い出した。

「いや、三百年前にも、ここは、水害でやられているらしいことが、その後解ったんです」

本当にそうならば、一見桃源郷の生命は、はかない。はかないが故に桃源郷であったのか。

しかし、今見る西湖は、美しい前景として眼のすぐ下に湖面をたたえ、その背後に、富士山を大きく立ちはだからせているではないか。このすばらしい、天与の立地条件を捨てる気になれなかった村人たちの気持もわかる。

「それにしても、私たちのように、生きることに必死になっている人間がいる一方で、すぐ近くの樹海に、生命を捨てにゆく人がいるんですから」

と古谷さんは、樹海へくる自殺志願者の心を批判した。そうであろう。一家全部を失った人もいる。死者への挽歌を、民宿という形で起ち上った村のすぐ傍で、未来に富んだ生命を自ら絶つ若者たちがいる。

この新しい根場の村がもつ、表と裏の現実、すぐ北の大地は、悔んでも悔みきれない肉親たちの墓場。誰も死のうとする気持はなかったのに、突然おそった天災。そのすぐ南の庭先からはじまる富士の樹海では、そんな生き方、最近の現実を知ってか知らずか、ときどきわざわざ死を選びにやってくる人々の気持に、彼は複雑な人間の心を感じとるのである。

「そんな人たちが、ときどき泊りますよ」

樹海を死に場所にする発想は、松本清張さんの『波の塔』以来だと、言いたかったのかもしれない。しかし、小説の功罪よりも、すくなくとも根場の人々の今の気持を知れば、「死」は、絶対に自らえらぶべき道ではない、と言いたいのであろう。

私は、来てよかった——、根場は他の民宿村とはちがうものを教えてくれた、と思いながら、樹海を歩いて、帰路をたどった。

昼なお暗い密林のなかで、私は、生と死の共存するこの村の人々の心を、もう一度想った。

原始林のささやき

「みちのく」という言葉が連想させる風景も、いつの間にか変った。芭蕉の頃の「陸奥」は、おそらく東北地方の北半分であった。しかし、今では、そのあたりを新幹線が貫こうとしている。北へむかえば、蝦夷のくに、未開の風土というイメージはなくなった。「みちのく」と今日言えるのは、いま、私がたどろうとしている朝日岳の山ふところあたりではなかろうか。まさに、そうだ。出羽山地の一角こそ、今でも「道の奥」であり、「未知の奥」の感じであった。

かつての「みちのく」は、八戸にしても、大館にしても、工業都市化してしまった。芭蕉が涙を流した平泉あたりは、観光地と化した。山寺も蝉が逃げ出しかねない賑わいだ。

その山寺の紅葉を見た翌日、私は、出羽山地へむかった。出羽三山ではなく、朝日川にそって西へむかった。朝日川は、最上川の上流のひとつである。朝日岳という雪ふかい山々から流れ出て、最上川へ流れ込む。そして最上川なら、古来有名だが、朝日川をたどる人は、今もすくない。

最上川も、芭蕉が舟下りをした中流以下は人目に触れているが、朝日川を合流するあたりは、まったく話題にならない。

そこは、五彩の紅葉の谷間であった。行く手がどうなるのか、わからないという意味では、まさに、このあたりこそ、「みちのく」であった。「みちのく」は東北地方の北ではなく、直線距離にすれば、もっと手前の、山形県の一角にあった。それでいて、みちは、三つ、四つと峠を越え、行く手に不安と期待を持たせた。

朝日川の渓谷は、最上川の上流にちかい、とある地点から、突然展開する。十月下旬の紅葉のすばらしさは、筆にすると、かつての大町桂月調になるので、あえて書くまい。色彩美は、自分の眼でみて味わうべきだ。あえて筆にしたいのは、眼でみてもわからぬ樹木の名や種類だ。大町桂月は、ただ風景を絶讃し、美を構成する自然の分析をしていない。

しかし、この朝日川の谷間が、次第に眼下の川をせばめて、渓流にちかい川の流れに変えたころ現われる峠の名が、ブナ峠と呼ぶのを知るとき、人は、おそらく、今まで見てきた紅葉の核をなすのが、ブナであることに気づくはずだ。

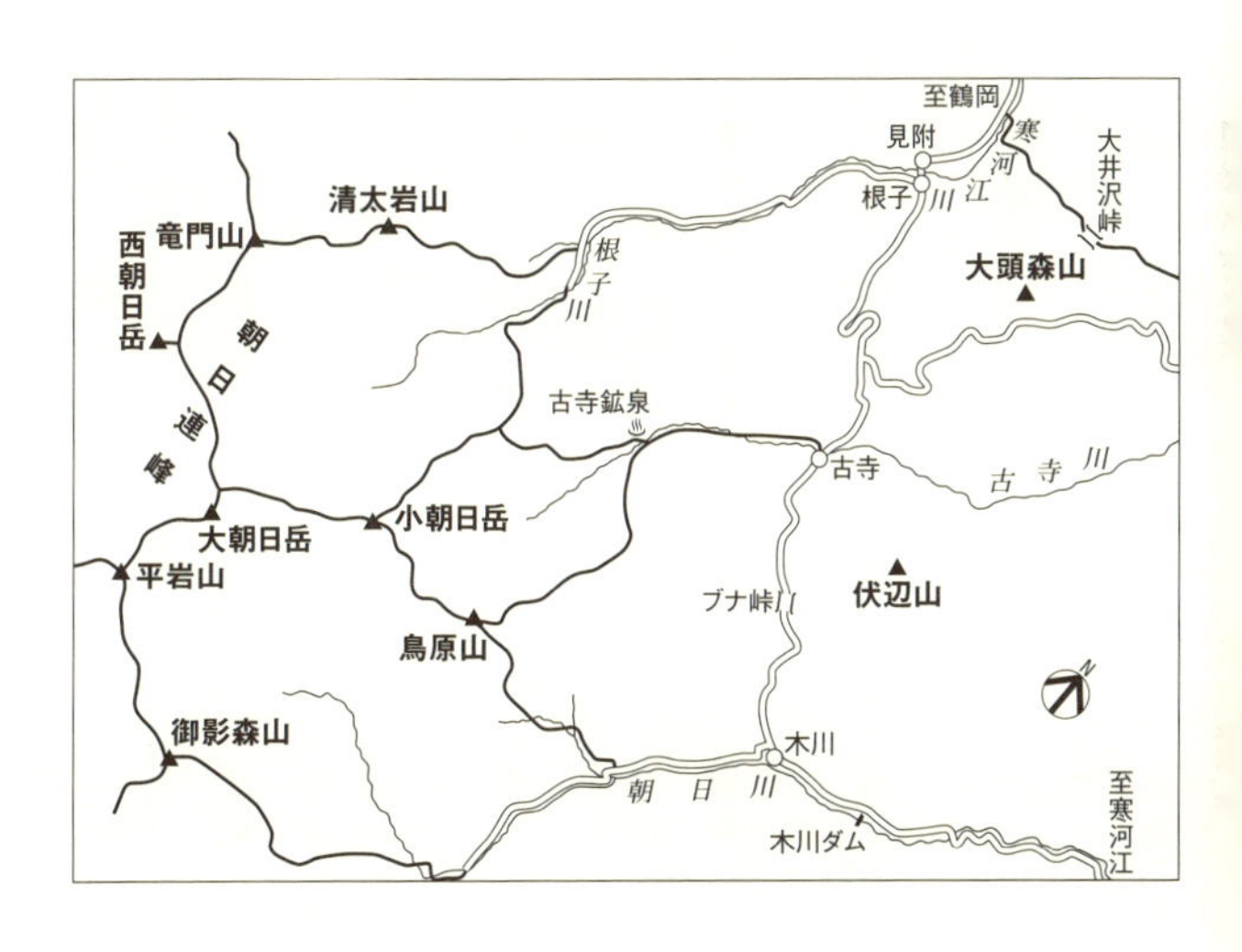

至鶴岡
見附
根子
寒河江
川
大井沢峠
清太岩山
竜門山
西朝日岳
朝日連峰
根子川
大頭森山
古寺鉱泉
古寺
古寺川
小朝日岳
大朝日岳
平岩山
伏辺山
ブナ峠
鳥原山
御影森山
木川
朝日川
木川ダム
至寒河江
N

そこは、朝日岳の連峰を正面に見る展望台である。そこで、ひととき、今まで見てきた紅葉の秘密、色彩の神秘について考える。

真赤なのはハナカエデ、黄色いのはイタヤカエデ、茶褐色に染まっているのは、ナラかミズナラだろう。おそらく紫色がかっているのが山桜、今の季節でまだ緑を残すのは、クリかハンノキ、しかし、目につく紅葉以外のほとんどが、うす黄色のブナの樹なのだ。

地模様をつくるほど多いので目立たないブナ。しかし、ブナこそ、このみちのくという風土が誇るべき樹だと、私は言いたい。それは、仙台に大学生活をしていたころからの実感であり、その後、全国を旅してみても、杉の植林をほこるのが、秋田か九州という印象はあっても、ブナのような巨木に育つ広葉樹は、ほとんど伐られてしまった。

同行してくれていた地元の人に、そういう年来の実感をたしかめると、

「国立公園なのに、ブナがどんどん伐られてね」

と残念がった。山形県は、最近、他県にさきがけて、「自然保護課」をつくったのである。それは、この県の平野部が、江戸時代に誇った「紅花（べにばな）」のためではなく、おそらく、一見、その貴重さが一般に理解されないブナの原始林の保護のためであろう、

と私は思った。

名もブナ峠、——そこでの想いは、眼前にそびえるのが朝日岳の山なみだけに、象徴的だった。今見るこの朝日岳といえば、戦後、磐梯山と一緒に国立公園になったが、その評価は、高山植物よりも、山肌一帯をおおう厖大なブナのためであったと言ってもよい。

一般に、人々は高山植物のような、華やかで可憐な植物の価値はみとめるが、花も目立たぬ大樹には、心をひかれない。「どこまで行っても林ばかりじゃないの」と都会の若い女性たちは、原生林の山路を、退屈なものとしか思わない。「早く高山植物が見られないかしら」と彼女等は言う。しかし、幸いにして、このみちのくも、奥ふかい朝日山系には、軽装の女性たちは今も来ない。それがせめてもの幸いだ。

朝日岳こそ、実は、広大なブナの宝庫なのだ。ブナは海抜千三百メートル以下の山肌を、一面におおっている。それより高くなると、灌木地帯となり、稜線には高山植物が咲く。今みる手近な山の頂には、高山植物の代りに、ヒメコマツが並んでいる。あのヒメコマツも、都会に近い山では、盆栽ブームに便乗して抜きとられているのが現状である。

「このあたりのヒメコマツは幸いにして、健在ですね」

と言えば、

「山形県では、やはり針葉樹よりも、広葉樹を大切にしたいですね」

と自然保護課の若者は言った。

それには、物言えぬ大樹たち、原生林たちに代って、自然の価値を知らぬ都会人たちに、もっとわかりやすく、なぜブナが大切なのかを教えるようにしてほしいものだ、と私は思った。一九七〇年代に入って、急に声を大にして叫びはじめた全国各地の自然保護運動は、どうも、主張する側の人々だけがその根拠を知っていて、第三者には納得がゆかないこともある。

日光の太郎杉を伐るか伐らないかの時の論争もそうだった。私はブナ峠を降りながら、やがて見えてきた小さな小学校の建物を印象づけて、あそこの子供たちは、なぜ、ブナが大切なのか、知っているだろうか、と思った。

見馴れている樹木、とくに眼の中に入ってしまうような平凡な樹木の価値は、ちょうど人間が毎日飲んでいる「水」と同じように、その貴重さが自覚できなくなっている。日光の太郎杉も、その一本が大切だという主張の前に、杉という樹が、地球上でも、日本特産の針葉樹であることを教えようとしなかったのではないか。杉なんか日本全国どこにでも生えているじゃないか。そんな目くじらを立てて、伐る伐らないを論じることはあるまい、と思った人は、一度外国へ旅するがいい。

　こう私が言うと、ヒマラヤスギというのがあるじゃありませんか、という答えが返ってきた経験もある。しかし、ヒマラヤスギは、実は「松科」の植物なのだ。杉は、日本にしかない樹であり、日本で一番大きく育つ樹でもある。その杉も、今や、都会周辺では枯れつつある。日光の杉並木が問題になったのも、東海道の松の並木とは、価値がちがっていたからなのだ。

　そんな話を、自然保護課の職員に語り終ったとき、車は、さっき眼下に見えていた、しゃれた小学校の前に停っていた。あたりに人家は見えず、不思議に孤立した形の小学校である。子供たちの姿はない。やはり、過疎の今日、小学校だけが残ったか、と思っていると、中から中年の先生らしい人の姿があらわれた。

　小学生たちの姿を期待していた私は、おや、と思った。生徒の姿はまったく見えない。しかし、実に立派で、一見新しい校舎である。

「先生ですか。生徒さんは？」

「生徒は、たったひとりです。先生ひとりに、生徒ひとりなんですよ」

　私は思わず、立派な校舎を見上げた。ブナの樹の感想を生徒に聞こうとする気持は、この瞬間、放棄した。実に、にこやかに笑うこの先生。その顔には、人生を達観した表情がただよっている。おそらく、この僻地で、長年心血をそそいで、教育に身を投じているのであろう。その表情の穏やかさと、落ち着いた話ぶりにひきこまれて、ここでは、ブナの話よりも、この先生の心境を聞きたいという気持に変っていた。

朝日岳の麓、そこは豪雪の谷間である。今見る山肌は紅葉のさかりだが、おそらく、もう一ヵ月足らずのうちに、雪がふる。そして、根雪になる。この先生は、たったひとりの生徒のために、冬も去らずにここに生活しているのか。

分教場とは思えないほど立派だったせいもある。しかし、やがて現実は理解された。

「この古寺には古いお寺などはなくて、農家が二軒だけです。それでも一時は最高十人の生徒がいたことがあるんですよ」

それが、今はたったひとり、そのひとりが来春卒業すると、生徒はいなくなり、先生は、十五年の山ごもりを終えるのだそうである。と言えば、ここに限らず、よくある山の分教場の話と受けとる人もあろうが、この先生の感慨は、ここが日本でも最高の豪雪地帯だけに、人に聞かれるたびに、十五年にわたる四季が脳裏によみがえるのであろう。

「最初に入学した生徒が今は母親になって、その子供が最後の卒業生になるんですよ」

名は渡部市美先生。先生の赴任する前からこの分教場はあった。昭和九年創立といえば、ちょうど四十年目に廃校となる運命も、先生にとっては感慨深いのだろう。最初は、営林署の職員の子供たちのためにつくられ、最高五十名の生徒がいた。

「その頃、まるで、笹小屋的生活だったそうですよ」

深すぎる雪の日々が想われた。

「それにしても、今は立派な校舎ですね」

と言えば、来年閉校のあとは、「少年自然の家」に利用する前提で、最近新築したのだそうである。ひとりしかいないという生徒の姿も見えず、先生は、最後の越冬生活を語った。

「ひとり暮しなんで、目下、冬眠用の食糧集めに忙しいんです。半年分の生活用品をストックしておかないと……」

家族は三年前から山形平野の山裾の町へ移り住み、このオトコ先生ひとり、耐乏の越冬を強いられている。このところ、冬を前にして、時々車をふもとへ駆って、食糧運びをくりかえし、あと半年の自炊生活にそなえるというのである。

「そこの電線が、冬になると物干し代りになるんですよ」

その電線のある高さを見れば、この古寺の冬が、積雪三メートルを越すことが理解できる。しかし、それは、体験しない者にとっては、単なる想像にすぎず、見えすいた同情はかえって先生の心情を傷つけるのではないか、と反省した。

見送ってくれる先生の表情に、少しも淋しさと空ろさがないことに、私は二度目の反省をした。車が走り出すと、隣席のHさんが言った。「あの先生は、すでに吉川英治賞をもらっているんですよ」

それは救いだった。しかし、そんな賞をもらってしまうと、山を降りざるを得ない現実は、逆に、未完結の人生のようになって、彼の心の負担になるのではなかろうか、と同情した。

そんな想いが一段落したところ、車は、大井沢の集落に入った。さっきから、ふたたび、左右をとりまく紅葉が、私の目に沁みていて、旅路の想いは、ブナの山肌に戻っていた。ここで私はぜひ「ブナの番人」ともいうべき人物に逢いたかった。おそらく、そんな風に呼べる人がいるにちがいない、と期待した。

果たして、そういう立場に自らを置いて、山に住む実感を語る人はいた。志田忠儀さんは、陽やけした顔で大井沢峠の中腹から、朝日連峰を指さした。

「営林署が、昔とちがって、どんどん皆伐（かいばつ）するのですからね。それも、ここから見えないような裏側をコッソリとね」

この訴えは、ここに限らず、国立公園地帯を訪れるたびに聞いてきた。すでに、数年来、あちこちで非難されている「皆伐」という「開発」は、紀伊山中の大台ヶ原山で、四国の石鎚山で、上信越高原で、林野庁を「自然の敵」に仕立ててしまった。林野庁の管理下にある営林署が、かつての御料林時代とちがって、まるで、木材商のようになってしまったという批判。実際、そうなのだ。

営林署はどこも、現地で採算がとれるように努力せよと命ぜられ、仕方なく、売れる樹は伐る。ブナはパルプになる。家具になる。人の眼に触れないところなら伐ってしまえ、と言わんばかりに、それもいわゆる「皆伐」だから、困るのだ、と志田さんは言った。

ブナに限らない。戦後の日本は、ブナのような広葉樹を、金にならない樹とよんで、全国的に針葉樹に植えかえて行った。そして、年ごとに紅葉は見られなくなった。紅葉などなくなっても大したことはないが、樹のなくなった地肌は地下水を吸ってくれず、水害と洪水になやまされる。それでは、山麓にダムをつくってあげましょう、と林野庁に代って、今度は電力会社が言い寄ってくる。それを受け入れれば、地元に赤々と電気がつくかと思うとそうではない。山村の人々は、ダムの補償金だけをもらう自己満足を反省しはじめているのだ。

「この村も、若い者が減ってしまってね。子供たちに、ブナの大切さを教えようと思っても、相手がいませんよ」

志田さんの嘆きをきいて、私は、もしそんな若者たちに会ったら、言ってやりたかった。君たちのふるさとに茂るブナ、あのブナは、北海道にはないんだ。気がつかないかもしれないが、ブナの原生林の多いことは、山形のほこりじゃないか。原生林というのは、針葉樹じゃないんだ。

針葉樹は植えてまで育てる。金になるからだ。金になる樹ばかりを育てる今日の日本。一方で、大きく失われてゆく何か……。

大井沢峠――そこから見る朝日岳の連峰は、はやくも、今か今かと冬を待っている感じだ。もう新雪が来たらしい。やがて、今立つこの峠も深く雪に埋れる。

「あの、根子川の上流、あそこのブナを伐られるのが悲しいんですよ」

と志田さんは言った。国立公園の管理人であった彼が、「ブナを守る会の会長」になったのは、「緑の番人」であるべき営林署が、材木商に変貌した頃からだろうか。

「朝日岳一帯は、八十五パーセントがブナですからね」

根子川の上流が皆伐されたら、もうおしまいですよ、とさっき訪れた古寺の山村の奥を志田さんは指した。昔とちがって、川の増水が、三、四十分早く起るそうだ。

「鳥たちが棲み家を失って、どんどん、麓から根子川の上流へ移住しています」

ブナといえば、この辺の山村の人たちが生計の資にしているナメコの栽培のためにも、必要なのではないか、そんな理由もありはしないか、と感じたが、

「いや、ナメコをつくるのに必要なブナなどは、全体の一割程度ですよ」

目先のことにとらわれた主張ではない、と言いたかったのだろう。巨大なブナを伐ってしまうと、今日の大きさになるためには、ざっと千年はかかるだろうというのである。

「一年は千分の一ですよ」

その年月が数十年程度で死んでゆく人間はわからないのだ。それにしても、この山村から、あの分教場から巣立った子供たちは、ふたたびここに戻ってこないのだろうか。

先生は去る。子供たちはいなくなる。そして、ブナは伐られる。さっき見た分教場も最初は営林署の子供たちのために出来たはずだ。その子供たちが巣立って行って、今では、営林署をうらむ時代が来た。それでいいのだろうか。

志田さんの横顔が紅葉の夕映えにかがやき、その顔と、像を重ねるように、私はさっき別れた、分教場の先生の顔を想い浮べた。

文学的山村――天体の植民地

一

山陰から山陽へ結ばれるレール。伯備線もそのひとつである。乗ってみて忘れられない印象は、中国山脈を縫って、川の源がちかづいたと思われるころ、峠になり、そこから急に空の感じがまるでちがってくる、あの旅情の変化だ。

伯備線にかぎらず、中国山脈を南北に走るローカル線の窓外は、分水嶺にさしかかると、瀬戸内海側の「明」と日本海側の「暗」が実にはっきりと分れるような気がする。「山陰」という呼び名は、どうも暗くて嫌だ、これを返上して、「山陽」に対して「北陽」と呼んでもらいたいという地元の人々の希望が、かなり前からあると私も聞いていたが、気象の違いが見せる陰陽の変化は、やはり旅行者に忘れがたい印象を刻みつけるのである。

そして伯備線というと、私は、根雨などという暗い感じの駅名を想い出す。根雪ならぬ雨の降りつづくような感じの山あいの町の人々も、おそらく、その語感からくるイメージを嫌って、戦後、日野町と改めたのだろう。逆に、まったく日のあたる感じの地名になったが、その町に住む人は、駅名がまだ変っていないのを、残念に思っているにちがいない。

米子の町、ここが山陰かと思わせるような海辺の明るい町から、ここへ来ると、急に山かげで、もうあの大山は見えない。米子の町は、大山をいつもその東の地平線に大きく立ちはだからせて、太陽光線がゆたかかだ。大山は、この伯備線の車窓から仰ぐとき、その裾野が、いかにも牧歌的で、私は好きだ。伯耆溝口という駅から降りて入る大山への道は、桝水原という高原へ通じている。今では、裾野を半周するすばらしい有料道路がさらに鏡ヶ成という裏大山の高原を通って、関金温泉まで通じている。晴れた日に来ると、このあたり、山陰とは思えない明るさにあふれているのである。

桝水原のロッジに泊った時、偶然出会った新婚客も、鏡ヶ成のよさをしきりに讃えていた。鏡ヶ成という妙な名の山上の別天地は、山陰地方には珍しい、信州を思わせる高原である。

秋の一日、この大草原には、一面銀狐の群を思わせるススキの穂が、風になびいて光っていた。日本海にちかいのに、海抜千メートルちかい高地である。眼前に仰ぐ烏ヶ山（からすせん）というピークが、また独特なすがたで眼にやきついた。

帰りは伯備線の江尾（えび）の駅までゆくバスがあったので、ふたたび遠ざかってゆく大山を見た。江尾といえば、さっき語ったあの根雨にちかい。

伯備線はここから山間を縫い始め、急に左右に山がせまってくる。根雨の町で雨に遭わなかったのが、何か不思議な感じさえしたが、実はその日、逆に、珍しく明るい陽ざしのなかで私は、生田長江（いくたちょうこう）の文学碑を見たのである。

生田長江という大正時代の文学者が、こんな町で生れている。「真善美」を求めた彼の人生観を刻んだ碑の下には、佐藤春夫の文章で、その生い立ちが書かれていた。しかし、この沿線が生んだ文学者といえば、米子の生田春月の方が、より多くの人の記憶に残っているかもしれない。

生田春月といえば、かつて、一時代前に感傷的な詩人として一世を風靡した。「相寄る魂」という長編小説は、自分の郷里である米子の町を舞台に展開させた自伝風な物語で、昭和初期、一大センセーションを捲き起したといわれている。

彼の場合、その死が、三十九歳という若さで、月明の瀬戸内海を走る船上から投身自殺という形をとったことによって、人々の記憶に刻まれたのである。山陰を嫌って、

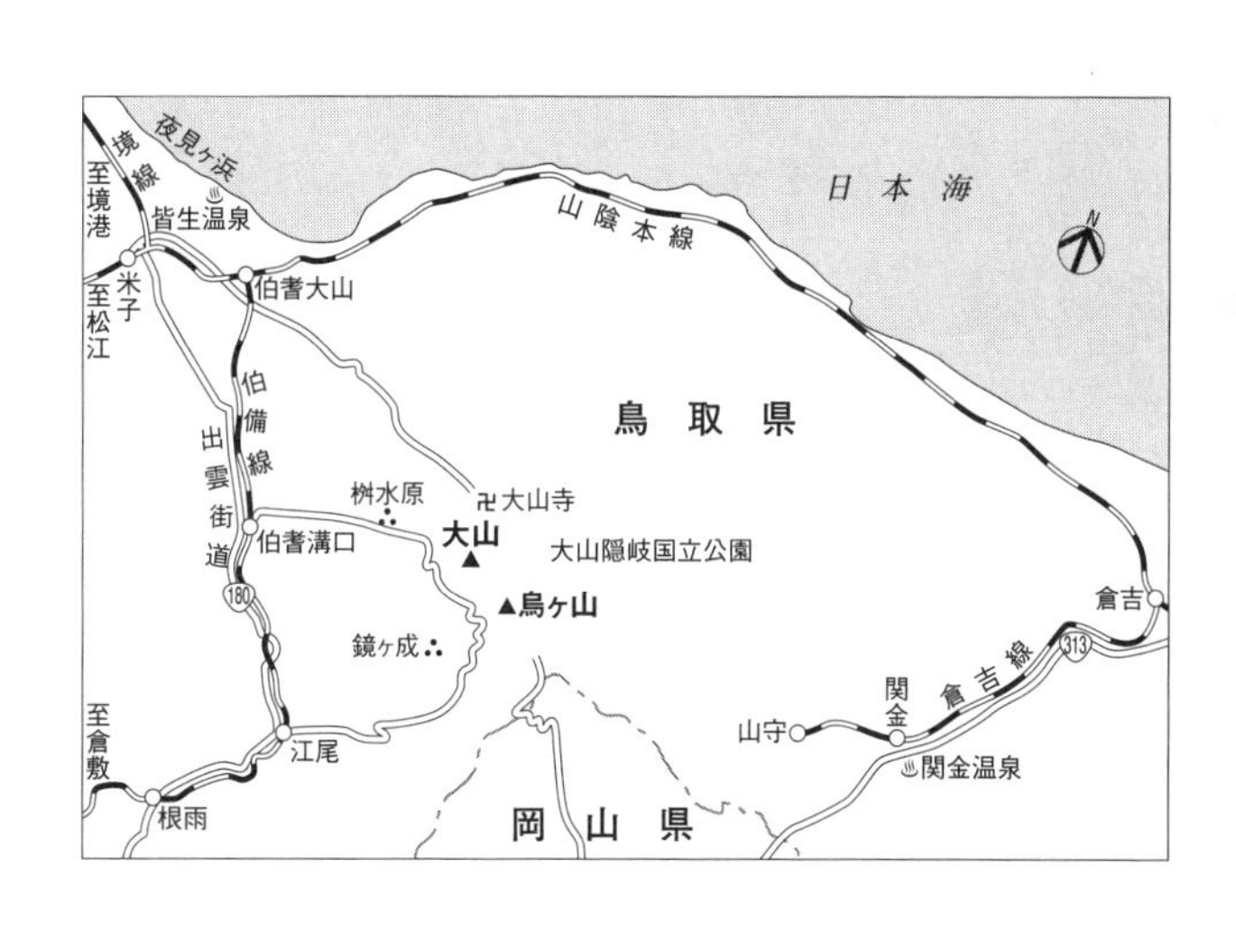
境線
夜見ヶ浜
至境港
皆生温泉
日本海
山陰本線
米子
至松江
伯耆大山
伯備線
出雲街道
鳥取県
桝水原
卍大山寺
大山
伯耆溝口
大山隠岐国立公園
180
▲烏ヶ山
倉吉
鏡ヶ成
313
倉吉線
関金
山守
至倉敷
江尾
関金温泉
根雨
岡山県

山陽にあこがれ、その海に身を沈めたかったのだろうか。その作風は、「相寄る魂」という題が象徴するように、一見、感傷的だ。しかし、戦後も若い人々の一部に、変らざる読者層をつくっているのだから、その感傷は単なる感傷ではないともいえる。

生きとし生ける人の胸に
限りも知らぬ寂しさが
雲のごとく湧くときは
離れ　離れし　人も相寄る

実はその前日、この詩碑を皆生(かいけ)温泉の松林の中で見たとき、私は、戦後間もない頃、作家の井上靖氏の書いた「通夜の客」という小説を憶い出し、何かそこに相通ずるものを感じ、この小説の舞台が、奇しくも、同じ伯備線の山中であることを知り、再度、伯備線に乗ったのである。

二

二度目の旅は、山陽側の倉敷の方から入って、南から山陰に入ってみたのである。この小説に描かれたF村は、岡山県と鳥取県の境にちかい山陰側の山ふところだったからである。福栄村――今は日南町と改っている平凡な山村は、昔から、ほとんど人々に語られることのない、とりたてて何もない、不便な谷間の一隅である。しかし、それ故に井上靖氏は、太平洋戦争中、家族をここに疎開させたのであろう。

その当時の生活がモチーフとなって、芥川賞を得た直後の氏に、この小説を書かせたのであろう。「通夜の客」は、氏が「闘牛」「猟銃」について書いた初期の名作のひとつと言ってよい。

ある新聞記者が死んだ日、東京の故人宅へ突然あらわれた一人の若い女性が回想する形で描かれたこの一篇は、彼女が愛人として生活したこの山陰のF村での三年間を、実に美しく臨場感ゆたかに読者に伝える。

主人公と、この秘められた愛人の隠棲生活は、「鳥取県と岡山県に近い、海抜一二〇〇メートルの高原」で展開し、二人が「花咲かすことのできた唯一つの小さい天地」として描かれている。

「私があなたの後を追って、初めてあの七曲りの細い峠道を通り、このF村全体を見晴らせる一本杉の台地に辿りついたのは、終戦の年の十月末のことでした。……ああ、あの時の明るく静かだったこと。村全体が山奥といった暗いじめじめした感じはなく、いかにも高原の一角らしいはろばろとした明るい美しさでした。……

私は愛人。かくし妻。伯耆から美作へと吹き抜けてゆく中国山脈の、あの凄じい野分のあとの白いしんとした道で、いつ死んでもいいと思いながら、あの人と冷たい接吻をした」――と描かれた山陰の一角。

そこは作中にもはっきり書かれているように、伯備線の上石見の駅から西へ二里も入った山村の一隅である。私は、この上石見の駅に降り立ったとき、井上靖の描写力に感じ入ったと同時に、奇しくも、この一篇に流れる情感が、生田春月の米子のあの詩碑のイメージとあまりにも似ている気がして、驚いたのである。とりまく風景は、まったく違っていたが、「通夜の客」の印象的な一節がよみがえった。

「天に近い、天体の植民地のような村の、悲しみも喜びもみんな揮発してゆくような虚しさは、お互いに口に出したことはありませんでしたが、私もあなたも身に沁みて味わっている筈でございます。三年間、私たちはこの自然の特殊な空虚さの中に住んで来たのでした」

旅を終えてから改めて読むと、それは、かつて生田春月が「相寄る魂」で象徴させた詩心にあまりにも似ていた。現実には全く時代も資質も違う二人の作家の、時を隔てた別の発想とはわかっていても、この類似性は、何か、山陰という風土がそうさせたのではないか、と思わざるを得ないほど似ていたのである。

井上靖氏自身は、偶然、戦争が強いた家族の疎開地を、時を経て、客観視し、虚構をつくりあげて一篇の小説に仕立てたのであろうが、これを読むとき、何か、主人公とその愛人をこういう気持にさせたのは、そこが、人目につかぬ、とある平凡な山村であったからではないか、と思ったのである。ただ、とりまく自然と、最低の生活を支えるものだけがあればいい、という、あの戦争中から戦後にかけての、ひとときならではの、一種の真空地帯のような場所がこの小説の底辺を流れている。

当時を思えば、おそらく、このような村は、全国に沢山あったはずである。

「東京や大阪では集団強盗が横行したり、闇市場の手入れがあったり、警察署が襲われたり、想像もできない荒れすさんだ事件が次々に起っていましたが、山は何事も起りませんでした。時々、見晴るかす山々の雑木を揺り動かして、野分が南から北へ駈け抜けて行きました。夕方になると、時雨がさあっと村を洗い、これもまた、南から北へと、駈け抜けて行くのでした。それ以外は、山はどこかに落ち込んで行くような心細いしんしんとした淋しさでした」

こういう村が、あの頃は、全国に限りなくあった。山村のすべてが、そうであった。空襲をさけるために、こうした山村へ身をひそめた都会人は、かなりいたはずだが、氏は、代表した形で、そんな、とある疎開地の山村を舞台に小説を仕立てた。その意味で私には、この村が、あの時代の都会人の生活の象徴のように想われた。

　上石見まで二里の山道を歩かねばならないが、女の足でゆっくり歩けば、三時間はかかる、と書かれた道のりも変っているはずはなかった。そして、二つ目の峠を越して、はるか遠くに上石見の人家の灯が二つ三つ見えるところで、作中の女性が冷えきった身体を運んでゆく姿を想い浮べてみることも出来た。

　そこが、世間から隔絶した山村であったからこそ、このような小説が発酵したのではないか。しかし、そこが平凡であればあるほど、浮彫りにするのはむつかしく、今、実景を眼にして、あらためて、その表現力と構想力に感心したのである。

　ここへ来る前、山村を舞台に展開させた文学を一通り読み、そのうちのどれかをえらんで現地へ行ってみたいと考えていたが、結局、井上靖氏の「通夜の客」にひかれた。山村を描いた文学と言えば、島崎藤村の「夜明け前」、有島武郎の「生れ出づる悩み」、宮沢賢治の描いた北上山地、深沢七郎の「楢山節考」などであったが、多くは、山村を都会より立ちおくれた非文明地帯としてとらえ、井上靖氏のような角度から描かれたものは、ほとんどなかった。

「私たちはこの自然の特殊な空虚さの中に住んで来たのでした。こうした自然だったからこそ、私はあなたとの愛情を、曲りなりにも育てることができたのかも知れません。夏も虚ろ、秋も虚ろ、冬も春も。その虚ろな風や光の中で、私は私の愛情をそれなりにひっそりと開かせることができたのです」

ここには、男女の甘い生活だけがあるのではない。山村ならではの条件が底辺にあって、はじめて成立するストーリーだと言えた。

それにしても、結局は、作家の眼と表現力がそれを生ませた、ということに尽きる。帰路、ふたたび見た、上石見のプラット・フォームは、何の変哲もなかった。それでいて、今までみてきたF村の一木一草が、よみがえるのは、文学のちからだと思った。山村と文学を語るとき、この作品を逸することは出来ない、おそらく、ある時代における山村のひとつのすがたとして、長く世に残るはずだ、と思いながら、私は上石見の駅を見送った。

奥只見、名残りの風車

会津と越後の国の接するあたり、銀山湖と呼ばれる山中の湖面を走る船での、私の想いは、多くの人造湖での、それとは違っていた。

「それ」とは、湖底に寄せる想いである。この日本のチベットといってもよい秘境に生れた湖面は、おそらく、本州最大の広さを持ち、かつての地底は、アルプスの黒部峡谷に匹敵する深さを誇っていた。只見川が地底深く流れていた。その岸には「浪拝（なみおがみ）」という優雅な名前をもった温泉さえあった。意外に高温の湯は川と接した露天風呂を持ち、入れば原始林が両岸からとりまいていた。豪雪の冬も、そこだけは、ぽっかりと雪を解かして、しかも訪れる人はなかった。

その温泉も深い湖底に沈んでしまった。その下流につづく峡谷の底に点々と残っていた銀山の廃坑も、もうふたたびよみがえることはない。

単なる郷愁で懐しんでいるのではない。この只見川源流の場合は、水没する直前まで銀山の繁栄とともに一喜一憂した街道ぞいの民家が、点々と残っていたからである。寛永十八年（一六四一年）に発見され、江戸末期の安政六年（一八五九年）に突然三百人が死ぬという坑道事故で廃鉱になったといえば、すでに明治以降は単なる「郷愁の地」と化していたともいえそうだが、この二百年の年月は、この谷間が日本でも秘境中の秘境といえた不便な山中だっただけに、なまじ銀などが採れなければ人など住むはずはなく、今日のような人造湖濫造時代が来ても、別に何の感慨も与えはしなかったのである。

しかし、幸か不幸か、この袋小路のような峡谷の奥に、ある日、銀の垂柱が発見され、徳川幕府は佐渡ヶ島に劣らぬ財源かもしれないと、開発に血道をあげたのである。当時、この山中へ入る道は、江戸からも、今日の上越線ぞいにはなく、信州長野を迂回し、越後高田から小出（こいで）へとたどった。当然高田藩の銀山奉行が支配した。やがて小出からのみち、約十里が銀山街道と呼ばれて、道中に八つの宿が出来た。天和元年（一六八一年）には代官が直轄した。元禄二年（一六八九年）には、河村瑞賢が来た。この当時、なんと民家は百軒にふえていた。

郷愁をさそうのは、代官や奉行たちではない。不思議に、後世ここに残った地名は、名もなき庶民たちの生活の跡である。「買石原（かいいしばら）」といえば、今船の走る銀山湖の湖面が鋸歯のような峰をみせるあたりの湖底にあった地名である。銀鉱が買いとられた小さな凹地である。「傾城平」といえば、毎日肉体労働に疲れはてる鉱夫たちを相手に色気と肉体を売った元禄遊女たちの脂粉を大地に染めた花街の跡である。

今でも、ここにくるには、予期しない長いトンネルを通らなくてはならない。その長さは、一万二千メートル、鉄道の走らない車道トンネルとしては日本一であろう。

そのトンネルを抜けると、突然、青空がひろがり、ダムの直下に出る。「シルバー・ライン」と呼ばれているこのトンネルが出来るまでの銀山平は、小出から延々一日がかりの山路と峠越えであった。「枝折峠」の名は枝を折りながら道しるべの代りにしたという伝えから生れている。今も胆をひやす断崖つづきの車道である。

そこを最初に越えたのは、銀山開発後の鉱夫たちではなかった。地元の人々は、そのパイオニアを「尾瀬三郎」という人物だというのである。この人物の名は銀山跡が水没した日から、急に地元の人々の記憶によみがえった感がある。今までは、たいてい「銀山平」の話が郷愁とともに語られていたが、いざ、村が湖底に沈んでみると、新たに、より古い過去への関心が生れたのであろう。

銀山跡を通ってさらに奥へゆけば、只見川の源は尾瀬へ通じている。その道をさまよいながら入って行ったのは、平清盛時代の京都の公卿のひとり、藤原頼国だという

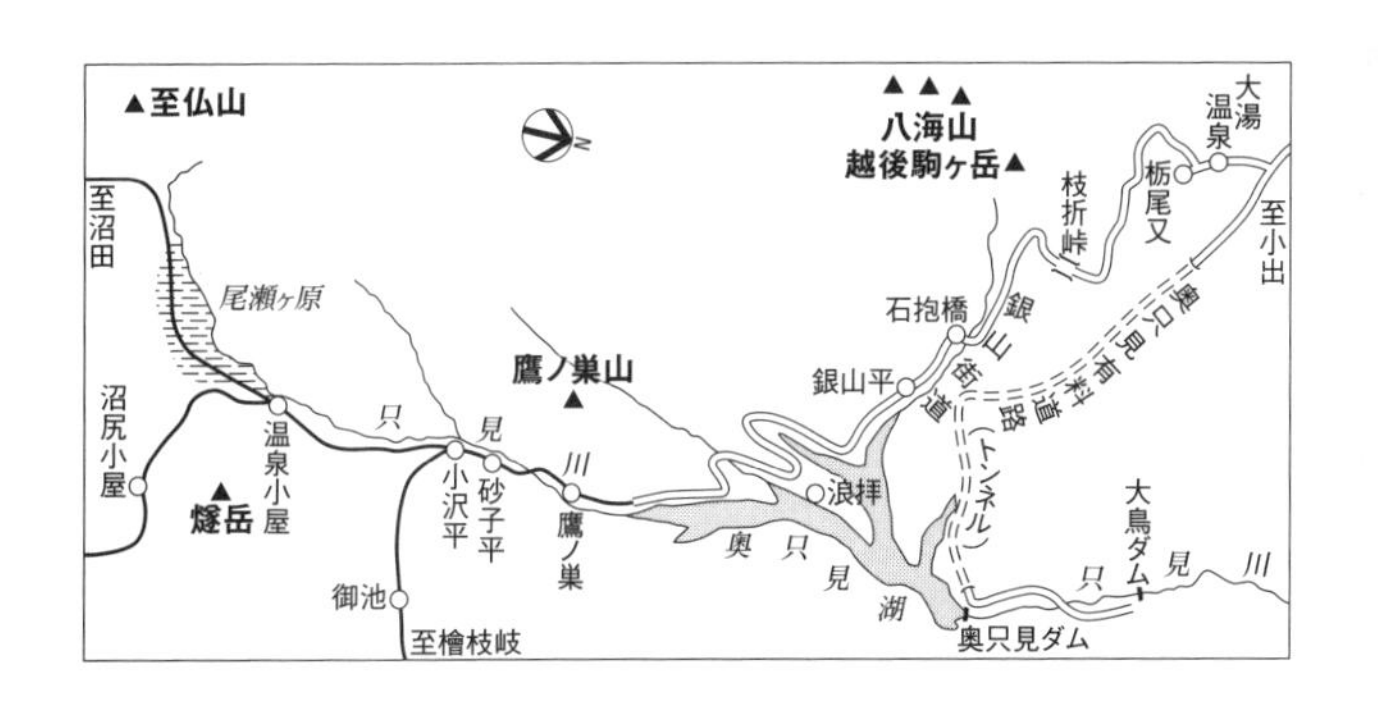
至仏山
八海山
越後駒ヶ岳
大湯温泉
至沼田
枝折峠
栃尾又
至小出
尾瀬ヶ原
石抱橋
銀山街道
奥只見有料道路
鷹ノ巣山
銀山平
沼尻小屋
温泉小屋
只見川
小沢平
砂子平
鷹ノ巣
浪拝
トンネル
燧岳
大鳥ダム
奥只見湖
只見川
御池
至檜枝岐
奥只見ダム

のである。彼は当時の左大臣の二男で、清盛と妃を争って三角関係に陥り、清盛の策謀にひっかかって不幸にも追放され、配流の身となって、やってきたのが、この只見川ぞいの道だというのである。真偽のほどは疑わしいが、技折峠の名も、彼がこの峠を越えるとき、神の導きのように突然あらわれた山中の童子が、原始林の枝を折って道案内をしたという伝えから出ている、と「銀山平」の人はいう。

公卿の彼は、結局、尾瀬までたどりつき、そこで死んだので後世、人々は「尾瀬三郎」と呼んだというのだが、夢の乏しい山中の人々が求めた架空の過去としても、夢をもたない都会人にくらべれば、その発想と歴史の脚色が逆にうらやましいのである。

銀山湖の誕生とともに、さっそく建てられた湖畔の尾瀬三郎の銅像を脳裏にやきつけて、やがて乗った湖上船の行く手には、今私がたどろうとする尾瀬への道が、青い湖面の奥に近づいてきた。

今日、私が目指す、とある山村は、この湖の歴史的エピソードを前奏曲にした旅路の奥にあった。上州側からみれば尾瀬の裏側にあたるこの只見川の源流に、点々と残る山村。そこに意外にも、風力発電をしていた独特の集落があると聞いていたからである。

風のちからで発電するのである。四枚羽の風車が回っていたのだろうか。水力発電、火力発電が常識になった今日、まだそんな素朴なものが、本当にあるのか、私の興味は、この山路がみせる最後の集落である小沢平（こぞう）の風景を脳裏に描いて、足どりも軽かった。

湖上船を降りて歩きはじめてから約二時間、突然、行く手に尾瀬のシンボルである燧岳が大きな三角形をみせて立ちはだかった。もう目的の小沢平は近い。

すでに、左右の荒地には、人家が点々と現われている。砂子平の次が小沢平だと地図は教えるが、左右に白いソバの花が咲いていても、人影は見えない。もうすべて空家になってしまったのか。

ここで尾瀬への道が二つに分れるという地点に、私が今夜泊る予定にしていた一軒の山小屋があった。秋も深まったためか、尾瀬の裏みちを歩く人の数もすくなく、茶店めいた小屋の縁台には、人影もなかった。私は、勢いこんで、風車のことを主人らしい男に尋ねた。

「今歩いていらした途中にあったでしょう」

「いや、気がつきませんでしたね」

聞けば、すでに、二つぐらいしか残っていないそうである。

私は日の暮れないうちにどうしても見ておきたいと思い、リュックを置いてふたたび今来た道を戻ってみることにした。

「はじめての人にはわからないかもしれません。一緒に行きましょう」

と主人の星さんはいった。やはり、この小屋の人は、想像した通り、檜枝岐(ひのえまた)の住民と同じ姓であったのか、と思った。

「檜枝岐の出作り村でね、ここは。今では、五月から十一月までしか住まないんです。冬は本村へ帰ります」

それで、人影のない理由がわかった。いや、今は冬でなくても、ほとんど人は住んでいないのである。古くからある集落ではなかった。太平洋戦争が終って、開拓生活が強いられてからはじめて檜枝岐の人々が開墾したところである。

二人で歩く山あいの一本道、肌を撫でる風がすでに冷やかだ。

「海抜が九百メートルを超えていますからね。ヒエ、アワ、ソバ位しか出来ないんですよ。それも、もうつくる必要がない時代なんで、やめてしまって、みんな本村へ引き揚げてしまいました」

「出作り小屋も、今では夏の別荘地のようなものですね」

「まあね」

と星さんは、笑った。ふたたび見えはじめた砂子平、そして、さっき見た小沢平、このあたりに点々と三十戸が戦後入植したというのである。しかし、今では夏だけの開墾地だ。ソバの花の白さが目に沁みる。

「ほら、あれですよ」

それは、壊れたプロペラのようであった。測量のときに立てる三角櫓の上に、長さ二メートルほどの二枚羽のプロペラがついている。櫓の高さは五メートルもあろうか。風車、かざぐるま――。そんなイメージを勝手に空想して来た私には、一瞬なんだ、こんなものだったのか、という失望があった。私が風車のある村を探してゆくのだ、とある人に語ったとき、「日本にも、オランダのような風車があったんですかね」と問い返したのを憶い出して、私も実は、もしかしたら、そんな風車が――と期待した愚かさを苦笑しながら、そんな表情は見せずに、空を見上げた。

さびたプロペラはすでに風を受けても回らず、ひとつの廃物である。しかし、それは、少し前まで確実に、この三十戸の山村の唯一の灯火の元であった。

「昭和三十六年から四十四年まで、八年間、各戸に必ずひとつはありました。家のすぐそばに」

それが風を受けて、うなるように回るすがたを想像した。風は、尾瀬の山上から、そして冬にはあの湖底に沈んだ只見川の谷間を吹きぬけて、この村の頭上を通ったのであろう。
「四季、実に元気よく回っていました。不思議に、一年中、どんな日でも回ってくれましたよ。意外に明るい電気がつくんですよ。六ボルトですが、ランプよりは、遙かに明るくて……」

風の吹き抜ける谷間。それは、四季を経験するとき、けっしてロマンティックなものではなかったろう。冬は深い雪、交通の途絶する山ふところ、本村へ往復することも出来ない陸の孤島。そんな日でも、この風車ならプロペラは回ったろう。
「上下、左右、自由に、風を受けて回るよう、うまく出来ているんです」

想像に反して、風車発電は前世紀の名残りではなかった。それが活躍して、村人の生活を支えたのは、戦後も戦後、つい最近までのことであったとは……。
「今では、すぐ下に銀山湖も出来て、電気は豊富でしょう」

といえば、
「いや、残念ながら、電気は、都会へ行ってしまって、ここは、今でも自家発電なんです」

この矛盾——日本の文明開化の矛盾は、この奥只見にかぎらなかった。私は、山村でダムに出会うたびに、その周辺にすむ人々に、電気の恩恵についてたずねてきた。

しかし、すぐ近くで数十万キロワットという電力が生れていながら、地元は素通りしてしまうなげきは、あちこちの山村で聞かれた。

風力発電の時代が終ったら、自家発電とは……。それでは、人々も未来に希望が持てないだろう。人々は文明開化が逆コースをたどることに納得できたろうか。戦後血と汗で開拓しつづけてきたこの高冷地を、昭和四十五年には、人々は立ち去った。そして、ふたたび、ここは、人影ない荒地に戻ろうとしている。

「自家発電なんで、午後九時には、消灯させていただきます」

と星さんは、申しわけないように私にいった。

日暮れは早く、ソバの花の白さだけが残り、燧岳は、今、シルエットに変ろうとしている。

さっき見た分教場も、今や無人の館だ。人々は、ある土地を、さまざまな理由で逃げ出してゆく。単に経済的理由に限らない。しかし、一度は、あるいは生涯の土地と思って入植した人も多いはずだ。文明開化は、必ずしも生活を幸福にしてくれないと人々は悟ったのか。

銀山湖の湖底にあった生活も、終幕は、意外な出来事から閉じられた。採れた銀は、江戸の幕府をよろこばせたが、山中に働く鉱夫たちは、せっつかれるまま、ついに只見川の川の下まで掘りすすめ、突然、川底が抜けて、どっと水が流れこみ、あっという間に三百人の生命を奪った。

風力発電も、納得のいかない形で終幕をとげている。人々は、あきらめて立ち去ったのか。大発電所のすぐそばにある自家発電の山村。現在が味けないが故に考え出した尾瀬三郎の伝説、電源開発さかんな時代にその恩恵を受けられないが故に考え出した風力発電。

これが山村の宿命と思いたくなかった。

山村、その象徴が、永遠に、いま暮れていく白いあのソバの花だとは思いたくなかった。ソバが消え、そしてはじめて、山村は幸福になるのか。

山国御陵への道

一

京都の北は、一見、袋小路である。人々は洛北と呼び、最近は寂光院、三千院をおとずれる人は多いが、鞍馬山の北へ入る人はすくない。雲ヶ畑の奥をたどる人も稀である。比較的楽に入れる若狭への道は、周山（しゅうざん）街道ぞいである。この道も、途中でかなり高い峠を二つ越える。そして、峠を越えると、急に、行く手はひろやかな盆地となる。

栂尾（とがのお）、槇尾、高山寺と訪ねる人もたいていは、その少し先の北山杉の山肌を見ることなく戻る。まして、周山まで足を向ける人はほとんどいない。そんな地形が、今でも、ここをひとつの別天地にしている。行ってみると、一部の民家研究家がすでに大分前から評価しているように、独特な屋根をみせた農家が点在している。入母屋づくりの上に、「千木」のような「ウマノリ」がのっているのである。一見、神社のつくりである。

今でも時代の波から超然としているようなこの盆地に、なぜ、「周山」という名がつけられたのか。その由来は、意外に知られていない。「周」とは、古代、紀元前数百年に中国にあった国の名である。黄河のほとりである。長安と洛陽を都にしていた国である。それにあやかってつけたのである。

そんな発想を抱いたのは、実は、明智光秀である。といえば、わかるように、この周山一帯の盆地は、織田信長時代、彼が支配していたのである。支配したといっても、ここを攻めとるのには随分苦労している。要害の地だからである。彼はこの周山にちかい今の亀岡城に住んだ。当時、彼は天下をとる野望に燃えていた。自分は、たとえてみれば、周の武王だ。織田信長は、俺に滅ぼされる殷の国の紂王だ、と自負したのである。

中国古代史が示すように、殷という国は、紂王というダラシのない帝王が出て、亡ぼされた。紂王といえば、腹ぐろい悪女のたとえに用いられる妲己という皇妃のために酒池肉林のかぎりをつくし、身を滅した最後の帝王である。

光秀の夢と野望は結局、現実にはならなかったが、周山という地名にはそんな由来

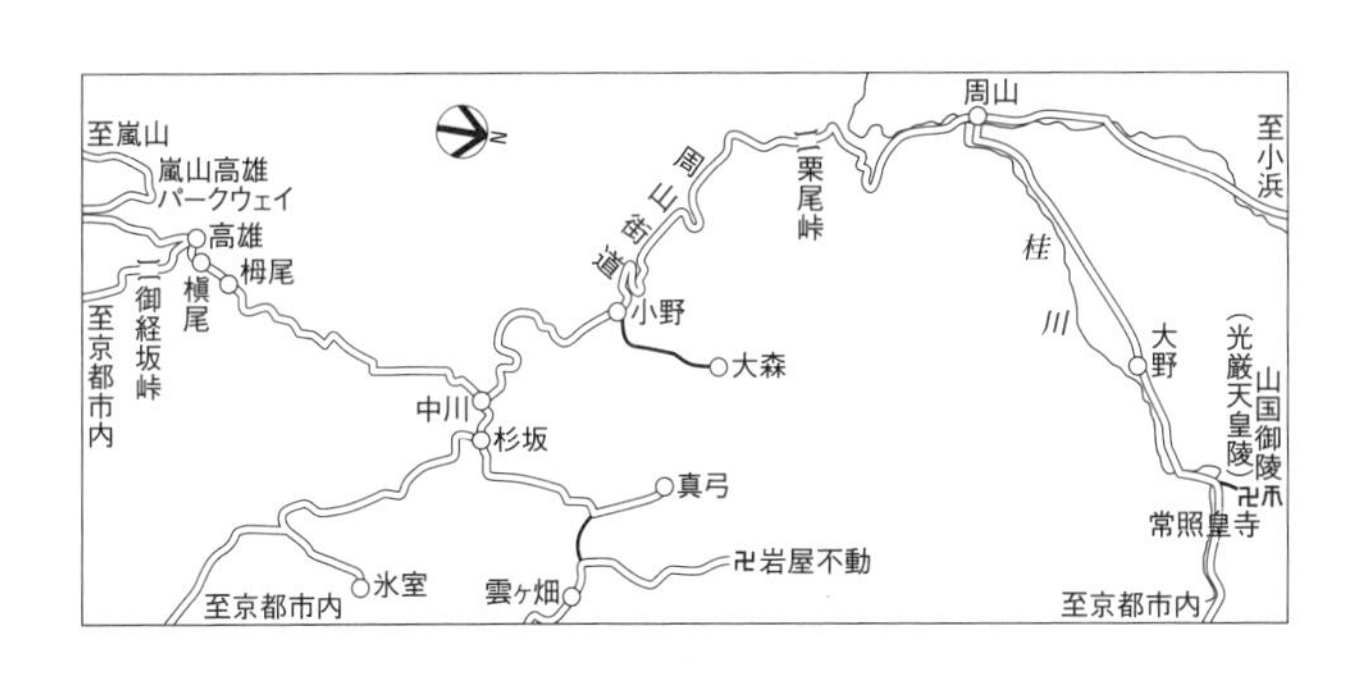
至嵐山
嵐山高雄
パークウェイ
高雄
槇尾
栂尾
御経坂峠
至京都市内
周山街道
小野
大森
中川
杉坂
真弓
氷室
雲ヶ畑
岩屋不動
至京都市内
栗尾峠
周山
至小浜
桂川
大野
山国御陵
（光厳天皇陵）
常照皇寺
至京都市内

がある。いや、それより古い時代、ここは、天皇の住んだところである。それを知っていたから、光秀は、周の都にたとえたのかもしれない。しかし、結局、吉野のように行在所も出来ず、忘れさられ、訪れてみれば今もさびしいしずかな集落にすぎず、タクシーは二台しかなく、京都の町とは打って変った不便さが身に沁みた。

　天皇がこの周山盆地に住んだといったが、それは、光秀の時代より二百年ほど前の南北朝時代のことである。といえば、うなずく人があるように、ここは京都に近く、それでいて、京都の方からくると深い山で隔絶された若狭寄りの一角で、その頃を思えば、まったくの僻地であった。人はこの一帯を丹波と呼んだ。

　そんな僻地へ天皇が身をひそめるというのは、よほどのことだ。それは、後世、南朝と北朝とよばれる皇統に分れた当時のことである。こんな地へはるばる身をひそめたのは、光厳天皇である。この天皇はまことに気の毒であった。その天皇が住んだところは、周山盆地の東の一隅で、今も寺として残っている。常照皇寺と呼ばれている。寺に「皇」の字がついているのは、一時天皇が住んだからである。もちろん、禅寺である。

　戦後は、南北朝時代を話題にする人もほとんどなくなり、興味を示す人さえすくなくなったせいか、同じ京都郊外の寺でも、ほとんど訪れる人はなく、それでいて、寺内の九重桜は天然記念物の名にふさわしく、毎年いまも、見事に咲きみだれるのである。

私が訪れた秋の一日、その日も、人影は、二、三人であった。秋は紅葉が桜の頃以上の見事さで、背後の山をいろどっていた。

ここへ来るまでの道のりと、不便さを思うと、南北朝時代には、さぞ山中はるかな秘境であったにちがいないと、改めてその頃の風景と天皇の心境を想った。

光厳天皇といえば、南朝の後醍醐天皇の時代と重なっている。この天皇は院政をしていた後伏見天皇の第一皇子であった。しかし、当時は幕府が政権を握っていた。政治上の都は鎌倉であった。天皇を即位させるについて、幕府では、大覚寺派と持明院派が争っていた。光厳天皇はこの争いの犠牲になったのである。不幸だった。後醍醐天皇が幕府を倒す計画に失敗したとき、北条高時の推戴で一時はこの天皇も皇位についたのである。しかし、十九歳の天皇の運命はその後不運の一途をたどった。在位わずか二年足らずで身をひかされ、三年後、今度は足利尊氏が上皇にまつりあげて院政をどうぞ、ということになったが、実権は与えられず、やがて南朝系のひとりとしてとらわれ、ついに出家せざるを得なくなった。

一時は、伏見の里の光厳院に住まわれたので、のちに光厳天皇と呼ばれたが、この天皇が晩年世俗と縁を切って、隠棲したのが、この常照皇寺だったのである。

この寺をとりまく自然の借景、一本一草は今も健在だが、その紅葉をふりあおぐと、何か天皇の晩年の声がよみがえるようである。私は別に天皇に人一倍の関心を持つわけではないが、こんな山の中に、その当時——と思うと、今たどって来た道も、もう一度、足で踏んで歩いてみなくては、その心境をしのぶなどということはおこがましいという気になったのである。

いや、それは、たまたま天皇がひそまれたからというのではなく、それが天皇でなくても、こんな今でも不便な山の裾に住むということは、並大抵のことではないと、世俗に染まりすぎた東京生れの都会人として、素直に感じたといった方がよかった。

二

常照皇寺を後にした私が、やがて眼にした左右の民家は、周山街道ならではの、例の千木を置いた屋根を点々とみせていた。この約二里ほどの道はぜひ歩きたかった。行きには理解できなかったこの千木のある民家、おそらく、天皇が住まわれた土地ゆえであろう。他の山村なみに、だいぶトタン屋根に変ってしまっているが、今も点々と残る大きな民家は、まさに茅葺で、よく見ると、一軒だけ、破風に懸魚（けぎょ）のかかった家さえある。

このあたりは、光厳天皇以来、江戸時代には、将軍家の土地だったというのである。

「むかしから山国というとるのえ。もう少し歩かれると、山国御陵さんがありますやろ」

それはさっき見た常照皇寺の裏にある御陵のことだった。歩いてよかった。紅葉の山は遠ざかったが、「山国」とはいい名である。周山と呼ばれたあと、「山国」となったとは……。

「山国」——その語感には、高い山にかこまれた秘境ではなく、水田も出来れば、人も住めて、しかも、都からは遠いという僻地のイメージがある。

「山国隊といえば、京都の時代祭の先頭を切って、例の宮さん宮さんの歌をうたって登場するでしょう。あの山国隊……」

と聞いてみると、まさに、そうであった。この盆地一帯は、天皇が住まわれただけあって、その後住む人々の心情も他地とちがっていたのであろう。明治維新の際に、待っていましたとばかりに官軍支持の名乗りをあげ、京の都へ躍り出たのである。私は時代祭の行列を思い出した。そうだ。騎馬を先頭に、鼓笛隊、「しゃぐま」とよぶ

「赤熊」をつけた笠をかぶって、白鉢巻をまき、刀だけでなく、銃を肩にした独特なスタイル。あの勤王隊の出たところが、この周山盆地なのだ。

山国隊の気持と、今見る独特な民家のつくりは、おそらく、その発想の底でつながっているのではなかろうか。民家というより、神社建築のような屋根の下に住む人々の、過去から現在を思うと、行く手に見えてきた周山の町並みも、何か平凡なものには思えなくなっていた。

こんな旅情にひたった私が、やがて、京都への帰りみちで見た北山杉に、今までにない感動を覚えたのは、うなずけるだろう。

杉の植林というだけなら、なにもそんなに心を打たれることはない。京都に多少関心をもつ人なら知っているように、この北山杉とよばれる植林は、江戸の周辺にはみられない一種の芸術品である。この杉は、京都の人が床の間や客間の柱だけにつかうために昔からとくに育ててきたのである。京都の人たちは、食費を切りつめても、こうした家づくりに金を掛ける。京都人気質とでも言おうか。いや、大和でも、神戸あたりでも同じことが言えそうだ。江戸の人間とはちがう生活感覚である。

周山をとりまく民家の立派さも思い返される。京都へ戻る途中、まず降りたったのは、小野の郷(さと)とよばれる街道ぞいの村だった。京都の最後の村といった感じである。

ここの民家は大分トタンだが、奥の大森という集落を見なはれ、と教えられ、そこで見た民家はよかった。本当にゆきどまりのような地形である。ここからは山国御陵への道はない。袋小路である。そういうところだから、こんな見事な民家が残っているのか。

「あの家は三百年経っていますのやな」

と教えられたのは、中之町にある一軒の藁葺屋根、千木の屋根がまさに一個の芸術品だ。

千木のある家々は次々と消え、今わずかに、この大森に、三、四軒残るかと見えたが、とりまく北山杉は健在だ。

中川という集落は、谷間の底をバスこそ通うが、左右の山肌は、一面の杉の直線美でいろどられていた。あれほど真直ぐに伸びた杉は他地にはない。しかも、葉は上の方にだけ茂って、幹は直立して、すき間もなく並べられている感じだ。

「下刈りが大へんやさかいな。枝を全部はらってしもうから、上の方にしか葉がありゃしまへんやろ」

樹を伐ることはやさしく、育てるには大へんな時間がかかる。何年位たっているのか、と聞けば、「五、六十年たてば伐って売りますんや」

下の方まで陽が充分差し込むように、枝を切るのが大へんな仕事のようである。その育て方が、こうして密生すると、独特な模様となって、山肌はひとつの絵画となる。北山杉を見て、ああ、すばらしい原生林！　と感嘆の声を発した女子大生のことを想い出した。この杉は自然のままのものではない。逆に、いかに涙ぐましい努力をして、人工的に育てたものか。現代人は、原始の美を求めながら、かなしいことに、こういう人工美に感動する。

「柱や床の間に仕上げるとき、磨くために使う川砂はどこにあるんですか」

ぜひ知りたいことのひとつであった。なぜなら、この北山杉には「磨き丸太」の別称がある。

このあたりの女性がその磨き手であると聞いていたからだ。今来てみれば、そんな女性らしい姿も見えず、杉だけがすくすくと育っている。この谷間に落ちる滝の下の砂が使われたという話を聞いたことがあるが、今は科学的にヤスリで磨くらしいのである。

「砂でみがくと、手が傷つきますやろ」

丸太に切って磨くのは、冬の作業とのことであった。まだ、その季節には少し早い。歩いているうちに日が暮れはじめた。

この周山街道は、その昔、大原女のような女たちが、京へ物を売りに往来したという。男たちは杉を伐って、京都御所へ運んだ。それが御所の内部を飾った。

空が曇りはじめ、バスを待つ間に時雨が来た。これが北山時雨か、と思った。不思議に風がなく、それでいて空はのぞいている。この風土が、杉を真直ぐに伸ばすのであろう。

風のつよい関東地方では生れない自然の産物だと、改めて、杉の山肌を見上げていると、やがて、北の谷間から、バスらしい車の音が響いてきた。

想いが現実に戻った。

第二部　アルプスの見える村

冬枯れの湖畔

ピラミッドを鑑賞するなら、あまり近づきすぎてはいけない、と言ったのは、美学を研究していた頃の哲学者カントである。この名言は、二十年越し私の記憶に刻まれ、旅にあって、山をみるとき、いつも想い出すのである。

北アルプスのふもと、それも、大町にちかい三つの湖にくる度に、この山間の湖の水面に、もし針ノ木岳あたりのすがたが投影したらすばらしいのに、と思うのも、青木湖などは、諏訪湖とちがって、その周囲が、まことに自然でスイスのような旅情を誘うからである。しかし、厳寒の木崎湖へ着いてみると、山の投影どころか、湖畔のボートは雪をかむり、身を寄せあうようにして、冷たいアルプス颪(おろし)に耐えていた。

そして、ここでは、あの印象的な鹿島槍のすがたも見えず、対岸の別荘地帯も冬眠していた。しかし、雪の鹿島槍がどうしても見たくて、湖畔にある稲尾という集落から少し、東へ登った。山に近づくのではなく、もう少し逆に離れ、小高い丘の上に立てば、アルプスの銀屏風は正面にその厳冬のすがたを天空高くひろげるだろうと思えたからだ。

果たして、少し登ると、そこには予期に反して、二軒の開拓農家があり、こんな季節に迷い込んできたとしか見えない私に声を掛けてくれた。熱い茶を飲む傍らで、「よく来たね」と農家の人は言った。木崎湖の背後に、見事な北アルプスのスカイライン。それは、双つ耳を立てたような鹿島槍ヶ岳をすぐそれとわからせ、中央に爺ヶ岳を置いて、左手に針ノ木岳。

最近は針ノ木岳へもかなりの人が登るのだろう。黒部湖へ直線でつながるトンネルが出来て以来、人気は衰えたろうか。あのふもとには、百瀬美江さんが経営する大沢小屋がある。冬は彼女も大町にいるだろう。帰りにたずねてみよう。

そんな想いにふけりながら、もう一度、左から右へと、眼を回すと、かつて疲れながら登った鹿島槍への山路が想い出される。ある初秋の日は、台風をうけて、途中からひき返した。まだその頃は、ふもとに鹿島槍スキー場はなかった。その帰りみちに越えた黒沢峠、そこは今、おそらく、かくれたスキーの別天地としてにぎわっているだろう。

たまたま通りかかった車に便乗して、湖畔まで出たが、信濃四ッ谷までゆくという運転手の好意に甘え、それでは途中の中綱湖畔で降ろしてもらおうと、雪みちの街道を北上した。

そして着いた簗場の駅。ここには、二度、三度にわたる想い出がある。駅長が人待ち顔でホームに立っていたある秋の日、まだスキー場もなく、山登りもさかんでないあのころの退屈そうな駅長の顔。しかし、そこには、いかにも人恋しい表情がうかがえ、発車の合図にあげた手をみた瞬間、誘われるように、飛び降りた記憶。

今来てみれば、歳月の流れは十年とは思えない変化に、この奥にあるスキー場の風景を想った。

驚いたことに、このあたり、すべて「民宿」の農家ばかり。

簗場も変った。かつては、中綱湖のほとりといえば、なにか、隠れ里のような淋しい谷間の一隅で、夏に来たときでさえ、太陽の乏しい小暗さが心に残った。宿は何年も客を迎えないような「かび臭さ」が逆に郷愁さえ誘い、日本の湖のなかでも、これくらい小さいと、湖畔の生活そのものが、ひとつの童話か民話の世界を保ちつづけるものだと思ったりした。

しかし、今日は泊る気もせず、寒さは下半身を冷えさせて、長居は出来なかった。民宿で少し休ませてもらって、結局、また大町へ戻った。

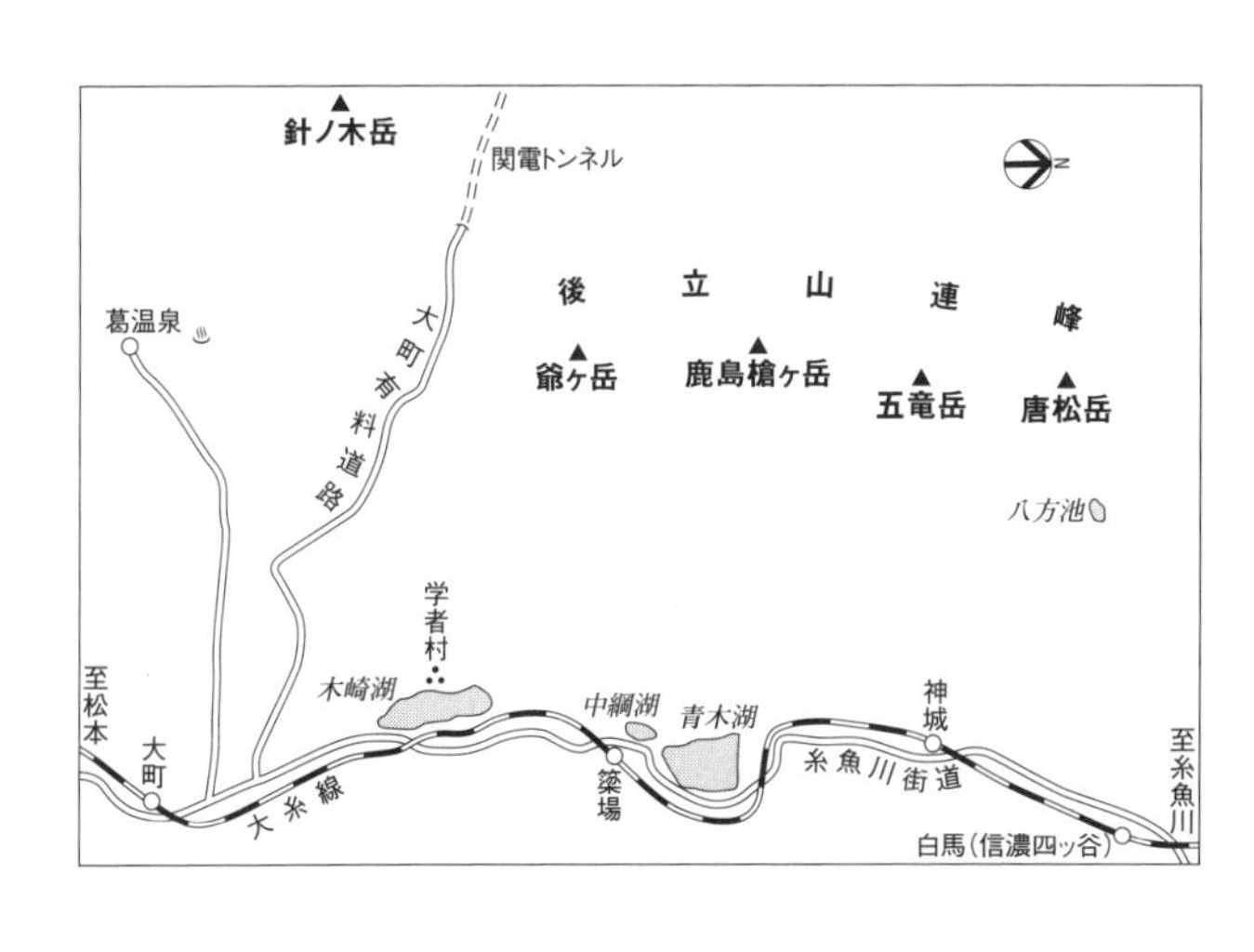

針ノ木岳
関電トンネル
N
後立山連峰
葛温泉
大町有料道路
爺ヶ岳
鹿島槍ヶ岳
五竜岳
唐松岳
八方池
学者村
木崎湖
中綱湖
青木湖
神城
至松本
大町
簗場
糸魚川街道
至糸魚川
大糸線
白馬(信濃四ッ谷)

大町の一角、山岳博物館へゆく途中の横町から少し入ると、なつかしい百瀬美江さんの家がある。彼女は、針ノ木岳の開拓者、慎太郎氏の娘である。といっても、もう若くはない。しかし、相変らず、もの静かで山を愛するひとすじ道に生きている何かがいつも感じられ、私たちは、ひとときアルプスの変化を語り合った。

そこで語り合ったのは青木湖畔から北の白馬山麓に通じる佐野坂の今昔。先年の秋、そこをわざわざ歩いて越えたときの感想を述べれば、彼女の脳裏にもあの路傍に並ぶ三十三観音の石仏が思いうかんだらしく、話ははずんだ。「あの木蔭の暗さがいい」と私が言えば、「それでは、簗場の変貌には失望されるでしょう」と同感してくれた。

冬の佐野坂は雪深い分水嶺のような峠路。そこでは江戸時代から難渋して行き倒れた人が沢山いた。それを供養しての石仏群がいまも通る人に無言の挨拶をしてくれる。

話しているうちに、戸外には雪が舞い出した。もう針ノ木岳は見えないだろう。

甲斐駒が見守る温泉宿

左右に山が次々と展開する中央線の車窓の眺めを、私は、交響曲の第一楽章から第四楽章の変化にたとえたことがある。武蔵野を出はずれて、いくつかのトンネルを抜け、甲府盆地が終ると、南アルプスが眼前にせまる。右手に茅ヶ岳(かや)、やがて八ヶ岳。しかし、何といっても、眼を奪われ、山が好きな人なら息を呑むような感動にひきこまれるのが、甲斐駒ヶ岳のすがたである。

鳳凰三山からこの甲斐駒ヶ岳へつづく山なみの、ひときわ高いスカイライン。この奇しき山岳地形は、登山好きとは絶対いえない、ひとりの小説家、いまは故人となった宇野浩二氏でさえ、手放しの賞め方で「山恋ひ」という作品のなかに書いている。なぜ、それほど感動するか。その秘密は、中央線のレールが、このあたりにくると、天然の馬の背のような高みに乗るからである。約二十キロに及ぶ馬の背だ。韮崎から、新府、穴山、日野春(ひのはる)、そして長坂と、一駅ごとに百メートルずつ高さが増す。そして、レールの西側は崖になる。ふかい谷間になる。そこに釜無川が流れているが、それ故に、甲斐駒や鳳凰三山が、ひときわ高く見えるのである。私は、このあたりの車窓の眺めを、「中央線交響曲」のクライマックスだと思うのである。

急行や特急がふえてしまった今日、このひとときの山岳展望がゆっくり味わえなくなったのは、残念だが、長坂の駅は、それだけに、むかしより人影がない静けさに包まれている。甲斐駒ヶ岳が日本アルプスの山以上にすばらしくせまってみえる場所なのに、昔から登山口ではないから、降り立つ登山者はなかった。

しかし、山好きなら、住んでみたいと思った人もかなりあろう。そんな気持になったひとりの男がいる。この長坂の駅に近い深沢鉱泉という宿をたずねると、東京は板橋に最近まで住んでいたという男が、宿の主人になっていた。昔からある湯治場を買いとって住みついたのである。こんな駅のそばの小さい谷間に、温泉宿があることを知る人は少ないだろう。戦後の五万分の一の地図では、この温泉マークが消されてしまったせいもある。

いや、予期した以上に、眺めのよい場所である。「女房のくにがこの近くでね」と旅館主らしくない芸術家肌の主人は言った。聞けば、もともと本職は、彫金師だそうである。「中年をすぎましたから、これからは、ここで弟子でも養成しながら、作品

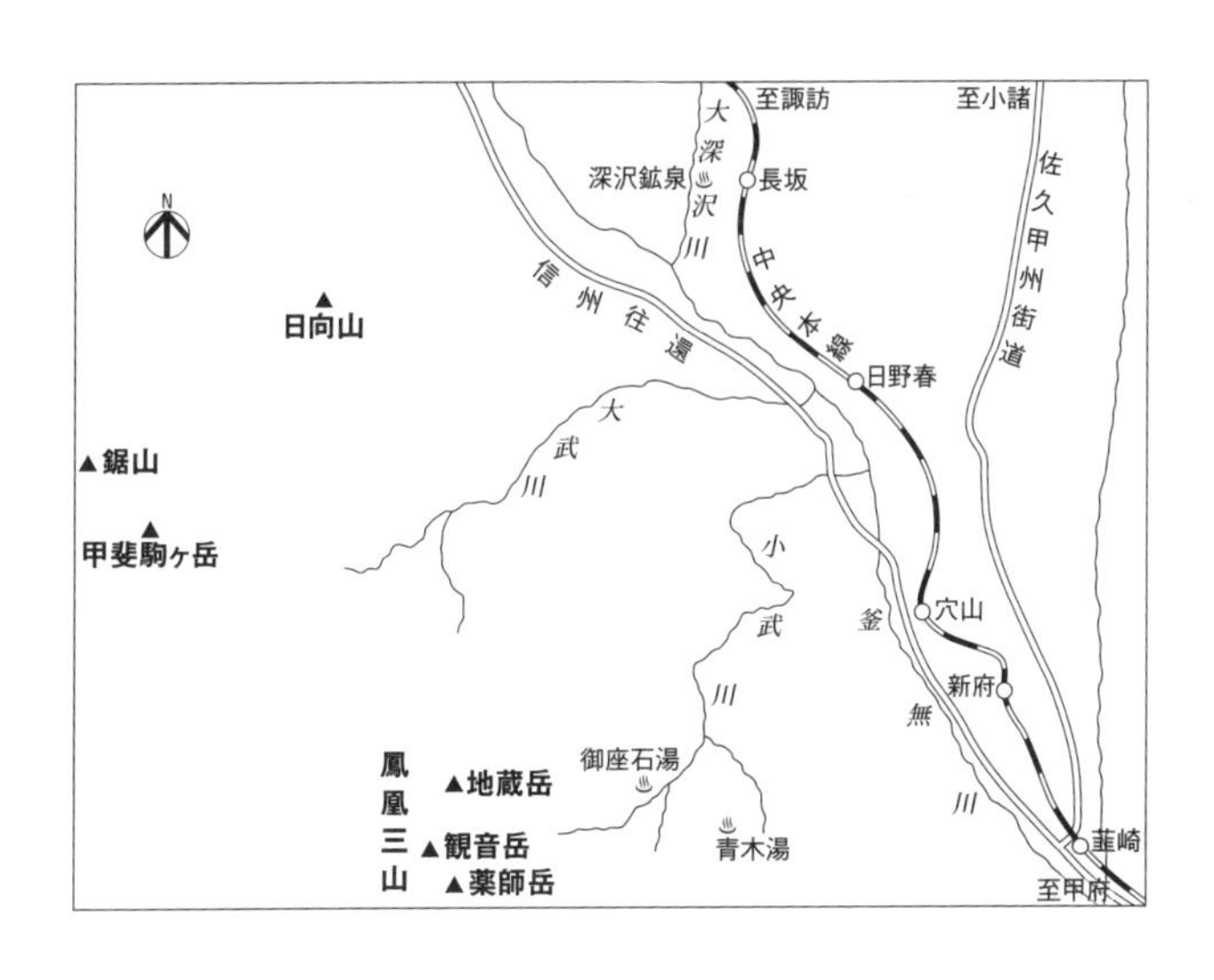

N
日向山
鋸山
甲斐駒ヶ岳
鳳凰三山
地蔵岳
観音岳
薬師岳
至諏訪
至小諸
大深沢川
深沢鉱泉
長坂
中央本線
信州往還
佐久甲州街道
日野春
大武川
小武川
釜無川
穴山
新府
御座石湯
青木湯
韮崎
至甲府

づくりに励みますよ」そういう人生計画は、長い間のあこがれであったようである。

「桜が咲く頃は、実によくてね。甲斐駒が真正面でしょう」

うらやましい安住の地を見つけたものである。ここは甲府盆地にくらべると、海抜が五百メートルも高い。大深沢川という南北の谷が釜無川にそそいでいるので、さえぎるものもなく南アルプスのパノラマが見える。春は、下界のそれとはちがって、三千メートルにちかい甲斐駒ヶ岳や鳳凰三山にたっぷり雪が光り、荘厳な山肌である。その背景に、桜の大木が数十本いろどる。玄関に入ったとたん眼に入った、古めかしいガス灯。「これは貴重品ですね」と思わず私は言った。内部こそ改装しているが、歴史の香りを充分のこした古い巨大な民家である。いや湯治場である。「古い看板でも掛けたら味が出ますね」と言ったら、それにつけても、五万分の一の地図に、温泉マークを入れてほしいものです、と残念がった。泊った部屋は、近藤勇でも出てきそうな感じである。そのくせ、畳が新しくて気持がよかった。

ここから眺める甲斐駒は見飽きない。朝起きると、富士山の背後から太陽があがり、やがて、少しずつ南へ動いてゆき、甲斐駒が影をおびてくる。山肌が彫刻的に見えるのは、午前十時ごろまでである。ひる頃になると早くもシルエットとなり、あの独特な岩峰の摩利支天(まりしてん)の岩肌が不気味な黒さをみせる。

しかし、甲斐駒という山は、実に印象的な頭部を天に向けている。けっして尖ったピークではないが、達磨のあたまのような頂、それが、日本アルプスの穂高や槍とはちがった魅力で、山好きを登らせる。いや、長坂あたりから、見ているだけでも、充分鑑賞に耐える山である。

左手につづく鳳凰三山と見くらべていると、さらに飽きない。鳳凰三山のひとつ、地蔵岳が持つ「地蔵仏」の尖峰が、いつも空へつき出て、あそこに登った日のことを思い出させるからである。甲斐駒といえば、そのうしろに日本第二の高さをほこる白根北岳がある。そこへ登った日のことや、その奥につづく長い雲表の峰々のことを思うと、どうして、多くの人は、北アルプスばかり語って、南アルプスの昔かわらぬ山肌を再確認しないのか、といつも思うのである。

空狭き谷間

いつの頃からか、信州伊那と甲州の境につらなる障壁のような連山を、人々は南アルプスと呼びはじめた。しかし、北アルプスのように若い登山者の胸をおどらせる尖峰や露岩もすくなく、どの山も長い急斜面の登りが三千メートルちかくまでつづくこの山脈には、その山深さだけを好む独特なファンが、ひそかに訪れ、今日まで、俗化しない山肌をほこっている。

今、その西側のふもと、はるかな水源の奥に赤石岳を仰ぐ大鹿村の橋の上に立ってみると、この村自体がむかしから感じていたにちがいない隠れ里の幸福感と同時に、文化から遠い不遇さを嘆いた村人の声をよみがえらせる。その想いは、橋下を流れる雪どけ水の中に溶けた。

赤石岳を背景にしたこの村の左右には、遅い春を身体一杯にみなぎらせて咲く桜花が満開である。四月半ばであった。

ここへ来るために降りた天竜川ぞいの駅、伊那大島からここまで、バスは実に狭い溪谷を縫った。そして急にひらけた視界、話には聞いていたものの、これほどの平坦地が、こんな山奥にあったとは――。

大河原という地名が、うなずけた。赤石岳の山頂をおおう雪どけ水が長い年月の間につくりあげたと思われる盆地。今、たどってきた道は、昭和十年にやっと開かれたと知ったとき、つい最近まで本当にここは四方のふさがれた隠れ里だったと言ってよかった。

夏のひとときだけ、この村へ若い登山者が姿を見せる。右の谷間を目指せば赤石岳、左の谷間をさかのぼれば塩見岳。その頃だけ、鹿塩とよばれる温泉がにぎわう。

しかし、こんな山里が、ひろい日本のなかでも、他に類のない秘境だと知って住んだのは、今住む村人たちの先祖だけではない。まだ地図など作られていない南北朝時代、すでに、ここに身を隠した他郷の人々がいる。落人ではない。なんと、後醍醐天皇の皇子である。

宗良親王は、足利幕府がにくかった。都を追われ、隠岐の島へ流された父の後醍醐天皇を兵庫あたりまで見送ったあと、この皇子は、兄弟とも別れ別れになり、近い将来、今に見ろ、という心を胸に秘めて、船で東国へむかった。その途中、浜松あたりで難破したが、上陸したあと、北へ北へと歩くうち、この赤石岳の見える村まで来た。おそらく、そのとき、ここにひとまず身を隠そうと決意したのであろう。

今、私が立っているのは、その住居のあとである。五万分の一の地図に小さく「御所平」と書かれた山腹の一点、来てみれば一基の歌碑しか残っていないいくさむら。しかし、ここで、宗良親王は人生のほとんどを送っている。

いずかたも山の端ちかき柴の戸は月見る空やすくなかるらむ

親王はここを根城に、一度ならず、北上して甲州街道へ出て鎌倉勢を攻めたが、勝ち目はなく、また戻った。天下の情報が入らない山中の隠れ里では、心も滅入ったであろう。後醍醐天皇には何人かの皇子がいたはずだが、一生不遇をせおった形の宗良親王である。

それにしても、よくこんなところが安全地帯だと知って、身を置いたものだ、と私は帰りみちに考えた。

鹿塩の温泉宿で聞いてみると、この川筋には、名の通り、塩がとれるのだと言った。塩がなくては人間は生きられない。親王は、その天然資源のあることを知って、きっとここに決めたのだ。塩と水さえあれば、生きられる。鹿塩の温泉宿の別名は、今も「塩ノ湯」であった。おそらく食塩泉であろう。

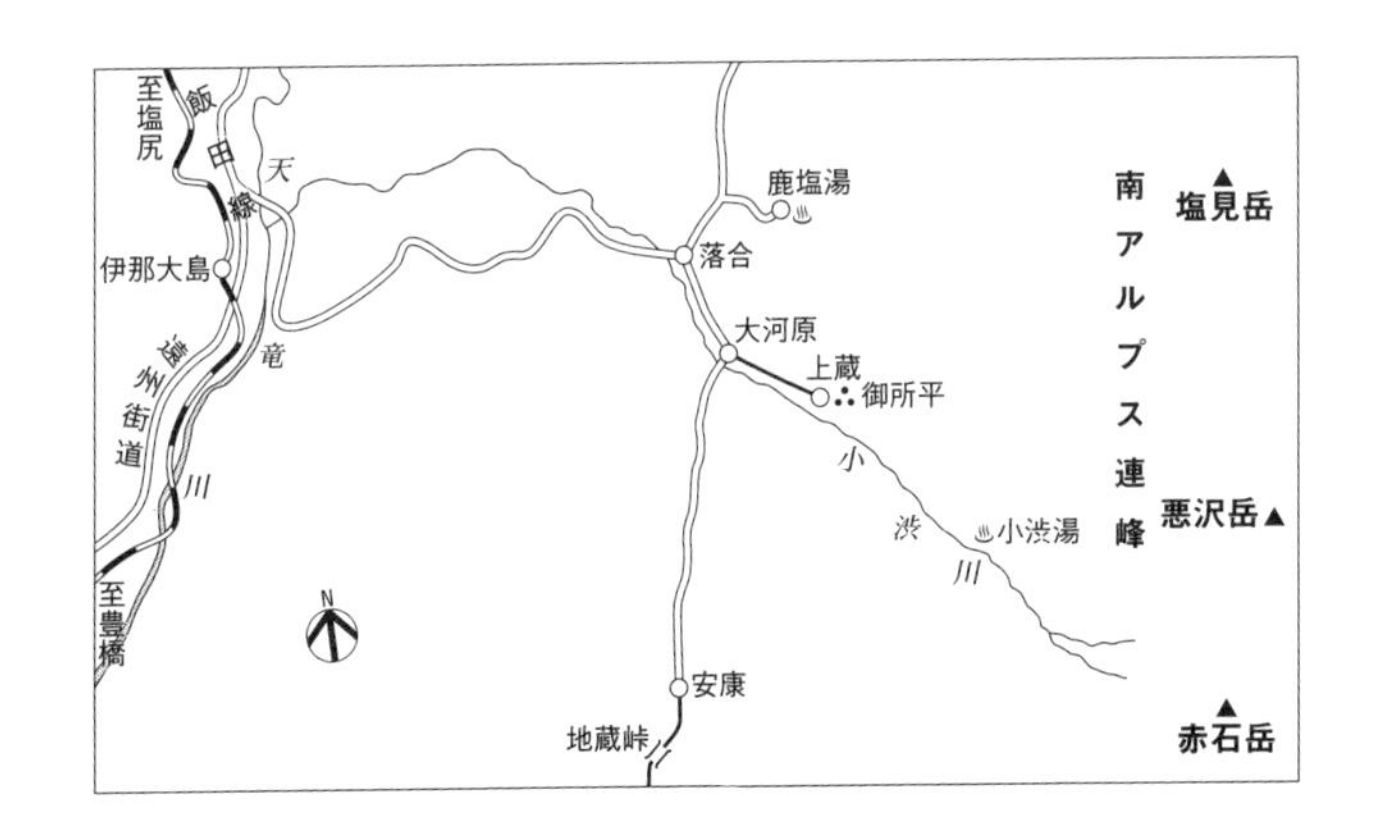
至塩尻
飯田線
天
伊那大島
遠州街道
竜
川
至豊橋
鹿塩湯
落合
大河原
上蔵
御所平
小渋川
小渋湯
安康
地蔵峠
南アルプス連峰
塩見岳
悪沢岳
赤石岳
N

改めて地図をひらくと、推理小説の謎ときのように、この塩を皇子の住む御所平まで運んでいた山路が残っていることがわかった。

「今も細々とした山道がありますよ。小渋川ぞいの道は、増水すると危いので峠を越したんずら」

と宿の主人は言った。塩を運んだ道といえば、信州ではすぐ越後境の千国(ちくに)街道が語られる。しかし、南信濃の、海から遠いこんな山中にも「塩の道」はあったのだ。南アルプスの稜線、日本でも三つの高い峠のひとつとよばれてきた三伏峠に源をもつ川の名は何と塩川。川から塩を摂取しながら、村人たちは生きてきたのであろう。

親王もまだおそらく川面から湧いていた塩の湯につかりながら、討幕の機をうかがっていたのかもしれない。しかし、宗良親王は、結局、幕府を討てずに、この世を去った。おそらく、その頃、村人たちは、こんな不便で、僻地という表現を越えた山中に高貴な人が住んでくれたことをよろこびとしたのであろう。

徳川時代になっても、ここは「天領」だった。すぐ北の高遠藩とちがって、村人の意識にも劣等感はなかったのであろう。幕府に対する抵抗をはっきりと示した。この村は百姓一揆でも負けていなかった。今、赤石岳を遠望する大河原城址に立つと、数百年前の村人の声が川音のなかから聞えてくるようである。

リスの遊ぶ宿

窓をあけると、なつかしい乗鞍岳が見えた。久しぶりに来た信州である。それも晩春だ。松本では桜が満開であった。旧制高校時代を過した町に未練はあったが、その当時から今日までついに泊る機会を持てず、長年、一度泊ってみたいと思っていたこの温泉へ来た。

想像以上に、そこは、昔と変っていなかった。二十五年という年月が一挙に縮まり、私はあの白線帽をかぶった一高校生に戻ったような気持であった。あの頃は、あまり近いせいか、横目でにらんで素通りしたのだ。この温泉のすぐ背後にある「高ボッチ」という高原のうつくしさも、その頃は美ヶ原ほど心ひかれず、山肌も柔和すぎた。

今になってみると、この山つづきにある美ヶ原が俗化しすぎてしまったせいか、逆に関心はこのあたりに移った。果たして、高ボッチ高原には、一昔前の美ヶ原を思わせる風景があった。

いや、それより、この崖ノ湯と呼ばれる山腹の温泉宿のたたずまいが気に入った。四軒という宿の数はふえておらず、建物も外観は昔のままであった。松本郊外の浅間や美ヶ原の山麓の湯が、当世風に装いを変えたのにくらべ、希少価値をほこってよい雰囲気であった。

湯はこれも自讃していい明ばん泉だった。この泉質は活火山のすぐ近くには湧かない。肌触りがよく、泉温も適当である。案の定、今でも常連といっていい湯治客がひそかに通ってきているらしく、軒を並べるほど数はない宿は当世風な宣伝などしなくても、ファンがついていた。

「来れば、最低、十日から二十日は滞在するずら、不思議に治るんだな」

と四軒の宿の主人たちは異口同音に言った。最初は便所にも這ってゆくような重病人が、宿の人たちも驚くほどの快癒ぶりで帰ってゆく。

「来て三日目に少し前より悪くなったら、しめたもの、湯の効目（ききめ）が出た証拠で、絶対治りますよ、とわしゃ、太鼓判押すんだ」

湯はたしかに快い。一日に四回以上入るとかえって逆効果になる、と親切に貼り紙してあり、硫酸カルシウムの含有量が多いことを示す分析表がある。一浴して宿の窓をひらくと、どの宿も日本アルプスが正面に見え、残雪の白さが目にしみる。さすが、

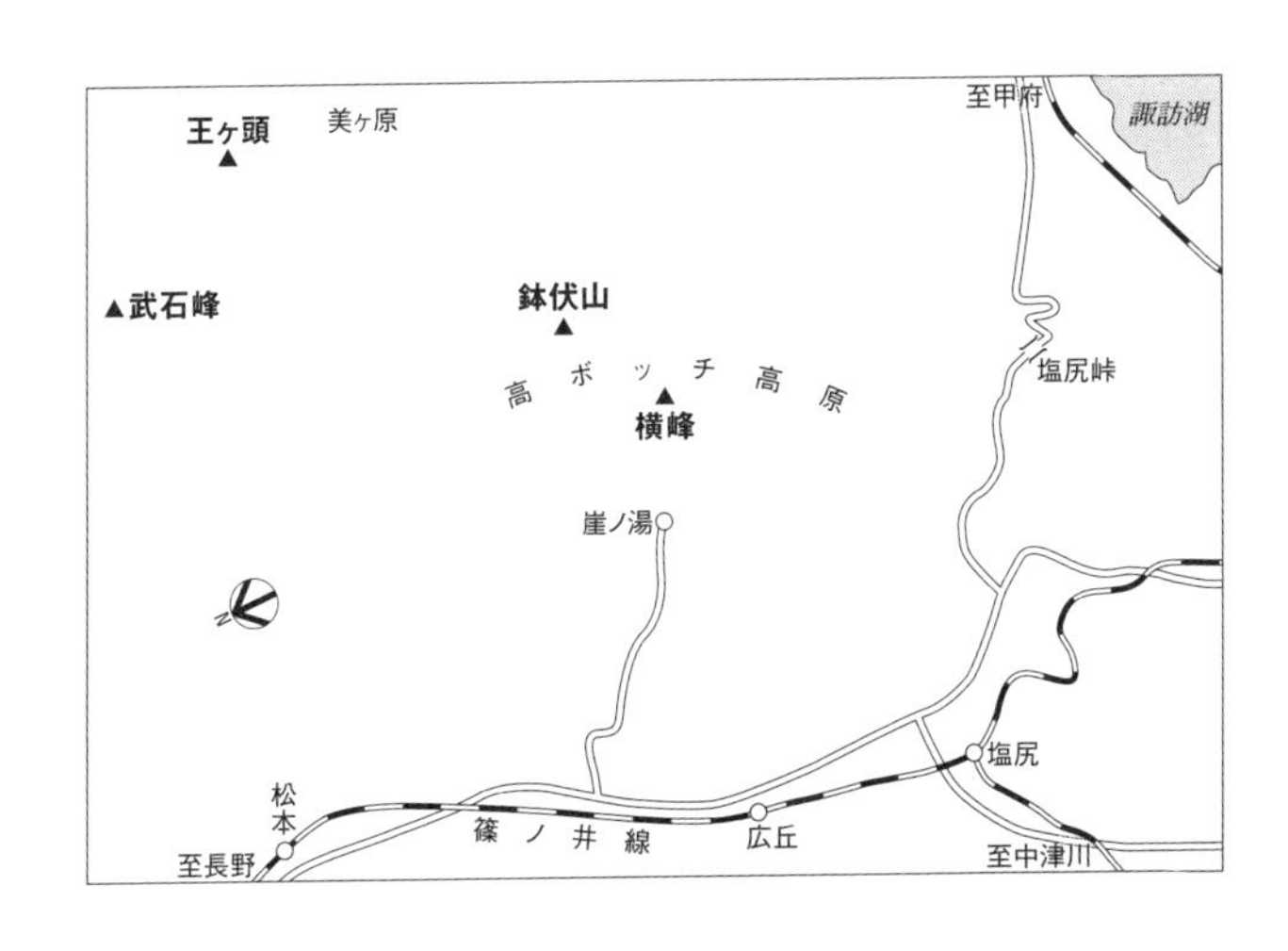
王ヶ頭
美ヶ原
至甲府
諏訪湖
武石峰
鉢伏山
高ボッチ高原
横峰
塩尻峠
崖ノ湯
塩尻
松本
篠ノ井線
広丘
至長野
至中津川

海抜千メートルである。私が青春時代登った常念岳のピラミッドを右に、上高地へ入る梓川の谷が真正面だ。夜になると松本の町が光を這わせるように闇に輝き、食膳にはタラの芽、ワラビが信州の山の香りを味わせた。

夜明けとともに、ウグイスが鳴き、主人に聞くと、これからはオオルリの声が印象的だそうだ。いや、この宿の付近は小動物の宝庫で、すぐ背後のクルミの疎林で戯れるリスの姿は、湯治客のマスコットだ。玄関や廊下にまで入ってくる人なつこさ。常時、二、三十四が、秋になると、冬の食糧蓄えのために、せっせとクルミを割っては樹の上に運ぶ動作が、自然を忘れた都会人の心をなぐさめる。実に見事な手つきでクルミの実を食べつくすそうだ。

リスが愛玩用なら、時々、都会から来た客を驚かせるのは、一日四、五回しか登って来ないバスにひき殺されるタヌキ。犬が死んでいたよ、と言って客がぶら下げてきてみせるキツネ、いやキツネは夜行性だから、時々、野ネズミの駆除薬を飲んで付近に死んでいるそうだ。それを獲って、宿の人はキツネの襟巻を時々つくる、と都会の女性が聞けば羨しいような話を、日常茶飯事のように語った。

戦争中、ここに東京中野区の小学生たちが、一年以上学童疎開で生活していたというが、今でもその頃をなつかしみ、当時とほとんど変らない雰囲気にひかれて泊りにくる人がいるそうだ。日本でも東北地方には今もわずかながら残るこんな昔変らぬ湯治場が、信州の一隅にあることを私はうれしく思った。やはり、宿を保って来たわずか四人の主たちが軽率な時代順応派ではなかったからだろう。日本の温泉の原型は、本来こうしたものなのだ。

この温泉の誕生からして、ゆかしいエピソードがある。私がそれを聞きたく思った動機は、宿の背後にある小さな薬師堂をみた時であった。はたして由来があった。開湯当時のパイオニアともいうべき村人を祀（まつ）ったささやかな祠であった。細かく刻んだ碑文は、明治七年（一八七四年）にここに温泉が発見され、それを最初に見つけた麓の村人、青柳さんが、急斜面の崖下に家を建てて住んだものの、二十五年後のある日、突然おそった山崩れで一家族そろって死に、せっかくの発見者の実績が水泡に帰したのを同情して、厚く葬った経緯を記している。

黄色く露出した山肌は、宿のすぐ頭上に今もある。粘土質の山崩れの跡を象徴している。中央線に乗ると、松本の手前、広丘（ひろおか）あたりからも遠望できるこの崖の風情は、鎌倉時代までさかのぼるエピソードを持っている。

最初は「欠（かけ）」と書いた。地元では今でも「欠ノ湯」と呼んでいる。湯の存在も知られなかった鎌倉時代、この宿の傍らの高みに「館」をつくって住みついた八人の豪族がいた。「城（じょう）」と呼ばれたその遺跡は、今でも湯治客の散歩コースの途上にある。この館が消えた理由も、その昔の崩壊作用だ。八人の豪族たちがつくった山上の溜池が、その堤防の一角を欠いて、あふれ出し、崖が出現したのだ。

その崖の上をさらに登ると、眺めは一段とよくなり、三六〇度にひろがる山の展望が楽しめた。北は妙高山から、白馬岳、北アルプスが雲上にのぞき、正面の穂高、乗鞍の南には木曾御嶽、東をふりかえれば、八ヶ岳から南アルプス、そして眼下に諏訪湖が丸い鏡のような湖面をひろげていた。

高ボッチ高原と呼ばれるこの草原には、今、北のスカイラインに近々と見える美ヶ原が失ってしまった、昔日の風景がある。夏の盆には、「草競馬」が今も山上でひらかれる。

これは全国的に見てもめずらしい伝統行事である。木曾谷では見られなくなってしまった馬たちの世界が、この山上では、いまも競馬のかたちで持ち主たちをたのしませている。

それはギャンブラーたちの世界ではなく、馬主たちのレクリエーションである。

松本平にいまも残っている馬たちを年に一度あつめて、ここでレースをさせる。百頭ちかくも来る。しかし、農耕馬たちだから、期待通りには走らない。競技にもならない素朴な乱舞がたのしい。

そんな夏の日にはまだ遠いが、この草原を踏んでいると、自然に〝草競馬〟のメロディーが口をついて出た。アルプスの山々が立ち去りがたいほど美しかった。

野麦峠への道

この峠は、乗鞍岳の南にありながら、登山家やアルプスのファンには、ほとんど歩かれることがない。数年前、山本茂実氏が『あゝ野麦峠』の大著を書いて以来、急に「女工哀史の道」として再認識されたが、戦前では田部重治が記録しているのが、私の記憶に残る唯一のものだ。

大正九年（一九二〇年）に訪れた氏は、「お助け茶屋」があったと書いている。しかし、当時でも、歩くものは、ほとんどなかったらしい。それ故か、やがて茶屋も姿を消した。最近訪れてみると、そこには、立派な民家が移築されて、村営の宿屋になっている。五、六十坪はあろうか。いろりが二つもあった。〃お助け茶屋〃の再現である。

これも、ベストセラーになった『あゝ野麦峠』の遺産であろうが、一夜は、快かった。畳は新しく、風呂もよかった。二人の娘さんの応対も、村の吏員らしく気持よかった。五月の一日は泊る人とてない。いや、まだ、バスが通らない別天地である。

信州側から登れば、上高地へゆく道を寄合渡（よりあいど）で左に入る。この分かれみちに今も残る道しるべは郷愁をさそう。

西　ひだ高山

南　きそやぶはら

北　まつもと・ぜんこう寺

と刻まれている。信州側の最奥の集落は川浦、ここから歩く。約二時間、「登れば、乗鞍が実によく見えますよ」と言ってくれたが、本当に、野麦峠からみる乗鞍は、すばらしいの一言に尽きた。バスが頂近くまで登る観光地的ピークとは思えない残雪ゆたかな純白の山姿。二つの耳のようなピークのひとつは、まさに三〇二六メートルである。

ここから乗鞍岳への道はない。それだけに近寄りがたい荘厳さがある。新道をゆけば、車も走れるが、旧道がいい。両側には笹がいつまでも続く。この笹こそ、かつて、飛驒から諏訪の紡績工場へ働きに出る女工たちが涙とともに踏んだ野麦峠の感触だ。

貧しかった山国、飛驒から集められた女工たちの身売り的な人生、諏訪へ住めば健康な生活の保証はなかった。たいてい肺病になった。生きて帰れても、後半生は暗かった。酷使されて逃げて帰ろうとしても、野麦峠はあまりにもけわしかった。

胎児を身ごもって、この峠までたどりつき、父母には見せられぬ悲しさに、この峠の笹の中に、赤ん坊を生み落した。土の中に埋めた。そんな女工たちが何人いたのか、「野産み峠」と、いつの間にか呼ばれた。それが、野麦峠と書き変えられたのだ。

まさに、ここは、女工哀史の峠である。麦とは縁はなく、あるのは、笹、いや、今では身も心も一瞬洗いおとしてくれるような乗鞍岳のすがたである。

私は宿の背後の牧場へ登った。乗鞍岳の夕映えが眼にしみる。はるか下の飛驒の谷間に野麦の集落が見えた。あの村から高山までのみちが大へんだ。女工たちは、この道程で、生命を落した。明治時代であれば絶壁と激流、吹雪と寒気で、次々に倒れた。「阿多野郷」という集落がある。ここは、江戸時代から、高山の人々が、「わるいことをしたら、阿多野へ牛追いにやるぞ」と子供たちをおどすのに使った山中の寒村である。その阿多野へ入る峠、ビックリ峠で、女工たちは諏訪への道のおそろしさを知ったのだ。二度と通りたくないと彼女たちは思った。いや、女工たちの両親は賃金を一年分前借りしていることが多かっただけに、どんなに苦しくても帰郷することは出来なかった。

この峠の笹の中には、女工たちの血と涙が沁みついている。峠を飛驒側へ降ると、

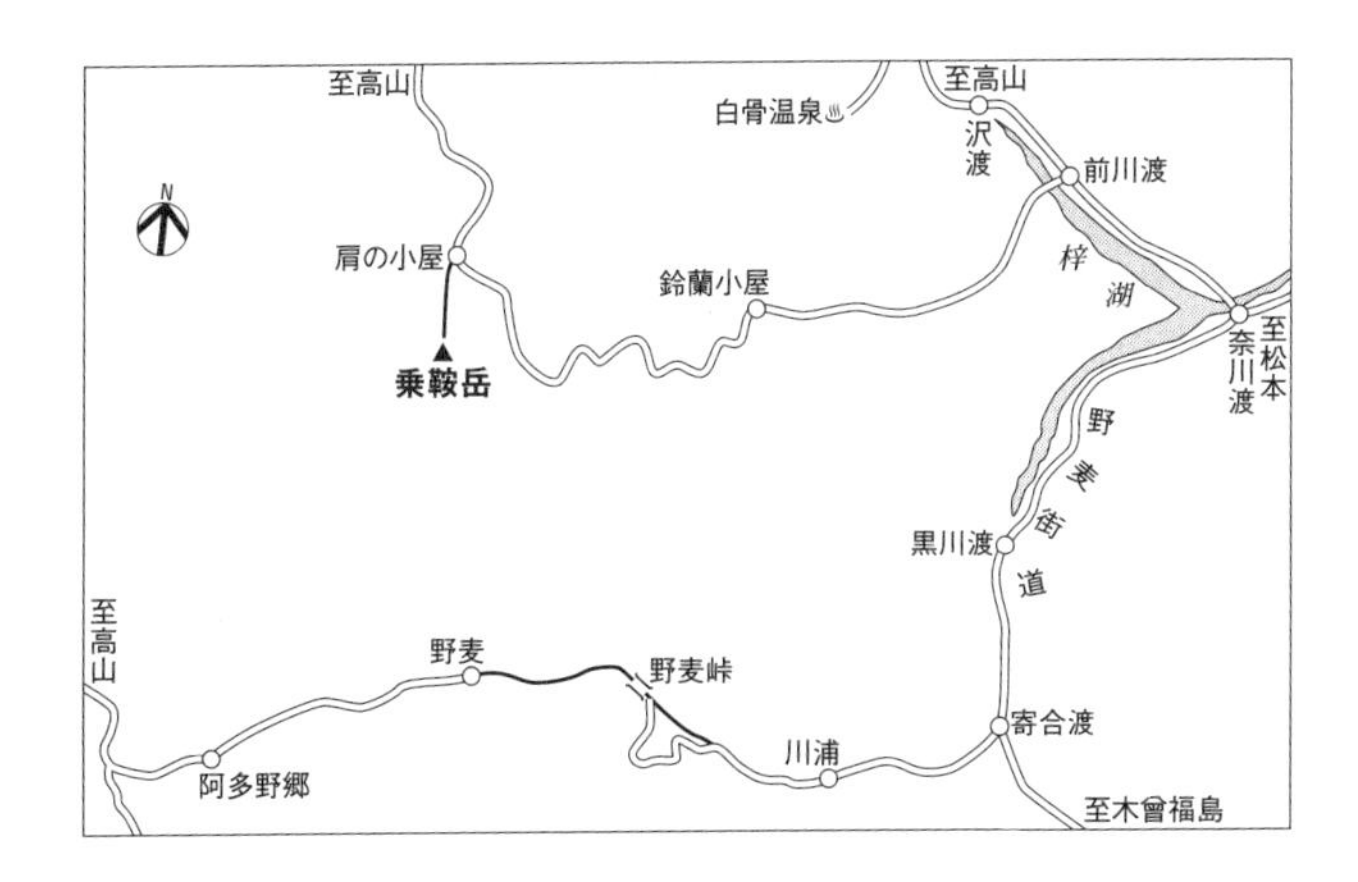
至高山
白骨温泉
至高山
沢渡
前川渡
N
肩の小屋
鈴蘭小屋
梓湖
至松本
奈川渡
乗鞍岳
野麦街道
黒川渡
至高山
野麦
野麦峠
寄合渡
川浦
阿多野郷
至木曽福島

そこに地蔵菩薩があった。行き倒れの女工たちの冥福を祈るためにいつの頃からか立てられたものである。

野麦峠といえば、信州と飛騨をさえぎる日本アルプスの屏風のなかで、唯一の街道と言われた。アルプス登山の技術などなかった当時を思えば、街道と名づけられていても、生命がけの難所だったのである。

今も、その地形は変らない。それだけに、昔かわらぬ乗鞍岳をみるとき、人間の薄命と大自然のすばらしさを共々再認識させられるのである。

「あゝ野麦峠」に代えて、私は「あゝ乗鞍岳」と言ってみたかった。

初夏の裏穂高

六月一日、その日の裏穂高は、すぐ山むこうの上高地のにぎわいが嘘のように、人影のない静かさに包まれていた。その日、雪解け後はじめてのバスが安房峠を越えて、この谷間へ走ったのである。

その途中、安房峠をすぎたと思う間もなく、バスの乗客のひとりが奇声をあげた。

「あっ、カモシカですよ。ホラ、歩いている！」人々は、そのかわいらしい野獣をみた。「珍しいことですよ。ここで熊を見ることはあっても、カモシカがいるなんて」と、地元通のひとりはよろこんだ。

バスは平湯でほとんどの客をおろした。ここから裏穂高と私が呼ぶ蒲田川ぞいの道へ入る人はすくない。しかし、その川の左右には、点々とゆたかな温泉が湧いているのである。いつの間にか、人々は、そこを新穂高温泉郷と呼び出した。その終点に、ロープウェイをつくった。上高地の裏側から西穂高岳の中腹まで文明の乗物を走らせたことは、その計画が噂されたころから、世間の批判をまき起した。

自然の破壊、穂高という〝聖山〟をけがすことだと、とくに山を愛する人々の非難は高かった。しかし、ついに出来てしまった。新穂高とよばれるバスの終点は、今でも、村営で商売をやっているということが唯一の救いだが、二軒のホテルは外装をみても、デラックスで、登山の装いをした若者たちには、ちょっと入りにくい立派さである。

その手前の槍見温泉、宝温泉などの一軒宿の方が、昔ながらの感じで、私は、終点まで行ってすぐロープウェイに乗る気になれず、焼岳を仰ぐのに、一番よさそうな場所で降りてみた。

そこは、バスの駅名こそ「中尾口」だが、中尾という村は見えず、焼岳だけが、穂高よりすばらしい感じであった。いや、ここから仰ぐ焼岳はじつに美しい。美しい、という表現は、主観的すぎて、他人に実感を伝えないという意味で、あまり使いたくないが、素直に、この形容詞が口から出た。

中尾という村は、二、三十戸、バス道路より一段高い高原状の斜面に、永遠の隠れ里を思わせる環境であった。六月一日は、まさに田植の真最中であった。旧暦で祝う節句の季節、鯉のぼりは、残雪の山肌を撫でて吹きおろす風に、生きもののように泳

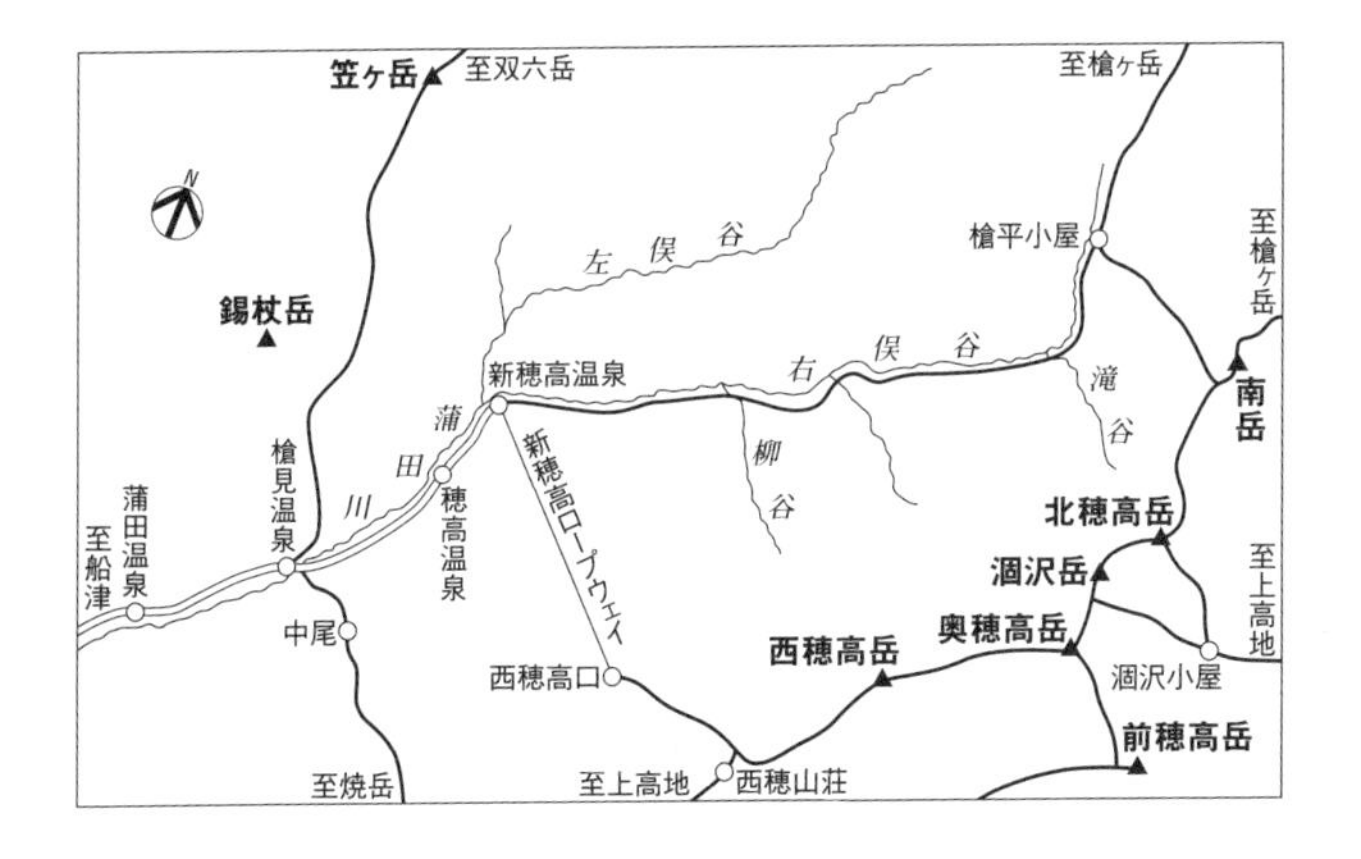

笠ヶ岳
至双六岳
至槍ヶ岳
N
左俣谷
槍平小屋
至槍ヶ岳
錫杖岳
右俣谷
滝谷
新穂高温泉
南岳
蒲田川
新穂高ロープウェイ
柳谷
槍見温泉
穂高温泉
北穂高岳
蒲田温泉
至船津
涸沢岳
至上高地
中尾
奥穂高岳
西穂高岳
西穂高口
涸沢小屋
前穂高岳
至焼岳
至上高地
西穂山荘

いでいた。

　その風の来る方向へ目をむけると、そこには白雪と岩の影がコントラストをみせ、実に彫刻的な岩峰があった。錫杖岳である。この構図は、欧州アルプスのシャモニーでみたモンブランに似て、ここからたちまちせりあがるかに見える山肌が、まだ春には遠い季節感をみせて恐怖感をさえ誘う。

　中尾の村は、なんと、全戸が温泉をひいていた。ほとんどが民宿を開業している。名山に隠れたこんな山村で、数日を過してみたい。中尾の人々は人情も厚かった。田植の休み時間に、ひととき、私の体験談に興じてくれた。

　私の過去の想い出は、このすぐ対岸のみち、槍ヶ岳から笠ヶ岳を縦走して、錫杖岳を見ながらクリヤ谷へ降った日をよみがえらせた。その頃、新穂高などという地名はなく、民家もなかった。あったのは、川が二つに分れて、右へゆけば、穂高のほこる滝谷が見える槍ヶ岳への道だけだった。

　今、新穂高というバスの終点は、あまりにも味けない。ロープウェイは、それに乗れば、笠ヶ岳が眼前、遠くは白山もみえるということだったが、同じアルプスのロープウェイとしては、黒部ダムにかけられたゴンドラに乗って見晴らす山の構図に劣る。後立山と裏穂高とは、山岳展望という点において、勝負が決った感じである。穂高岳は、やはり、上高地側から仰ぐべきだ。西穂高まで一投足などといっても終点までは遠い。

それより、ロープウェイにすぐ乗ってしまう人の視野には入らないこの中尾という山村がいい。一山越えた向うは上高地、それなら当然ここも海抜は高い。何と千二百メートルの山ふところ、ここはそこを目的にくる人にしか真価がわからない桃源郷である。

私は槍ヶ岳へ通じるはずの右俣谷の林道を歩いてみた。ここは、二時間歩くと、柳谷があらわれ、さらにゆくと、鳥も怖れるという滝谷の直下へくる、まさに穂高の裏側だ。この道は、かつて単独行主義者だった加藤文太郎が、登ったまま ついに帰って来なかった山稜にみちびかれる。この奥の河原には藤木九三氏のレリーフもある。そこまで行ってみたかったが、雪山を登る準備をしていなかったので、残念ながら引き返した。

初夏というより、春遅い裏穂高は、中尾の村と、この谷のみどりの芽ぶきが印象的であった。

古き街道の名残り

「清内路（せいないじ）」の地名は、木曾路とともに、郷愁をさそう。伊那谷と木曾谷を結ぶ、今は忘れられた峠のひとつである。すでに、飯田市に合併された村かと思っていたら、今でも厳然として存在している。人が想像するように、むかし、「清内」という名の人がひらいたのである。今行ってみると、そのパイオニアの名は語られず、村の名士は、映画界の大蔵貢さんだと知って、隔世の感だった。

この村は、宿場町を復元して話題となった木曾の妻籠から国道二五六号線をたどれば飯田との途中にある。四方が山で囲まれた谷間の感じである。集落は街道にそって二つ、上清内路と下清内路、「下」の方に村役場があった。

古い街道を歩いてみたい、と村役場で訴えると、すぐ近くに「清内路関所趾」の石碑があることを教えられた。この村は、江戸時代より、今の方が脚光を浴びている感じである。なぜなら、さらに古い官道は、南の神坂峠を越え、駒場、飯田へと通じていた。江戸時代には北の大平街道の方がにぎわっていたはずだ。その後、神坂峠が忘れられ、大平峠もまた過疎となった今日、この清内路村には、逆に二五六号線をもらって得をした感じである。

古老に聞くと、この清内路ルートを越えた史上の人物として、幕末の水戸浪士、武田耕雲斎がいるとのことであった。彼は、おそらく京都へゆく途中、八百人以上の部下をひきつれて通ったはずである。

有名人といえば、この北の蘭(あららぎ)村を通った空前の大行列の主役が維新にちかい頃の皇女和宮である。京都方一万人、江戸方一万五千人、徴発された人足が二万七千人というのだから、この山間の街道は四日間にわたって人の波を見せた。この史実を私は、復元された妻籠の脇本陣の史料でみたことがある。

おそらく、江戸時代は、この清内路にも、雲助が出没したはずだと思って聞いてみると、やはりそうであった。喧嘩と賭博、女郎屋と今では想像もできないにぎわいをみせていたのである。

清内路峠へむかう途中、上清内路へ入ると、さっき語った郷土の有名人大蔵貢氏の出世をたたえる声が村人から、しきりに聞かれた。プールを二つも寄贈したそうである。氏が木地屋出身だと聞けば、郷土の誇りなのだろう。かつて副総理をしたことのある某代議士もこの村の出身で、政治道路が出来たそうである。「延喜式」に記録された東山道の時代には南の神坂峠が、その後は北の大平街道が、そして江戸時代は中仙道と、つねに西日本と東日本の人を歩かせていた道にちかいならば、むかしから、中央政府の動きには敏感になっていたのだろう。

しかし、そんな地形を高みから見おろしたい、と峠に登ってみると、このあたりの山村が昔から自慢する五平餅にありついた。といえば、わかるように、峠には一軒の茶店があった。いや、正確には峠の少し手前で、その前は大駐車場であった。ここの五平餅は、小判型をしていた。伊那と木曾の境界ならではの山の幸である。一一八〇メートル、清内路峠の上は、文明開化していた。北へ下れば漆畑、蘭の集落で、それらの村の方が昔ながらで、今も山仕事を伝えている。

峠は、みな、全国的にトンネルか、切り通しに変えられてしまった。あの草を分ける旅情がない。これではとくに書くこともないな、と残念に思い、もう一度下って、下清内路の村役場で、秘境はないか、と聞いた。

意外なところに山中の生活があった。洞根（どうね）と呼ばれる五、六戸の集落へゆくことをすすめられた。そこは、全国でも珍しい「出作（でさく）」の民家の群れだった。耕作のときだけ、下から登ってきて、一時的に生活するのである。

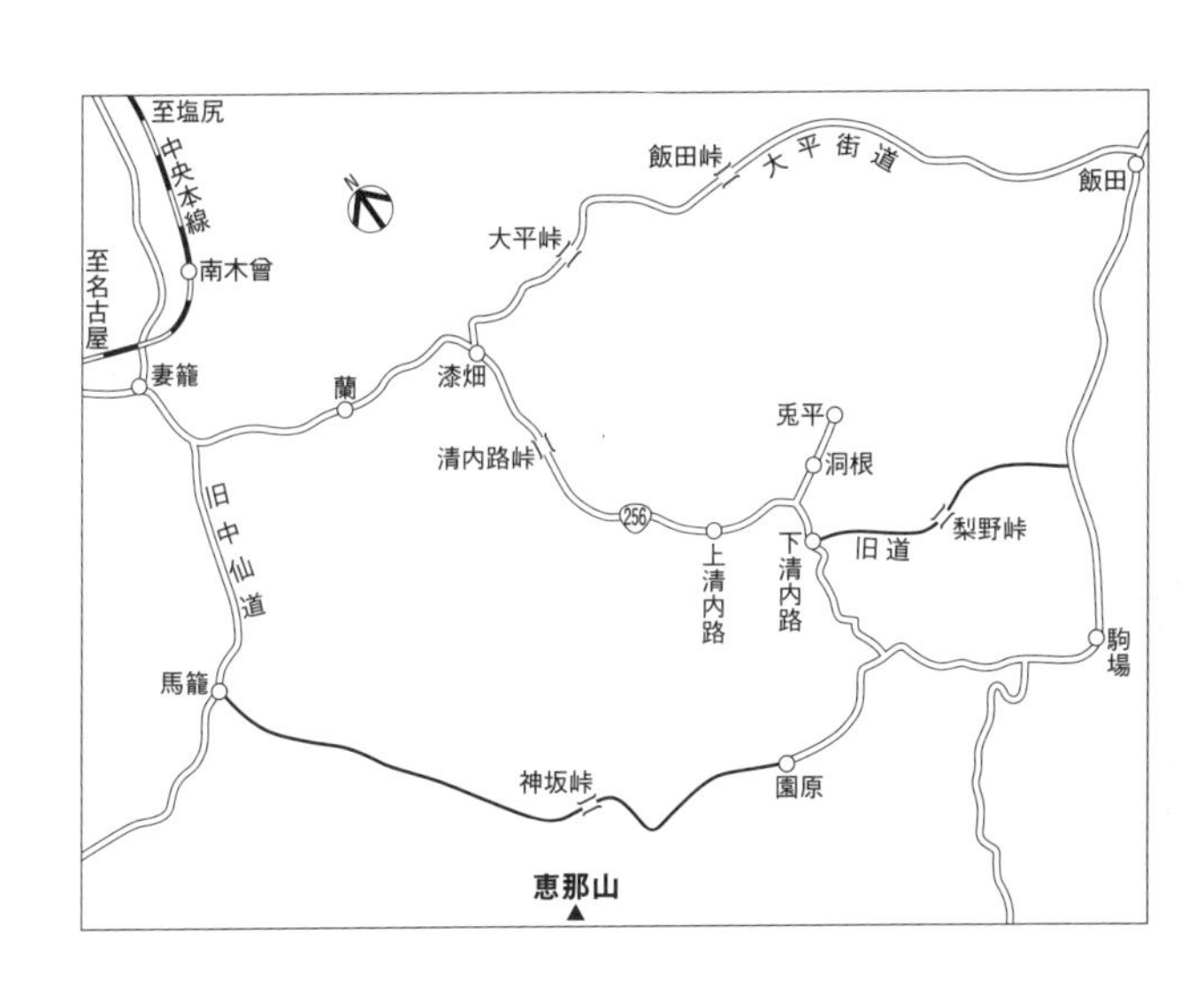
至塩尻
中央本線
南木曾
至名古屋
妻籠
蘭
漆畑
大平峠
飯田峠
大平街道
飯田
清内路峠
256
兎平
洞根
上清内路
下清内路
旧道
梨野峠
旧中仙道
馬籠
駒場
神坂峠
園原
恵那山

「今では、農協さんが、日用品は運んでくれるので便利になりましたに」

というだけあって、みれば永住できそうな立派な造りの家もある。しかし、なかには、郷愁をさそう自在鉤のある農家もあった。

煙草の栽培と養蚕が生業だそうである。

「七月に来て、十一月頃には下へ降ります」

と言った。過疎だ、挙家離村だという今日の山村で、この洞根は、奇蹟的に残る貴重な存在だった。聞いてみると、この奥にまだひとつ兎平というのが六戸を秘めているとのことであった。

思うに、このあたりでは、すぐ南に中央自動車道が出来て以来、旅行者には盲点となった山村がまだ沢山ありそうだ。

クルマを走らせる旅行者たちは〝行き止り〟の道を敬遠しがちだ。しかし、じつはそんな地形のところに、本当の生活がひそんでいる。洞根というその名も谷間のホラアナのような村に来て、はじめて清内路峠の古名を知った。

「あそこは昔、古木曾峠と呼んだんずらな」

ここは飯田の街へ出るよりも、一山越えた木曾の方が近いのであった。

悠久なる夜空

小谷と書いて、オタリと読むことを知っているくらいの人なら、そこが信州でも越後境にちかい素朴な温泉というイメージを持つだろう。アルプスのファンには無縁かもしれないが、スキーをたのしむ人には、一度は話題になっているはずだ。「素朴」という表現をつかったが、残念ながら、かつてはスキーヤーにとってわが家のような親しみを感じさせた山田屋も、最近は、戦前のようなサービスをしているひまはないらしい。客が多い日だったせいか。

大糸線の中土（なかつち）から出る小谷ゆきのバスの終点で降りてみると、行く手の緑の山腹に、もう一軒、新しい山の宿が見える。それでも、それ以上、宿が出来ていないのはいい。とりまく山肌もその茂り具合も、昔と変っていない。

名の通り谷間に湧く温泉だから、アルプスを見ようとするには、少し高みに登らなくてはならない、と考えて、北の方向へむかう山道を登ってゆくと、突然、山腹がひろい高原と化して、そこに、太古のままと思える湖があらわれた。地図上では、かなり前からその存在を知っていて、一度は見たいと思っていた鎌池だ。

戦後、秘境といえば、すべて白日のもとにさらされて、もう日本は奥地にも処女地はないと思われている昨今だけに、この湖の無垢な水面とそれをとりまく自然のすばらしさには、一瞬、溜息さえ出た。この溜息は、まだ日本には充分に自然そのものがあるという実感であった。私にいわせると、山の湖ならば、小さなものを探せば、まだまだあちこちに神秘さを失わないところがある。この湖もブナの林にかこまれて、湖面は澄んでいる。

湖畔を一周する道もあったが、歩く人とてない。戻ろうとして、もう一度、見渡すと、二人の子供が渚で、魚らしいものを獲っていた。声を掛けてみると、山田屋旅館の子供である。

「アルプスなら、むこうに見えるのが、乗鞍岳ずら」と言った。白馬岳の北にある乗鞍岳である。このスカイラインは、越後境の山をひろげて、その雪の量は、夏でもゆたかだ。雪倉岳、朝日岳が真西になる。

この山上の湖までは車も入れる道だ。帰りみち、いつ登ってきたのか、二人の若い女性に出会った。かくれた湖をさがして歩く東京住いのサラリー・ガールだった。こ

妙高山
至妙高高原駅
笹ヶ峰
笹ヶ峰牧場
焼山
薬師岳
乙見山峠
鎌池
小谷温泉
湯峠
大糸線
至糸魚川
平岩
北小谷
中土
至松本
蓮華温泉
乗鞍岳
雪倉岳
朝日岳

れから乙見山峠へ行くのか、と私が思わず聞いたのは、その峠の名がいかにも女性の心をひくにちがいないと思ったことと、この峠を越えれば、妙高山の南麓へ出られて、東京へ戻る一日の山旅には絶好であることを知っていたからだ。

私は妙高側から笹ヶ峰へ入ったことがあるので、今回は峠越えをやめた。しかし山を降りてから泊った中土で、偶然出会ったその夜の村の祭は、思わぬ収穫だった。中土といえば、大糸線の一駅だが、意外に泊る人はいない。その日は年に一度おこなわれる諏訪大明神の祭の日だったのである。八月二十六日だというのに、秋祭と呼んでいた。たしかに、日暮れになると、風はもう冷気をおびていた。

この山村の風景はいい。山国の歴史を沈澱させた民家が緑の林のなかに、点々と並ぶ。ひな壇に並ぶ農家はほとんど昔ながらの寄棟造りである。諏訪神社がその村の一隅の高みにある。そこへ行ってみようと、宵のせまった道を登ってゆくと、いつの間にか、かなりの人があつまっている。いや、道の傍らに、何かを持って坐っている村人が目立つ。

わかった。やがて、夜空にあがった見事な花火。時計をみると七時。夕涼みをかねて空を見上げていた村人たちの期待に応える天空の芸術だった。こうした穢れのない信濃の北端でみる夜と星と花火のうつくしさ。そこには悠久と言った感じの空があった。

ひるまは、「ヤッコ踊り」というのを、村人たちが踊りながら、山上の神社まで行ったそうだ。ヤッコとは「奴さん」のことらしく、烏帽子をつけた白装束の男たちが、年に一度の奉納のために、一夜づけの口上をとなえるらしいが、境内に集まった観衆の口から、「おい、セリフを間違えるなよ」とヤジが飛んだそうである。見せる行事ではない。同じ小谷村でも、温泉とは離れた長崎とよばれる集落が中心になって伝統的にやってきた村の行事である。

年に一度、日頃の不満を晴らす目的もあるらしい。十二人の踊り手が毎年唄う歌詞は、その年その年でちがう。当日まで秘密にしておいて、神前でそろって唄う。それは豊作祈願ではなくて、村政批判や世相の風刺が多い。何とも信州らしい。

「歌寄合がたのしいでな」

と高地の人は言った。毎年、祭の前に、五つの集落の代表が集まって、ユニークな歌詞づくりをするという。

一見、気持が鬱積しているように思える山深い村でも、ちゃんと発散の方法は心得ているのである。

木に生きる村人の調べ

信州の南端あたりは、あまり話題の町も自然もない。地図の上でも盲点である。たとえば、これから語ろうとする泰阜(やすおか)村などは、いかにも信州の村だが、天竜川下りの人気がおとろえてからというもの、すっかり語る人がなくなった。このあたりには飯田線が通っているが、どの駅で降りたらよいのか、それもよくわからない。

伊那谷が終ると、天竜川の左岸は、家並みがほとんど見えない。家々は、一段高い山上に点在している。私は温田(ぬくた)で降りてみた。「恋久保」というロマンティックな名の集落がある。海抜八百メートルを越える山上の別天地である。しかし、名とはちがって、つくっているものは、コンニャクであった。

八月下旬は、この村の伝統の祭があちこちの村で催される時期であった。二十日は漆平野(しっぺの)を皮切りに、我科(がしな)が二十一日、温田が二十二日、田本が二十三日、大畑が二十四日、梨久保で二十五日という順で、「榑木(くれき)祭」というのが展開する。

榑木とは何か。聞いてみると、山村らしい由来があった。屋根をふく高級な材料である。薄く裂いたカヤの木の板である。そのオリジナルを、意外にもこんな村が今でも祭の形で伝えていた。

米がとれない村だから、幕府への献納、税金代りに納める現物として、この貴重な建築材料を育てたのだ。その実物は、漆平野の南宮神社へ行ってみてわかった。

かつて天領時代に幕府が「定」と書いた立札があった。享保四年（一七一九年）の「奉行」の命令とある。この榑木には、長いのと短いのがあり、

長榑木　三尺三寸
短榑木　弐尺三寸

と決めてあったらしい。実物は細長い木だが、これを縦にさいて使うのである。しかし、使われたのは、一般の民家ではなく、格式のある神社の屋根であろう。これを米の代りに毎年五百石納めたのである。

この過去のしきたりを今も記念し、毎年、榑木踊りと称してやっているが、その日の午後はじまった祭を見ていて、私は、報いのないかつての山村の人々の、一種の「自己愛」のようなものを感じた。祭というより、祈りに似た、今では、そういう時代に苦労した人々に対する「挽歌」のような笛と太鼓の調べ。二、三十人の村人が村

の道を歩いてゆく。その後を追うと、木曾路とはちがう、「植物的人生」が思われた。

村人の一人は言った。「木挽一代」というテーマで、先年、NHKが「ある人生」という番組で紹介したそうである。木挽とは今は忘れ去られた郷愁的存在ではないか。

「俺が出たんだ」

とその老人は誇らしげに言った。祭といえば、ショー化した今日でも、探せば、まだこういう村人たちだけの「行事」があるはずだ。ここでは、「祭」というのはふさわしくない。なにか、溜息が出るような「行事」である。

それを見たあと、栃城（とんじろ）という山奥の村へむかった。泰阜村の「阜」は、「起伏の大きい丘」のことである。その名の通り、歩きはじめてから知る山路の凹凸。一時間歩いても人家は見えなかった。栃城は溝のような谷の中だった。六戸の民家は、絵のような風景のなかに収まっていた。ここには、榑木踊りの伝統はなかった。聞けば、住みついてからまだ八十年、明治以後だとのことであった。子供たちが澄んだ川で泳いでいた。私は、山は見えなくても、この栃城に来てよかったと思った。

そして、さっき訪れた村の一隅でみた黒板の文字を思い出した。

イツ迄モ　ツヅケテオクレ
榑木踊リ　神モヨロコブ氏子繁昌

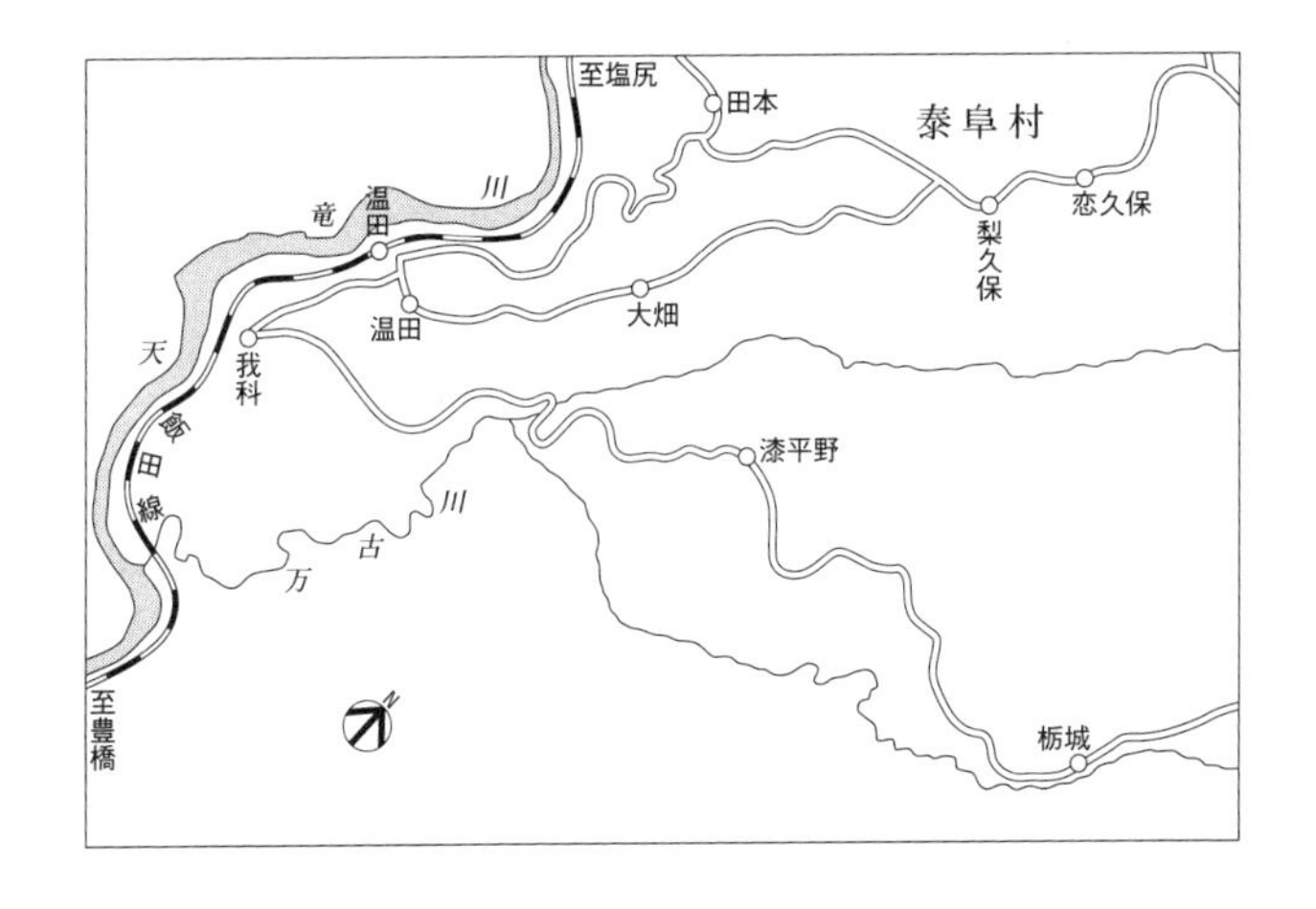
至塩尻
田本
泰阜村
竜
川
温田
恋久保
梨久保
温田
大畑
我科
天
飯
田
線
漆平野
川
古
万
至豊橋
栃城

その文字のあとに、

漆平野ヤ　アー漆平野ヤ　漆平野ヤ　高木東六

と「いたずら書き」してあった。「植物的人生」のなかには、ちゃんと、ユーモアもあったのである。

木曾の秘める別天地

ひとつの山村が、まるで天から与えられたような見事な「借景」を持っている。それは御嶽山で、三千メートルを超える高峰である。いや、この山が、むかしから、開田という山村を、わが児を眺めるように、見おろしてきた、といった方がよい。山と村の生活が一体化してきた点で、こんな絵画的なところもめずらしい。

巨大な火山が眼前にそびえているならば、たいてい、見て美しくとも、麓の大地は酸性土壌で、穀物は出来ず、まずしいと思いがちだが、ここは、逆に、米も出来、馬も育った、めぐまれた山ふところである。開田村——という名、文字通り、「水田が開けた」ことを示している。それ故に、住む人の心はまずしくない。人情に厚い。旅行者に親切である。

私は、この村に入る瞬間の、地蔵峠からの眺めを忘れない。それは、驚くほど急にひらける視界と、その真中に大きくそびえる御嶽のすがたが印象的だからだ。峠に登りきるまでの風景が、こんな山の構図を想像させないからだ。狭い猫の額のような谷間から這い出るようにして道が峠へ登るからだ。

木曾でも福島の町からバスは走るが、福島には米は乏しい。「木曾へ木曾へと落ちゆく米は、伊那や高遠の余り米」と江戸時代はうたわれた。その木曾路の、北辺に、こんなめぐまれた別天地があったとは……。

四方、山でかこまれ、西の障壁が、キリマンジャロ火山を思わす御嶽である。しかし、まさしく、日本の中央部を感じさせるのは、その山村の道の左右に、点々と水車の名残りがあらわれるときである。すでにその使命を果たして久しい、郷愁の風物が、今も乾いたすがたで点在している。

道の左右には、牧柵が白骨を組み合わせたように光っている。これも、郷愁の風物である。戦争前まで、馬を育てて、それを誇りとしてきた村だから、開田村で育つ馬こそ、正真正銘の「木曾駒」である。それは御嶽と相対する山の名にもなっている。木曾駒は、軍隊で活躍した。競馬用のそれとはちがって、小柄だが、見掛けによらない「馬力」があった。馬の姿は消えても、道端に残る馬頭観世音の碑の数の多さが、ありし日の木曾駒のふるさとを偲ばせる。

馬を家族同様に可愛がっていた家のつくりをみたとき、戦後三十年ちかい年月が感

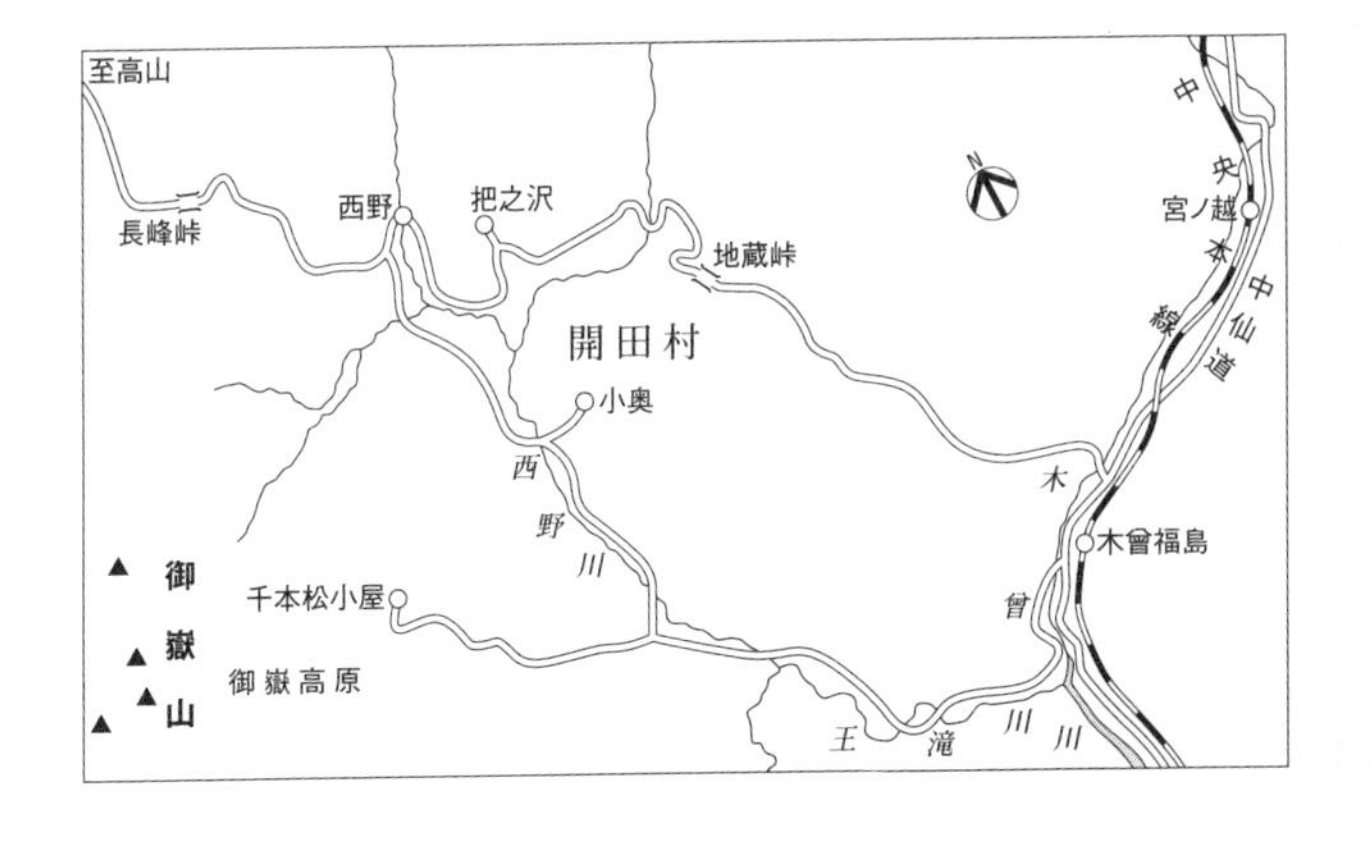

至高山
長峰峠
西野
把之沢
地蔵峠
開田村
小奥
西
野
川
千本松小屋
御
嶽
山
御嶽高原
王
滝
川
木
曽
川
木曽福島
宮ノ越
中
央
本
線
中
仙
道
N

じられた。それは平和な時代を象徴していると思いたかった。把之沢（たば）の農家の人は、「家の中をごらんになりますか」と言ってくれて、入ってみれば、たしかに、馬は、かつて、いろりのある家族団欒の居間へ、すぐ顔が出るような隣室に育てられていることを知った。

西野という最奥の集落、その一隅には、この村にふさわしいたたずまいをみせた宿があった。そこでの一夜は、名物のそばの味が、深まった秋の季節感を、舌の上にも印象づけてくれた。米も出来れば、そばも採れる。そして、人情。この三つがそろう村は、今日では稀少価値である。

「何も宣伝する必要はないですね」

と言えば、おかげ様で、毎年のように来て泊る方がかなりいます、とファンのいることを裏付けた。隣室の中年男が私に声をかけた。大阪から来たという。そして、「わたしは、そのうち、この村に住みたいと思ってますのや」とひとりで泊りにくる心情を、吐露するように言った。

帰りみち、王滝川への街道を歩いた。一時間も歩くと、三岳村に入った。途中、小（こ）奥（おく）という村を地図の上に発見して、西野川ぞいの道から分れる山路を段丘の上まで登ってみた。九戸しかない民家のひとつは、半ば朽ちていたが、まさに古い隠れ里を思わせた。「先祖は平家の落人らしいですよ」と半ば誇るように、室内をみせてくれた。あばらやのイメージに反して、いろりの奥には、立派な鞍と弓が飾ってあった。「古文書がないのが残念です」と言ったが、この実物があれば、証明書はいらない。

標札を見ると「君山千代治」とあった。

「いまでも、柳の葉を飾って先祖をおまつりしています」と言った。この川の下流に住んだ人たちは源氏の落人らしいと君山さんは昔から聞いていると言い、「源氏の人は松を飾ります」と私の民俗学的知識を満足させてくれた。

海抜千二百メートル、まるでチベットのようだ、といった人の表現を批判しながら、ここには、心ゆたかな生活の営みがあると思った。高冷地ならば、冬はもちろん、耐えがたい寒さだろう。しかし、そこには、住んでみなくてはわからない楽しみもあるはずだ。水田が凍れば、天然のスケート場となり、いろりは、昔かわらぬ生きもののような炎をあげることだろう。

初冬の遠山郷

遠山郷と言えば、日本の三秘境のひとつとされてきた。最近でこそ、飯田から車道が出来たが、信州の南の隅で、V字状の谷間に入ると、行きどまりの地形であることは今も変りがない。いや、戦後、この村の上流にダムが出来てからは逆に、道が消え、江戸時代にはかなり人通りのあったはずの秋葉街道も北隣の村まで通じていない。先年夏、私は地蔵峠の下で川の中にさまよい、難渋した。

遠山の名がいかにも山の奥の感じである。当然、閉鎖社会ならではの行事がつたわっている。有名な「霜月祭」がそれだ。有名と言ったのは、民俗学者の間で、特異な行事として評価されているということである。霜月——つまり旧暦十一月、今では十二月におこなわれる神事である。

この祭の日だけは遠くから見物人が集まってくる。今では飯田線の平岡から入るのがこの村への順路である。細長い村で、南アルプスと天竜川の間の谷間に、点々と集落がある。この祭の季節は、底冷えする高冷地と化し、村をさえぎる裏山にのぼると、南アルプスが純白に立ちはだかって実に荘厳である。赤石岳はみえないが、正面にみえるのは、兎岳であり、易老（いろう）岳、光（てかり）岳である。

　裏山といったが、出来れば、山上集落の下栗（しもぐり）までゆくとよい。ここは、チベットを思わせる急斜面の山村。雪山は指呼の間にあり、身も心も浄められる思いの澄明な大気がただよっている。眼下の谷には遠山川が流れている。それでも、分教場もある数十戸の集落である。雪を撫でてくる風のなかで正ちゃん帽を冠った村の子供が白い息を吐きながら傾斜地の道に三輪車を走らせていた。

　宿とも民宿ともつかない一軒の民家が泊めてくれる。風呂は隣家へもらいにゆく。同宿したのは、常連の行商の呉服屋さんと薬屋さん。明治時代を思わせる古い民家での一夜は、浮世離れした旅情である。この山の上までバスは通わない。六キロ近く歩いて来なくてはならない。深田久弥氏の署名のある宿帖が印象に残った。氏もおそらく、ここから南アルプスを眺めたのだろう。

　霜月祭は、この山上の村でもおこなわれる。ただ、ここでは毎年、年の明けた一月三日だ。下の上村川にそった集落では、十二月中旬から、上町、中郷、程野と、日を移しておこなっている。十日の宵祭が最高に人を集める。都会へ働きに出ていた村人

も この日にはほとんど帰省し、年に一度、心身のけがれを落す気分になる。しかし、この行事を見ると、そのハイライトは、八幡様のお堂の中で、湯をわかすことだ。大きな釜にぐらぐらと一晩中、徹夜で湯を沸かしつづける。「湯立て祭」である。冷えきった冬の夕べ、日暮れとともに村人は上村の北端にある八幡宮に集まる。お堂の外は身を切るような寒さでも、中だけは、汗をかくほど暖かい。人いきれと湯気のなかで、火は燃えつづけ、中央のイロリの周囲では踊りがはじまる。女は緋の袴、男は白い袴、剣や笛を手にして舞う。一年に一度のエネルギーがこの八幡宮の内部に結集する。午後九時をすぎると子供たちは帰るが、湯立てのけむりは夜明けまで消えない。

無病息災、五体健康を祈るにしては、異色だと思って、村人に聞くと、この祭には、かつてこの村の領主だった遠山家の死霊をなぐさめる気持がこめられているそうだ。しかし最初からそういう目的でやりだしたのではないらしい。後世、遠山家が支配した時代、村人に善政をほどこさず、苦しめたので、うらみをかい、村人が一揆をおこし、八人を殺した事件がある。遠山騒動の名で伝えられているが、この行為を反省し、死者の霊をなぐさめるためにつづけてきたのだという説もある。そういうイメージならば、「遠山祭」と呼ばれるのもうなずける。

上村で泊った宿、「四つ目屋」には、「一新講」と書いた看板が残っている。いい廃

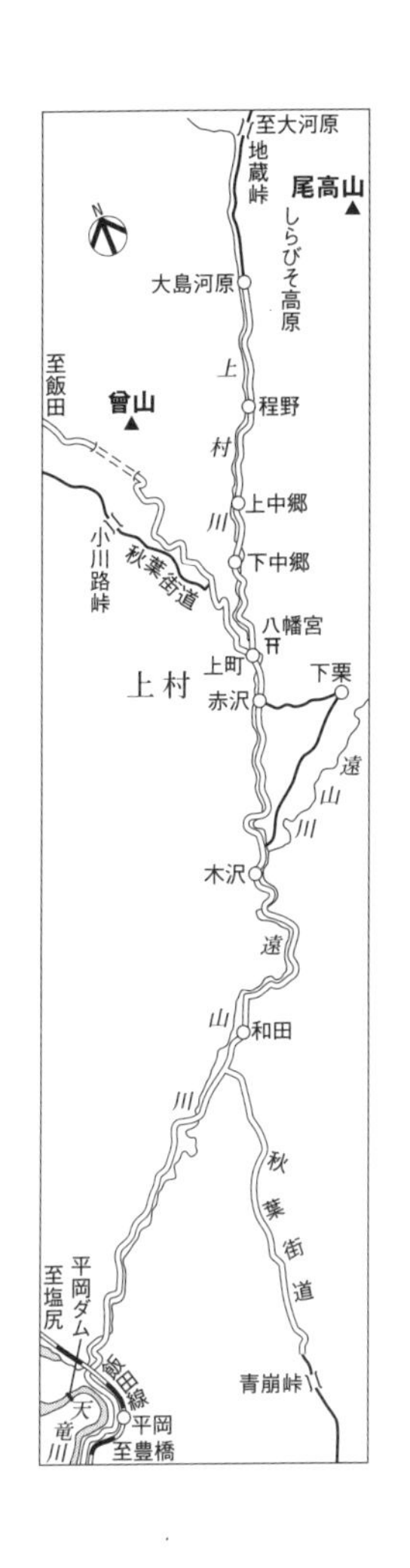
至大河原
地蔵峠
尾高山
しらびそ高原
大島河原
上村川
程野
上中郷
下中郷
八幡宮
上町
下栗
上村
赤沢
至飯田
小川路峠
秋葉街道
遠山川
木沢
遠山川
和田
秋葉街道
青崩峠
平岡ダム
至塩尻
飯田線
天竜川
平岡
至豊橋

物利用の気持で、この看板の上に、ガスのメーターをうちつけてしまって、今では後悔してます、と主人は残念がったが、かつて文化文政の頃は、おそらく、この宿の前を通る秋葉街道に、かなりの人通りがあったにちがいない。この宿の主人、柳瀬日吉さんは村役場に勤めていて、今は村の観光地づくりに忙しい。翌日、彼の働いている「しらびそ高原」へ登ってみると、純白な南アルプスの山なみが一望に入った。上村上村の谷間を歩いてみても山はみえない。そこでこの山上をひらいたというが、尾高山、二二一二メートルのあたりには、シラベ、トウヒが原生林をみせ、その背後に、赤石岳がひときわ高くそそり立っていた。

東の方ばかりに目をとらわれないで、西の伊那谷の方を見てほしい、といわれて改めてふり返れば、飯田の方角と思われる視界にも、かなり高い山がある。

「あの小川路峠は五里峠といって、歩くと途中で嫌になったものです」

遠山郷に赴任を命ぜられた人々が、飯田から「上り半日、下り半日」という一日がかりのつらさをなげいたという里には遠い山中の過去に思いを馳せたが、いま見るこのしらびそ峠の開発には、どんなエピソードが残るのだろう。

苦しんで歩いた生活の道の方が、思い出はゆたかなのではなかろうか。

雪に映える白馬山麓

年の暮もおしつまった一日、白馬山麓には、突然といっていいほど、雪がつもった。東京では秋の名残りの快晴だったのに、松本を過ぎ、大糸線に乗ってみると、北へむかう列車の窓外は、次第にアルプスを立体的にさせ、大町の地平線では実に純白な鹿島槍が空をくりぬいていた。

窓の下に木崎湖がせまると、ボートは冷たそうに岸に身を寄せ、青木湖のほとりにも人影はなく、やがて、「みなみ・かみしろ」の駅名を聞いた。

この北アルプスのふもとは、この駅をさかいにして、川の流れが逆になる。それに気がつくのは、実に不思議な瞬間でもある。青木湖を源にして今まで南の方へ流れていた川が、小さな峠をさかいにして、突然むきを変え、真北へむかうのだ。と言えばわかるように、今見上げる五竜岳を境にしてこれから先が越後の国のように思えるのだ。しかし、今行こうとする白馬村はまだ北信濃の一隅、それでいて窓外にみる姫川は日本海へむかって流れている。

いや、突然、左右は雪景色に変っていた。そして、窓に顔をこすりつけてみる神城の民家のすばらしさ、見事な茅葺屋根の群。夏の季節には気づかなかったその絵画的な風景にひかれて、私は、「かみしろ」の駅に降り立った。

山裾にある民宿のひとつは、外観こそ昔のままの農家でありながら、一歩入れば、都会なみのつくりだった。この宿へふらりと入ってしまったのも、駅から歩く途中で出会った老いた農婦の親切な呼びかけが気に入ったからだ。

「ちょっと休んでいきまっしょ」

舌にしみわたる半ば凍った野沢菜のうまさ。

「今朝になったら、こんなに積って」

本当に突然の雪景色にめぐまれたのだ。佐野坂——あのあたりが分水嶺である。

「子供たちをつれてくればよかった。ここのゲレンデは初心者によさそうですね」

と言えば、

「そうずら、みんな四ッ谷へゆくからね」と婆さんはステンレスの光った台所へ立って行った。

翌日、訪ねた四ッ谷——今は白馬村と名を変えた民宿の町、そこで聞いた話は、一

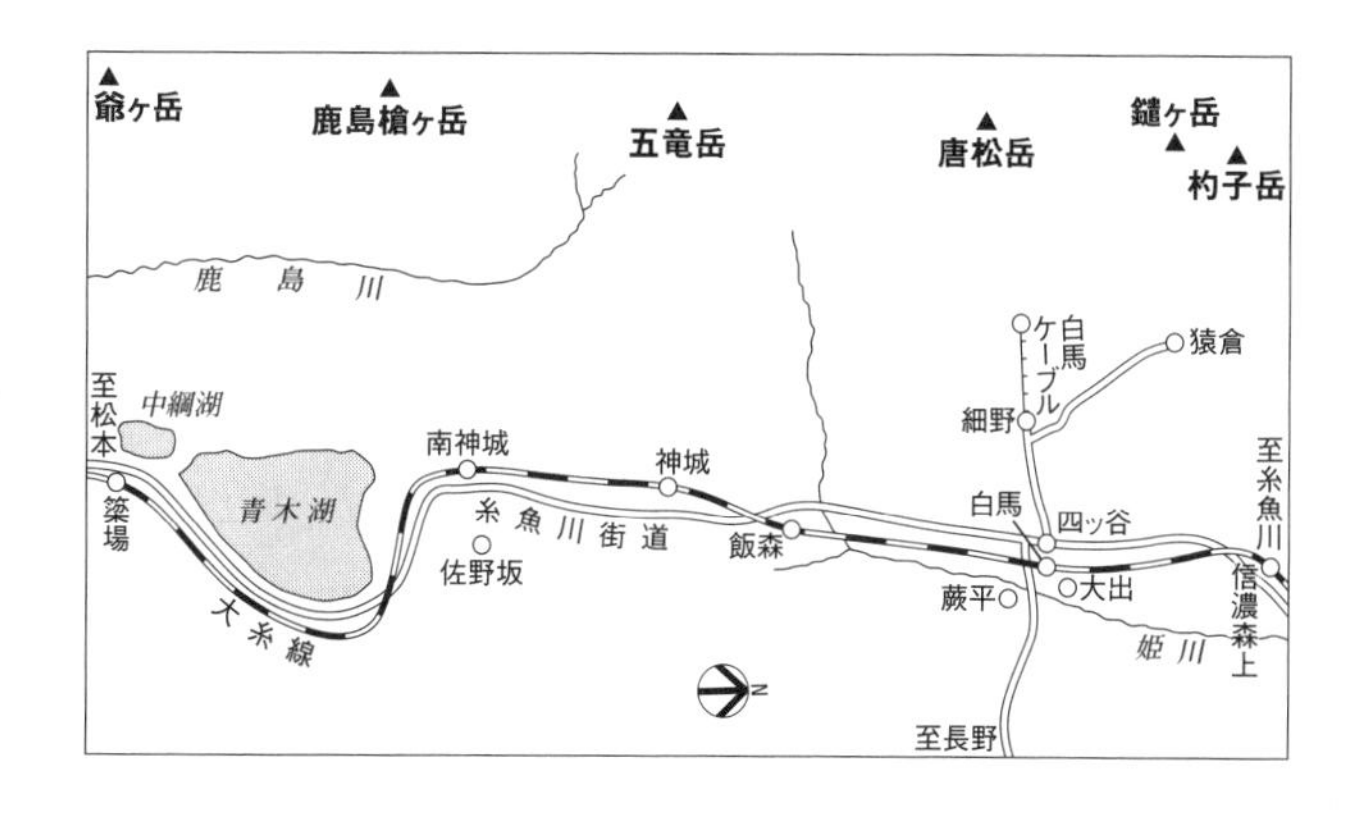

爺ヶ岳
鹿島槍ヶ岳
五竜岳
唐松岳
鑓ヶ岳
杓子岳
鹿島川
白馬ケーブル
猿倉
細野
至松本
中綱湖
青木湖
南神城
神城
糸魚川街道
佐野坂
飯森
白馬
四ッ谷
大出
蕨平
姫川
至糸魚川
信濃森上
簗場
大糸線
至長野
N

見、ウケに入っているように見える民宿稼業のつらい一面を知らされた。

「俺や、民宿はやらねえだ。お客様相手は疲れるからね。気苦労ばっか多くて、冬稼ぐにはいいが、夏になると、つかれが出て病気になる衆があるだんね」

白馬村では、毎年、暮になると、早く雪がふりますように、とお祈りをするそうだ。住民の九割が民宿を開業している以上、毎年の稼ぎに影響するのである。かつての郷愁さそう茅葺屋根が次々に消えて、ここでは旅館も顔負けの立派な民宿が多い。

民宿の窓をひらくと、白馬三山がまばゆく右手にせまり、八方尾根が大きくはり出している。この村は、本当にアルプスが手にとるようだ。私は松本の町にあこがれ、青春時代、わざわざそこにある高等学校へ入って四季三年を過したが、松本よりもっと山がせまっているこの街に住めばよかったと思ったことがあった。

かつて、五月に訪れた時、白馬村が私のこころをふるえさせるほど感動的だったのを憶い出す。今は路傍の道祖神も雪にうもれているが、春の訪れを聞く頃の白馬村は、自然が一せいに歓声をあげるかのようだ。雪解け水が音を奏で、小鳥が声を競い合う。姫川べりでは高山植物が芽を出し、都会には今やない路傍の点景と思っているとき、土地の人は、さっさとそんな植物を刈りとって肥料にしてしまう。もったいない、と思った春の記憶がよみがえる。

その日、泊る宿は、多くの人が行く細野をさけて、ちょっと盲点のような蕨平（わらびだいら）に決めた。雪みちを歩くのは独特な足の感触、三十センチ幅しかない雪みちで人とすれちがうと、互いに身体をかわし合わねばならない。そんなとき、目にとまる雪に埋れた道祖神。

見上げる八方尾根にはさぞスキーヤーがひしめき合っていることだろう。私はスキーをさして好まないので、駅から離れた蕨平か大出（おおいで）の民宿がいいと思った。果たして、そこは空いていた。

「春にくれば、タラの芽のテンプラを御馳走しまっしょ。コブシの花がきれいだよ」

白い早春の花。コブシのことを、ここでは「白馬（しろうま）の花」と呼んでいた。コブシの花が咲くと、苗代をつくり出すことは聞いていたが、なるほど、白馬の花とは……思わず三角形をした白い峰を見上げる。

松本にいたころ、桃の花が咲くと信州味噌の仕込みだとは聞いていたが、ここではコブシの花が冬明けのシンボルだった。

そんな話を聞きながら、一夜は、お祭の話、嫁さんの話、田植の話にひととき花が咲いた。

第三部　推理する山旅

祖谷溪の源平譚

一

瀬戸内海を船で走るとき、源平時代の落人でなくとも、四国の山々を見上げると、背骨のように横たわる山脈のひだの中は、敗残の身をひそめるのに絶好なところだ、と思うにちがいない。高松あたりの沖から南を仰ぐとき、四国の山々は屏風のようにそびえて、太平洋側をさえぎっている。今でこそ、土讃線が高松と高知を結んで走っているが、土佐側まで鉄道が敷かれたのは、昭和も十年のことだ。

安徳天皇が、壇之浦で入水したというのは、言い伝えで、実際には、屋島の東、白鳥まできたとき上陸し、今の高松の南方にある辻という町から山を越えて、祖谷溪（いやだに）に身をひそめたのだ、と地元の人は言う。日本はヨーロッパとちがって、「石の文化」がなかったから、橋ひとつにしても、木造の生活的要素はすべて朽ちてしまう。なるほど、そう言われれば、そうかもしれないという気になる。日本の場合、伝説はそういうところから生れる。長年月の間には、過去の「事実」がしばしば伝説化する。源平最後の戦いと言えば、今から八百年前の話である。

しかし、たしかにうなずけることがある。今でも、秘境祖谷溪とよばれ、平家の落人の住みついた谷間といわれる。ここへ入ってみるとき、その入口がひどく狭く、とても八百年前には、道など作れなかった、と思えるのである。昔の道は、安徳天皇が入ったといわれる高松側から峠を越えている。今は高知へ走る土讃線に「祖谷口」という駅があるが、ここから入る道路は、大正八年になってはじめてつくられたもので、それまで、祖谷溪に入るには、辻から、水ノ口峠か、落合峠を越えたのである。これらの峠は千メートル以上あり、祖谷溪を隔絶の地としていることには変りがない。

阿波池田からバスで入るのが、今日では常識化してしまったが、その山深さは車窓から眺めてもわかる。途中は、ひどい絶壁で、運転手の神技に感謝の拍手をおくりたくなるほどである。上高地への梓川よりも、スリルに満ちている。同じ平家の落人集落といわれる九州は椎葉(しいば)の谷へ入るバスを想い出させたが、この谷間は、もっと明るかった。「小便岩」という名の絶壁は、そのクライマックスで、小便をしようとしてその道傍に立つと、眼下の川床の深さに足がすくんで、用が足せなくなるということから生れた名である。

バスは阿波池田を出てから、三十分ほどは吉野川の本流にそうが、小歩危（こぼけ）の手前、阿波川口から祖谷川をさかのぼりはじめると、急に眼下は直立にちかいV字形の谷間である。約一時間ちかい間、S字形にうねる絶壁ぞいの道がつづく。人はこの地形を後世「祖谷溪」と名づけたことがわかる。

私の乗ったバスの運転手は、いよいよこの恐怖の谷間にさしかかると、男性の車掌と世間話をはじめた。ハンドルの手元が狂いはしないか？　私は気を揉んだ。話をするのはやめてほしいな、と思ったが、すれちがうトラックと見事に道を分け合う。そんなとき、いちいち、停るような未熟さは見せず、徐行程度できりぬけてゆく。しかし、乗客の眼からみると、小便岩の前後にかぎらず、ほとんど車輪の真下に溪谷があるらしく、覗いても、川床が見えない。あとで四国交通の観光課長、川人（かわひと）氏に聞くと、絶対昔から事故は起っていません、と確信にみちた顔で、運転手の神技を裏付けた。

その溪谷美のクライマックスのひとつに、「眠谷（ねむりだに）」と称する地点がある。二、三軒の民家は絶壁にしがみつくようにして並び、窓の下をみれば、眠れるどころか、胆を冷やす地形である。しかし、不思議なことに、この谷間は、やがて、最初の集落である一宇（いちう）というところへ来ると、逆に、川床が急に浅くなる。バスの下はせせらぎ程度

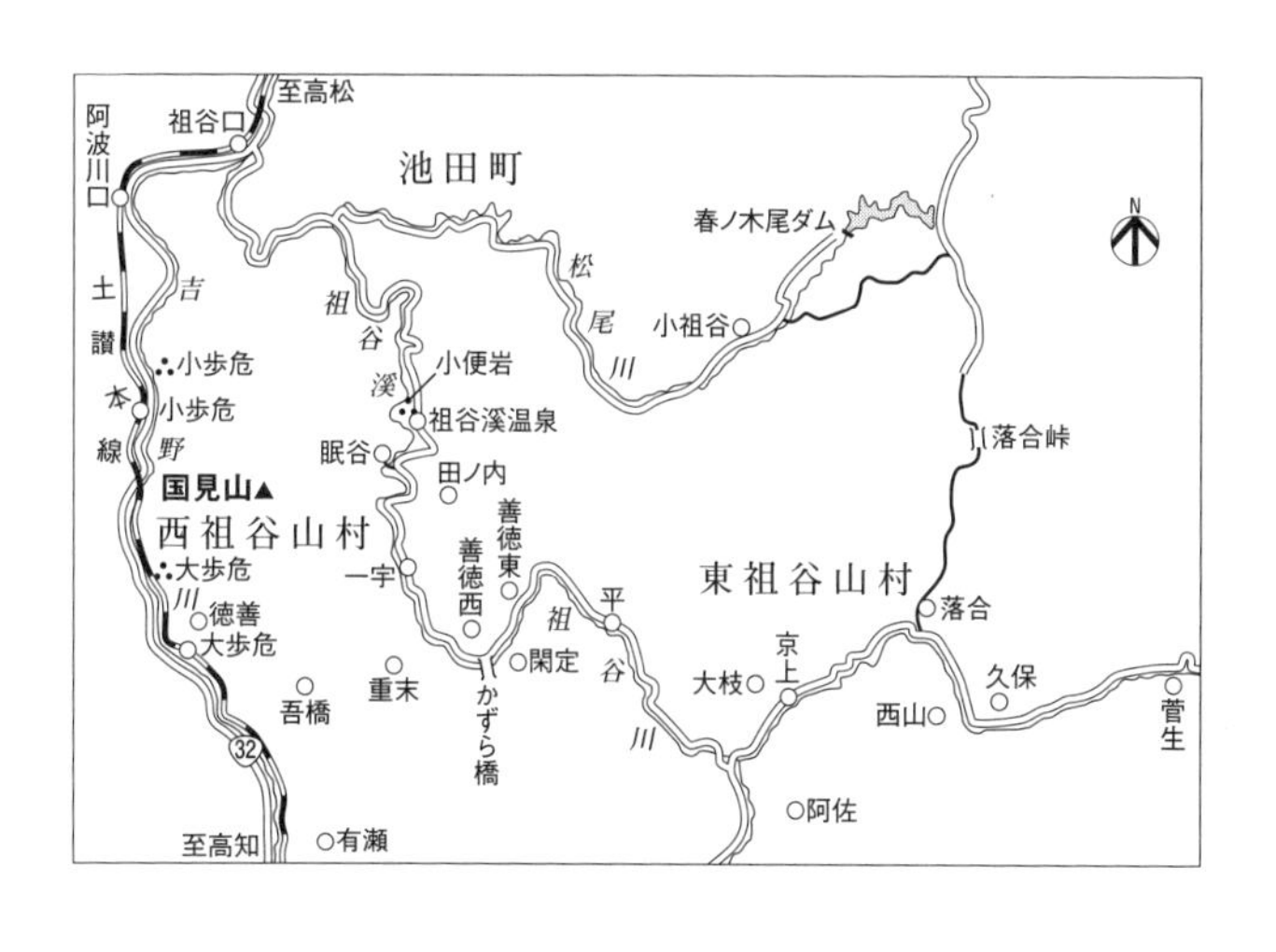
至高松
阿波川口
祖谷口
池田町
春ノ木尾ダム
N
吉
祖
谷
溪
松
尾
川
小祖谷
土讃本線
小歩危
小歩危
小便岩
祖谷溪温泉
野
眠谷
田ノ内
落合峠
国見山▲
西祖谷山村
善徳東
善徳西
大歩危
一宇
東祖谷山村
川
徳善
大歩危
平
祖
谷
川
落合
京上
関定
重末
吾橋
かずら橋
大枝
久保
西山
菅生
32
阿佐
至高知
有瀬

に変る。つまり、峡谷美としての祖谷溪は、人体でいえばその喉の部分だけで、胃袋の部分に入ると、急に低地がひろがり、そこから奥が、問題の「平家伝説の谷間」であった。思うに、この地形がのみ込めないと、祖谷溪の歴史的価値がわからないのである。

地形に関する知識が、祖谷溪の謎を解く最初の手がかりだ、と一宇の集落で急傾斜の山肌を見上げながら、私はしばらくこの谷間の過去を想った。この谷間にかぎらず、こうした入口の閉ざされた地形では、最初に峠を越える道がつけられたはずだ。この集落の家並みは、新しい。トタン屋根もかなりある。村役場もモダンすぎる。西祖谷山村の中心部といわれる、この辺には、ずっと後世に人が定着したにちがいない。平家の落人集落というイメージはない。山肌を見上げてはじめて目に入った寄棟造りの古い民家。

落人集落というイメージにあこがれてゆく旅行者が、期待はずれの開けかただ、と異口同音に言って帰ってくるのがうなずけた。

祖谷溪もうつまらないですね、という感想を私もかねて聞いたひとりである。過去の生活に興味を抱いて訪れる旅行者のほとんどが、実は、風景の底にあるものを見ようとしないから、こうした失望が起るのだろう。祖谷溪では、源平時代だけでなく、その後の徳島藩を制した蜂須賀一族の行動にも知識がないと、その真価はわかりそうもない、と私は思った。

二

西祖谷山村、その奥の東祖谷山村、二つを合わせると、四十キロの上の深い谷間になろうか。西祖谷では蔓(かずら)で編んだ原始的な吊橋が話題であり、東祖谷では、今も残る「平家の赤旗」が自慢である。この二つを伝え聞いてやってくるのが祖谷溪への観光客というわけである。

「阿佐家が秘蔵している赤旗は簡単には見せないんですよ」

と聞かされて、もうひとつの赤旗を見にゆく人が多い。現存する赤旗は二つあって、ひとつは、東祖谷の円福寺に秘蔵されていたのを、今は村役場が保管していて、役場の応接室の一隅に収められている。ガラス張りの壁があって、幕がひかれると、そこに巨大な掛軸めいた古い旗があらわれる仕掛である。陽にあたると、色がさめてしまうからであろう。たしかに風雪を経た感はある。旗の色は、紺も赤の部分も白ちゃけている。長さ約六尺以上、幅は三尺ほど、一番上に縦横十センチ程度の大きさの文字で「八幡大菩薩」と墨書されている。その下が薄ぼけた赤、紫、赤、紫、赤の五段に染め分けられている。

なんだ、こんなものか、と私は思った。今は町の助役であり、東祖谷村の京上(きょうじょう)で鵬鳴荘という旅館を営む喜田さんは、陽のあたる応接間で、手品のような手つきで、幕をひいてみせてくれた。

「この旗は、はじめは、もっと長かったものらしいんです。次第に下の方を切っては調べ、だんだん短くなったようです」

なるほど、それでいつの時代かに、表装をして保存することになったものであろう。赤と思えない薄ぼけた色に、これが赤旗かと私は思った。紫も灰色かと思える白け方である。

出掛ける前に探して読んだ寛政五年(一七九三年)当時の菊池武矩という人物の『祖谷紀行』を憶い出し、じっとその布地(きじ)をみつめた。彼はすでに、その当時、祖谷を探検し、この「平家の赤旗」を忠実に記録している。要約すると、

「大旗、小旗の二旗があって、大旗の方は、長さが鯨尺で六尺八寸二分、曲尺で八尺五寸一分五厘、幅二尺二寸、五段に色どりしてあって、三段目の地色のところに、点々と血痕が見える」と書いている。たしかに、近づいてみると、それらしい痕があ

る。布地は絹のように見える。

「最近ですよ。繊維学者に調べてもらったらやはり絹だそうです。阿佐家で所蔵している赤旗も、まったくこれと同じです。私の見るところでは、この旗は本陣にたてたもの、阿佐家の方のは、先陣に立てたものだと思うんですが……」

そう聞くと、阿佐家の方へ行ってみたい気持になる。今いる京上の村役場から、祖谷川にそって三十分ほど下ってから、南の谷間へ入り、さらに四十分ほど山の斜面を登る。阿佐という数戸の集落の中央に阿佐家がある。

そこは地図をみると、祖谷渓のほぼ中央で、ここから歩くと、二時間はかかりそうだ。

初夏の陽ざしは暑く、バスもたまにしか通わない。仕方なく、喜田さんの話を聞きながら歩くことにし、本流からわかれて山路を登った。

次第に、祖谷川が眼下に沈み、対岸の山の急斜面にも、無数の民家が散在しているのがパノラマのように視界に入ってくる。バスの走る谷底の道路ぞいにある家々は、みな新しいものだということが改めてわかる。昔ながらの古い農家は、陽あたりのよい山の斜面、峠への途中に建てられていたのだ。東側は剣山という四国でも一、二を争う高峰でさえぎられ、南北も胸突きの急斜面、世捨人的人生を送るには絶好だ、と目をつけて、最初に入ったのは、聞いてみると、源平時代よりずっと古く、平安のはじめの頃、恵伊良(えいら)ノ御子(みこ)と小野の老婆という母子が、土佐の方から山を越えて入ったらしいのである。

汗が流れてくる。急斜面を登りながら、喜田さんは、バスの降りてゆく下流をさして言った。

「今言った、最初の定住者たちの墓がある集落は、関定という字を当てていますが、実は、彼等が当時ガクがあって、算人に勘定の仕方を教えたらしいんですな。後世に、あて字したんでしょう」

自称平家の落人集落という山村も随分たずねたが、ここでは地名と人間の定着の過程がかなりはっきりたどれそうだ。単に敗残者たちの劣等感や隠避意識だけが祖谷の名を有名にしているのではなさそうだ。

斜面で一休みしながら、地図をひらいてみた。関定という名の村落は、今、西に谷をへだててそびえる山のむこう側で、ここからは見えない。しかし、おそらく、太陽が充分あたる日溜りのような桃源郷にちがいない。

とりまく山々はすべて北も、西も、東も千メートルを越えている。山村は点々として、平均七百~八百メートルの高さにちらばっている。「京上なども、上の方にある大枝（おおえだ）の人が、あとになって、降りて来て住んだんです」

　これからゆく阿佐に住みついた平国盛も、最初は瀬戸内海岸の白鳥に上陸して、峠を越え、大枝に住み、その後、阿佐へ移ったのである。平国盛の墓が、大枝にあることによって、これは実証出来そうだ。

　歩きながら、聞くうちに、だんだんこの山村の過去がわかってきた。今まで平家の落人だけがひそかに定着した秘境だと思っていたが、実は、土佐側から高貴の身で流人となった母子が入ってきて、彼等はそこで「文化」を伝えたのである。小野の老婆と恵伊良ノ御子という二人が、昔から住んでいた地元民に、畑のつくり方と機織の技術を教えた。一方、武士の名残りである平家一党は、ずっとあとになって、北から入って赤旗を宝物のようにかかえ、武士の伝統を残そうとした。風景をみただけでは気がつかないが、祖谷には、この二つの人間の流れが現在まで交錯している。

　阿佐家への道は、最後が海抜九百メートルちかくなり、かなりの急坂となる。初夏の太陽が西から照りつけ、汗があふれ出る。やっと屋根がみえた。立派な書院造りの寄棟屋根である。

　やっと来た。

「あれが阿佐家です」といわれたとき、私はその少し手前で出会った墓の一群を見落さなかった。墓といっても、墓石がないのが印象的であった。おそらく、姓名を秘すための配慮であったろう。

地図を見るとわかるが、この阿佐家は、瀬戸内海の方から入ってくれば、一番奥である。その先は、土佐との国境いで、今も人家はない。

「昔は、峠にちかいところが一等地で、谷底は、一番不便だったわけですよ」

という喜田さんも汗をふいている。

千六百年頃になって、それまで、ひそかに生活をつづけてきた平家の落人の家々を目指して入ってきたのが、今の徳島県下を制覇していた蜂須賀藩の一党である。彼等は落人たちが秘蔵していた二十七振りの太刀をまず押収した。このとき、平和な祖谷の山村の人々に最初の脅威が見舞った。

彼等は山の中腹に点在する農家へ押し入ったとき、「おたあさん、刀出してたむれ」という当時の京言葉を耳にしておどろいたにちがいない。

「戦前ですが、目が覚めることを、おひなる、着物のことを、おんぞうなどと言う人がいましたよ。平民の言葉じゃありませんね」

と喜田さんは言った。言葉は残っても、古い歴史の資料はないらしいのである。

「村役場にも、祖谷の古い文献が残っていないのは、蜂須賀藩が、当時、落人たちに圧政を強いて、農奴化させ、鎖国的な山中生活をさせたからです。二百数十年間、米を食うな、茶も飲むな、とやってきていたんですからね。今はおいしい茶もとれるんですがね、……刀狩りをやられれば、蛇に見込まれた蛙のようなもので、鎧や兜、みんな略奪されてしまったんです」

涼しい風に阿佐家の背後の緑林がゆれている。杉ばかりかと思っていたが、みると檜もある。

「頑固な当主が最近亡くなりましてね。十五代目にあたる阿佐利昭さんは先代とは大分考え方がちがうんです」

先代の阿佐弘之という人は、五月に七十七歳で去ったというが、先祖伝来の赤旗は、ごく限られた人にしか見せなかった。喜田さんの紹介状だけが物を言った時代が長い。しかし、喜田さんにしてみると、出来れば、村に文化財保護のための博物館でもつくり、死蔵せずに公開したら、という気持があり、やっと、若い方の阿佐さんとその話し合いが持てそうだと、いうのである。

もっとも、先代もたんに頑固とか、勿体をつけるとかいう気持ばかりからでなく、興味本位でやってくる観光客たちに見せても傷むだけで、真価はわからないという見解だったのである。

阿佐家には、大小二つの赤旗があった。大きい方は、さっき村役場でみたのとほとんど同じである。上にやや薄れた「八幡大菩薩」という字があり、赤、紫、赤、紫の順の縞である。喜田さんが、その後、調べているうちに、これは平家のものではなくて、千二百年代から千五百年代に活躍した瀬戸内海の倭寇（わこう）が乗った八幡船（ばはんせん）に翻（ひるがえ）っていたものではないか、という異説を出したとき、桓武天皇以来の系図をもっている阿佐弘之氏は怒ったそうだ。最近、調べてみた結果として、この旗の布地が鎌倉時代のものだという以上、平家が滅亡したあとのもので、すくなくとも千二百年以後のものではないか、と言ったまでですよ、と喜田さんは笑った。

辞去した阿佐家をふりかえると、トウモロコシの葉が家の前で揺れていた。

しかし、何れにしても、日本最古の軍旗だということは事実です、と喜田さんは、帰りみち、山を見あげて言った。涼しい風が吹きはじめている。阿佐家の左と右に一軒ずつ建つ家は、当時から同じ格であることを示し、その一段下の位置に建つ家はその輩下であることがわかるそうだ。

宿願の赤旗を見たせいか、私は少しばかり感動にひたり、スカイラインを見渡した。そして、七百年前、はるばると山を越えて住みついた人々の心を想った。そんな時代の記録がたとえなくとも、長寿を保った安政五年（一八五八年）生れの栃溝貞蔵さんの記憶では、加茂三庄から落合峠の間には、十人位の仲持ちとよばれる背負荷夫がいて、毎日塩をこの祖谷溪へ運んでいたそうだ。

私はふたたび、祖谷川の谷底に降り、喜田さんと別れ、西祖谷山村へ行くことにした。そこでは、蔓橋(かずら)を見、神代踊りについて知りたかった。

三

蔓橋は西祖谷山村のほぼ中央、バスの停留所から急坂を五分ほど降った小暗い谷間にある。蔓――カズラで編んだ原始的な橋である。それがこの山中の巨木に寄生するカズラで編まれた珍しい吊橋だということよりも、私はそれを見た瞬間、なぜ、この位置に、このような橋をつくったか、いや、つくられたのか、それが知りたかった。

手すりの部分では直径二センチもある太いツルのような植物である。渡るとユラユラ揺れるが、それを怖がる人のために、二、三年前から、並行した新しい吊橋が架けてある。この新しい橋があるために、蔓橋の幽邃さはなくなり、カメラに収めようとする人は、必ず残念がる。それほど、この蔓橋が観光客の話題になり、訪れる人が多くなって、万一事故が起った場合を考慮しての措置であろう。

私も人並みに渡ってみた。幸い、河原で二、三人の地元民が川魚を焼いて昼食をたのしんでいるだけで、渡る人とてない静かさだ。川底からの高さは十三メートル、長さ四十五メートル、幅は一メートル程度。私の知り得た知識では、日本三奇橋のひとつといわれ、シラクチカズラという木を焚火で焼き、柔くして細工する。両岸に鳥居を立て、下に五本の敷網をわたして、横木を結び、側方には壁網を張り、動揺を防いでいる。傷むので三年毎に架け替える。インド、チベット地方にある橋の形と同じで、明治三十八年（一九〇五年）までは、この祖谷川に十三もあった。それが大正八年にはわずか四ヵ所になり、今ではここ一ヵ所になってしまったのである。

どうして一ヵ所になってしまったのか、私はそれが知りたいと思いながら、ゆれる橋を渡っていると、眼下の川原で呼ぶ声が響く。よく聞くと、私の名を呼んでいる。

川原の石焼き料理を一緒に食べませんか、という誘いである。私がさっき村役場の自動車に便乗したので、ここへ知らされたのだろう。素直に好意を受けることにした。いかにも祖谷渓ならではの野趣にあふれた川原の野外料理と見えたからだ。と同時に、そこにいる村人たちからいろいろな話が聞ける期待もあった。

「こうしてアメゴを石の上に載せて、焼くんですよ。醤油と酒を混ぜて味をつけてあります」

楕円形の石をうまく利用したものだ。アメゴとはこの川でとれるアユの一種か。頭上で蔓橋が素朴なシルエットをつくって、青空と緑に映えている。何と爽やかで、食慾をそそる初夏の谷間であろう。

「どうして蔓橋はここ一ヵ所になってしまったんですか、昔はこの上流に沢山あったんでしょう」

石焼き料理をすすめてくれた男の人は、この橋の保存協会の会長であった。

「カズラの木が東祖谷にはもうほとんどとれないんだな。西祖谷の方には幸いまだ沢山あるからな」

なるほど、さっき隣村の助役も蔓橋をぜひ自分の村にも復元したいという希望をもらしていた。しかし、京上に役場をもつ東祖谷は材料欠乏の嘆きがあるのだ。そこで赤旗を村の観光資源にしようとする熱意がわかった。

「今では上流にダムが出来て、剣山の麓でトンネルを抜けて水が松尾川の方へ流れてしまっているが、昔は、ひどく水面が高くてとても渡れなかったんだ」

それで、こうした特殊な橋を考え出したのである。この川に橋がなかった時代のことを考えてみた。おそらく、川の対岸とは交通が途絶していたはずだ。

「そうなんですよ。今考えると、想像はつかんでしょうが、昔は、この川の北と南は全く交流がなかったんです。平家と源氏の末裔が、川の対岸で相対して住みついていたという人もあるんだから」

蔓橋保存協会長は、そこでその当時の源平の色分けをしてみせた。

A　善徳（ぜんとく）　有瀬（あるせ）　徳善（とくぜん）　重末（しげすえ）——源氏？

B　阿佐　西山　喜田　久保——平家？

この四つの集落それぞれに「屋敷」があり、山岳武士が住みつき、屋敷毎に輩下が百人以上、下女が十人以上いた。その最上部に蜂須賀候が君臨したことになる。その後、川のあちこちに蔓製の橋が架けられてから人々が往き来し、この源平二氏の間で、士族同士の結婚がおこなわれたと考えてもよいのではないか。

「源氏の白旗もあったというんだからな」

それは祖谷川の源流にちかい菅生（すがおい）家にあったとされている。菅生家はその後没落して、今では「辻」の内田家に保存されてしまっているので、平家の赤旗のように自己主張出来ないのである。

「源氏の白旗の方は裏付けがないから、平家ばかり有名になってな」

と協会長は、どっちでもよい、観光客の期待にさえ応えればいい、といった顔で青空へむかって笑った。

「昔は平家型の美人がいたなあ、気品があって、瓜ざね顔で、奥の木地屋美人の方は目もとぱっちりで顔立ちがちがっていたなあ」

協会長は、冷えたビールを一杯のんで、ふたたび笑った。美人をほこる平家末裔の娘が、頭上の蔓橋をどんな表情で渡ったか、私は一瞬、往古の時代の一情景を思った。

四

「善徳」と「徳善」と二つ似たような集落があるでしょう――西祖谷山村の村役場へ行ったとき、神代踊りの話をきかせる観光係の吏員が言った。

「神代踊りを今もやっているのは、善徳の方で、徳善ではありませんよ」

なるほど、地図を拡げてみると、徳善という集落は、今の大歩危（おおぼけ）のすぐ上にあって、祖谷渓ではない。吉野川本流にちかい土讃線ぞいの便利な山里だ。

神代踊りを今もおこなう善徳という集落は、その昔「全六」と書いたそうだ。つまり、全部で六つ――の姓の総称、「久及」「片山」「地平」「友行」「大窪」「内ノ窪」を指したところから生れたのだという。「吾橋（あわし）」という集落の名もちょっと珍しいが、「合わせて四」つまり「平」「鍛治屋」「西」「中屋」という四つの姓を合わせたところから起ったという。

「閑定」という地名も昔は「勘定」と書いたのだ、と聞かされたことを思い返してみる。そうした地名の由来は、文献に書かれていないことで、来てみてはじめてわかる知識であった。

「この神代踊りも、実は神代(かみよ)からのものとは思えないんですが……」

と村役場の人は前置きして、これは大正十一年の秋、天皇行幸の陸軍大演習の折、何となくつけられた名前のようだ、と正直に告白した。神代の伝説に結びつけて、コジツケない素直な態度に好感が持てた。

阿波池田で天皇にお見せする地元の古謡のひとつに、この祖谷の踊りがよい、ということになったのだそうである。それまで地元の人々は、単に「笠踊り」と呼んでいた。古雅で、のんびりした節廻しのこのフォークダンスは昔からおこなわれていて、五、六十人が円陣を描いて踊るのである。踊子は晴着を着た未婚の女性で、花笠をかぶるので、「笠踊り」と称して、年に一度の祭の日をたのしんでいたのである。しかし、いざ、陛下の前でお見せするという段になり「この踊りは何と呼ぶか」と問われたとき、係のものは、とっさに「笠踊り」ともいえず、「これは神代踊りと申します」と答えたというのである。

「あのときは、県庁の役人まで出張してきて、踊る娘ッ子の身体検査までやったんですからなあ」

と、吏員は戦前の時代感覚をなつかしそうに語った。今でも、西祖谷山村の善徳、田ノ内、小祖谷の三集落ではやっているというが、旧暦の六月二十五日に、善徳の天満神社でおこなわれるのが、最近は観光客を集めていると吏員は言った。

一宇の集落を見下ろす位置に立つ村役場のモダンなコンクリートづくりと対照的な、昔ながらの農家を山上に見上げながら、私は最後の祖谷溪散歩をたのしもうと歩きはじめた。ここから一時間も下ると、最近、谷底に湧き出したという温泉が露天風呂から湯煙りをあげていると聞いたからだ。

日影のない谷間の街道である。しかし、祖谷溪を見る眼が、三日前とはちがっている。平家の落人集落という先入観が崩れ、なにか開眼させられている。この溪谷ももう素朴さがない、と異口同音に言った旅行者たちの軽薄さが思われる。素朴さとは、一体何だろう。いつも、こうした山村に来るたびに想いうかぶことだが、私に言わせれば「秘境」というイメージに、人は固定観念を抱きすぎるのだ。旅行者は、旅行者の眼でしか対象を見なくてよい、と思い込んでいる人は、村人とも語らず、村人が現代人として生きている面だけを見て、昔とはちがうなあ、がっかりしたなあ、と言って帰ってくる。祖谷溪だってそうだ。村人も二十世紀の人々である。バスがひんぱんに通って便利になることを望んでいる。それを利用するのは、観光客だけではない。

一宇から一時間、往きのバスの窓外では一瞬のうちに後退して行った小便岩がやがてちかい。眠谷という二、三軒の集落までくると、祖谷溪の深さがはっきりとわかる。ここから当分の間、人家はまったくない。

祖谷山——東西五十二キロ、南北二十八キロ、戸数二八八三、人口一万四五〇三という数字が今みる無人の谷間では嘘のようだ。全く静かだ。太陽だけが谷間にふりそそいでいる。

「祖谷」とは「イヤサカ」の「イヤ」だといって、神国日本のイメージにあやかりたいと理屈づけた戦争中のエピソードが憶い出されたり、さっき蔓橋で語られた弘法大師のエピソードも私の苦笑をさそった。弘法大師がこの祖谷まで来て、つかれる山路だ、イヤだ、イヤだ、と言った——すべてが遠い記憶のように今は思えるのが不思議であった。

秋は紅葉が美しい、といった一宇の村役場での話、季節のみせる風景美だけは、現実に今も確認出来ることだろう。

つよい陽ざしのもとを歩く私の身体は汗にまみれはじめ、乗物のない時代の苦労がわかるような気持になりはじめる。バスが通る街道を歩くのは馬鹿馬鹿しい、と訴える最近の旅行者の声が想いうかぶ。

「今から考えると嘘のような話だがな。われわれの小さいころは、毎晩、寝る前に、かならず、自分が明日履く草鞋をつくったもんです、どの家でもな。雨でも降れば必ず一日に一足の草鞋が要ったからな。今はそんな家にもテレビが入り、電気洗濯機があるからな」

蔓橋の下の川原で語られた村人の話だ。それが現実であろう。しかし、祖谷の山腹にある家は、まだ昔のままの姿で、静かに陽をあびて建っている。そこに住む人々にとっては、バスの恩恵はほとんどない。落合峠では最近も地元の教師が登山の途中遭難しかけて平和な祖谷に話題を提供した。

小便しようとすると足がすくむ——という「小便岩」があらわれ、左手は直角に落ち込む絶壁のクライマックスといってよい地点に来た。汗をふきながら、私はしばらく休まざるを得なかった。見ると、その少し下流に、露天風呂らしいものが見える。「祖谷溪温泉源泉地」と書いた新しい標木が、谷間への分岐点に立っている。祖谷溪は、平家の落人集落というキャッチ・フレイズだけでは若い観光客が来ない、どうしても温泉がなくては商売にならない、と考えた人の発想が、この現実を生んだのであろう。何年かの年月をかけて、何度もボーリングを試み、失敗を重ねて、遂に湧出したものだと聞く。それでもそれほど高温の湯は出なかった。阿波池田の町で温泉の権利を持ち、客を呼び、営業の方は手なれた観光資本家にまかせたい、という希望のようである。

祖谷溪の魅力は温泉ではない、と私は思った。時代とともに、人間の興味は変る。かつては、平家の落人集落だというので、興味を惹いた。日本人は歴史上の「敗者」に同情する傾向がある。勝った方の源氏に後世の人の同情が寄せられないのは、人間感情として致し方のないことなのか。フランスでも、革命を起して一度は英雄になり得たナポレオンが、セントヘレナ島へ流されて最後は敗者となった故に、後世も魅力をもちつづけているのか。

しかし、その同情が単に「赤旗」への興味に終始しているのでは、いかにもセンチメンタルな日本人的な感覚だ。この祖谷溪は、全国に数多い平家の落人集落のなかでも、信じ得るに足る場所のひとつだろう。地理的な条件から見ても、赤旗が現存することからみても、全く根拠のない伝説とは思えない。しかし、見るべきものは、バスの通う街道には全く残っていない。

峠路の途中にひそかに息づく民家。安易な観光客の視界には入らない山の中腹に並ぶ民家。すくなくとも、温泉よりも、それらがこの祖谷渓では貴重だった。温泉を湧かせて、客を呼び、翌日は赤旗見物という旅行者への配慮が、この谷間への理解を深めるとは思えない。閉鎖的な生き方を強いられた人々の持ちつづけたもの、それがよいか、わるいかは、もっと後の世の人々が決定する。祖谷渓には、風景よりも、貴重な心情が生きつづけていたのではないか。

そんな想いがまとまったと思ったとき、阿波池田ゆき最終バスが、私の姿を見て、停った。

柳久保池と奇蹟の民家

一

名は「新町（しんまち）」だが、そこに住む人々の歴史は古い。何か、新しい土地のようなイメージを与えるせいか、この信州のほぼ真中ともいえる山村一帯が、今でも話題にならないのであろう。「信濃」といえば、その中央に諏訪のような出雲時代から人が住みついた土地があり、今でも郷愁をさそう白壁、土蔵、街道も中仙道、木曾路が通い、われわれ都会人が持つイメージには歴史の香りがある。「新町」の名には、地元の人の期待に反して、心を惹くものがないのであろう。

しかし、実は、この犀川の中流、信越線と大糸線の間に横たわる山と溪谷には、想像以上に早くから人間が住みついた。行ってみてはじめて知ったが、縄文時代の住居跡が最近発見されたのである。

長野県といえば、日本でも、いわゆる「観光県」で、戦後は、その隅々まで観光地化されてしまった感がある。しかし、新町を入口として、私が目指した「柳久保（やなくぼ）」という名の小さな湖を知っている人が、どの位いるだろうか。おそらく、長野市周辺の人も、知らないであろう。それは戦後濫造された、いわゆる人造湖ではない。

この湖は、私にとって、二十年以上の間、久恋の地であった。最初に、その名を発見したのは信州の高等学校時代に読んだ、ある湖沼学者の本の中である。田中阿歌麿（あかまろ）といえば、この分野での理学博士であり、日本の湖沼学の草分けである。しかし、すでに終戦前にこの世を去っている。そして、それ以後、この湖を探訪した学者の名を聞かない。

信州には美しい湖が多すぎる。この山地の西には、木崎湖、青木湖がある。信州はその中央に諏訪湖を湛えて、高原と湖の国である。アルプスの入口に黒部ダムが誕生して以来、人造湖までが天然湖の人気を奪った。長野市周辺の人なら、東に志賀高原の湖沼群、北に野尻湖があって、なにもこんな何も、な、さ、そ、う、な小さな湖を相手にすることはない。

しかし、何もなさそうだ、と思うのは、いわゆる〝外面（そとづら）〟を観光価値の面だけで評価する人のいうことで、私にとっては、柳久保池という存在だけでなく、この一帯の山村の生活の過去と現在にも、以前から妙に心ひかれていたのである。松本の高等学校にいた頃、山清路（さんせいじ）という、当時、渓谷美の随一といわれたこの犀川中流の景勝地に遊び、その奥へ足を向けずに帰ってきてしまったことを悔いたことがある。柳久保池は、そこからあまりにも山深い僻地だったからだ。今は、犀川にそって長野と松本の間を国道十九号線が走っている。眼下に見る犀川は、川面を蛇体のようにくねらせて、人造湖と化している。新町はその川面のほとりにあった。二十年の歳月が思われた。

しかし、それ故か、新町という町は、昔より、さらに「素通り」されるところとなった。左右の山肌には山頂ちかくまで人家が点在しているが、その風景に接しようとする旅行者は、まずいない。旅館は二軒しかなかった。

ジンギスカン料理をたべさせる食堂の二階が客を泊めた。長野から一時間の近さなのに、何という違いであろう。深夜、すぐ横の国道を疾駆するトラックの轟音は、しばしば眠りを覚させた。考えてみるとジンギスカンの美味が救いであった。トラックの運転手やオーナー・ドライバーたちが時々、車を停めて、この新町名物を賞味していたが、たしかにうまい。地酒がまた実に美味だった。

このジンギスカン鍋の印象が、この新町をめぐる山々、そしてこのあたりの山村の生活を再認識させるキッカケとなったのである。というのも、新町一帯の村では、羊

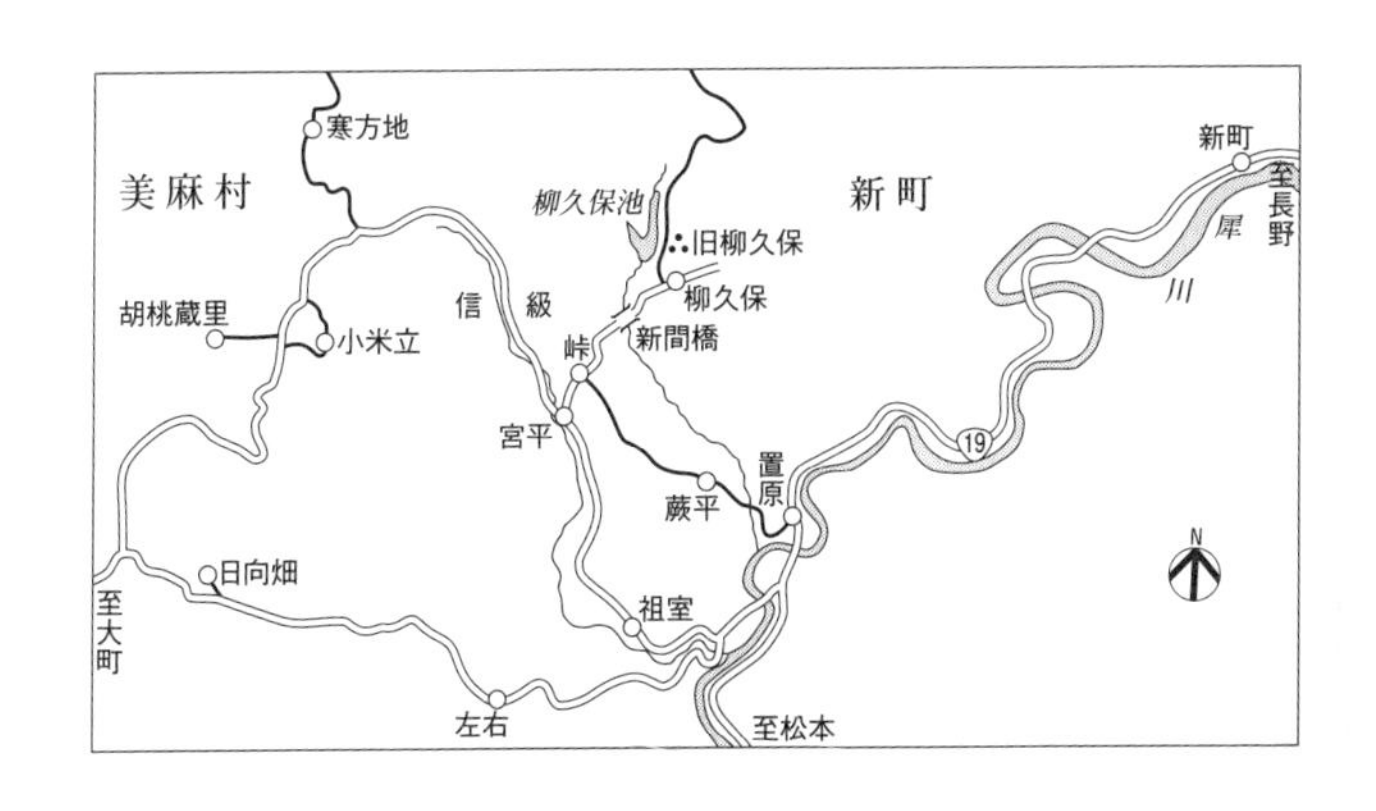

寒方地
美麻村
柳久保池
新町
旧柳久保
柳久保
新間橋
信
級
峠
胡桃蔵里
小米立
宮平
蕨平
置原
19
新町
至長野
犀
川
N
日向畑
至大町
祖室
左右
至松本

の飼育は、当世流行の郷土色演出といった「付け焼刃」ではないことを知ったのである。敗戦と同時に、信州伝来の養蚕業が衰退し、代っていち早く緬羊を育てはじめたのである。緬羊は衣類配給時代に、高価なホームスパンになった。絹の代りに「毛」をつくったのである。戦後七年間というもの、毎年七月にひらかれる緬羊市は、新町の名物にさえなった。緬羊は、蚕の糞を実にうまそうに食べて育ってくれたからである。一般サラリーマンの給料が三千円程度という時代に、雌の緬羊は二万円で売れたのである。

「雄（おす）の方は値打ちがなかったね」

と私の会った農家の婦人は笑った。戦後の数年間は、畑小作に代って、「緬羊小作」が大いに活躍したのである。地味のわるい山村、山の斜面に生きる農家の人たちは、積極的に緬羊を育てた。しかし、雄の緬羊は三千円程度、売るにも売れず、処理に困って考え出したのが、ジンギスカン鍋だったのである。山村に住む人々の叡智は、つねに、こうして、新しい生業を生んでゆく。これは私の関心事であった。風土をいかに利用して生きるか。都会人とちがって、土を相手に生きる人々は、時代の変化に別の鋭敏さがある。その変遷を、ここでも知りたかった。果たして、緬羊は、昭和二十七年頃から、ふたたび養蚕に切りかえられている。農林省が、昭和三十二、三年には、日本の輸出の花形である絹の評価を再び察知して、奨励金まで出して、生産を積極化したからである。かつて、三千頭をほこった緬羊も、今はわずか八十頭、緬羊ブームは、ジンギスカン料理という「オトシ児」を生んで、昔語りとなった。

このあたりは、同じ信州でも、アルプスや八ヶ岳、蓼科山麓とちがって、起伏はげしい千メートル平均の山肌に、昔から、実に沢山の家が定着している。改めて、地図を見る人は、その分布に驚くだろう。そこには、今もかつて犀川べりで耳にした麻や、棉や、和紙がつくられているのだろうか。その関心を捨てきれない私の柳久保池探訪は、当然、バスの走らない淋しい峠路を歩いて越すことになった。

二

長野の町からバスで約一時間、新町の周辺では目立たなかった柿の実が、急に左右の農家の庭や畑地に色鮮やかに目をひくのを不思議に思いながら、やがて現われるはずの柳久保池の風景をあれこれ思いめぐらしていた。柳久保までは今もバスが通っていない。その少し手前まで、一日に三、四回の運行である。池の位置は長野市と大町を直線で結んだ、ちょうど中間で、なぜそんな湖へゆくのか、と村人は不思議そうな面持で、私の登山靴を見た。

新町から、二里ほど行って犀川と分れ、真北へ谷間を分ける。そこから約一里の奥に、柳久保池はある。定期バスは、昭和四十三年正月現在でも、その池の少し手前の新間（あらま）という橋のたもとまで来て、戻って行った。その新間橋から、さらに西へむかうと、峠の上に、小学校、郵便局まである。この八百メートルにちかい山上の集落もぜひ見たい。どうして、こんな不便な山の背のふきさらしに、人々はあえて居を定めたのか。

たとえば「高地」と俗称されている山頂の集落群がある。新町の西に接する村だが、そこには、いわゆるゴーストタウンが生れつつある。人々は、「離村」して行ったのだ。しかし、今見る新町の奥の山村は実に安定した「土着感」を持っているように見える。

人々は、永遠に、ここで住みついてゆくか。色艶やかな柿の実が前景となる柳久保池の手前の谷間で、足をとめ、とある農家で素朴な質問の第一弾を投げれば、柿の実をとらない理由がわかった。新町付近の犀川べりは海抜が低いので、谷間に漂う霧が、味のいいコロ柿を育ててくれるが、このあたりの奥地へくると、霧が下に沈み、商品価値のある干し柿を生まないのである。多くの人が見逃してしまう平凡な農家の風景の背後にも、こうした山村特有の「経済現象」があったのである。

旅とは、私にとって、そういう素朴な発見と、その存在理由を自分に納得させる行為だといってもいい。長野市から犀川べりまでの間で耳にした方言が、どこで変るか。おそらく、もう少し入れれば、大町と同じ安曇野一帯の方言に変るのではないか。

柳久保池はなぜ出来たか。謎解きの第二問を心に秘めて、大正八年に訪れたという湖沼学者、田中阿歌麿の気持を想った。

南北一キロたらずの広さしかないのに、日本でも屈指の深さをもつという不思議な湖。しかし、やがて急坂を登って、たどりついた柳久保池の手前の集落で、私は、その生いたちの奇しき物語を聞いた。

今から百二十年前、弘化四年三月二十一日、このV字形の凹地は、突然、一夜にして生れたのである。それは信じ難い物語である。伝説ではない。弘化四年といえば、一八四七年、明治の少し前である。

「おばあや、外を見なっしゃれ。おかしなこともあるのし。ほらや、景色がちがっとるのし。一晩のうちにさ」

その朝、田中稲実（としみ）さんの家では、信じがたいことが起っていた。家の周囲の風景が、前の日と全くちがうのである。畑仕事に出ようと思って、主人が急斜面の戸外へ出てみると、庭先の柿の木はちゃんと生えているのに、どうみても、とりまく山の形がちがうのである。あまりの不思議さに、目を疑い、隣の家をみた。昨日まで建っていたはずの隣家がないのである。驚いた。自分の家の位置が谷底ちかくまで動いていたのである。やがて、田中さん一家は、倒壊した農家の数々を発見した。その一夜こそ、地震史上に残る善光寺地震の日であった。

柳久保の集落は、十戸、その前日まで、はるか高い、山の斜面にあったのが、一夜のうちに高さにして二百メートル、距離にして五百メートルもずり落ちたのである。田中さんの家だけが、無傷のまま、夜中目を覚ますほどの音もたてずに、滑り落ちたことを知った。庭先の柿の木を伴ったまま……。

柳久保の集落の人が、この朝に見た風景は恐怖と絶望と、信じがたい奇蹟の三つ巴であった。

三

柳久保池――私の見たところ、間違いなく、成因上は、「堰止湖（せきどめこ）」。磐梯山の爆発で出来た檜原（ひばら）湖や、男体山の熔岩でせきとめられて生れた中禅寺（ちゅうぜんじ）湖と同じタイプに属するのであろう。しかし、同じ堰止湖でも、ここは、その生い立ちがちがう。火山の爆発とは質のちがう、地滑りが生みの親である。柳久保の集落が一夜にして、動いたと同時に、その地表が今まで深かったV字状の谷を埋めて、川を堰きとめたのである。それまで、滔々と流れていた溪流は、突然、行く手をふさがれた。そして、雪解け水がどんどん溜って行った。三年後、今まで深山幽谷だった柳久保集落の眼下に、ひとつの湖が出来た。人々は、それを柳久保池と名づけた。

池の周囲二千三百メートル、湖面の海抜六百三十メートル、水深三十五メートル、けっして大きくはなく、湖というより、「池」と名付けた感覚はわかる。水色美しい湖の多い信州のなかでは、おそらく、語るほどのものではないかもしれない。期待が大きかっただけに、率直に言って、失望もあった。しかし、柳久保の集落から五分ほど歩いた地点で、立ちすくんだまま見つめた湖の風景からは、別の空想が湧いた。自然界の不思議さである。見上げる斜面と尾根のあたりに、かつての柳久保の民家があったと思うと、思わず、大地の土をいじってみたくなる。その滑りおちた地表の部分だけが、左右の山肌とは明らかにちがう地質なのである。堅い岩質の斜面は、そのまま昔から動かず、露岩さえ見せていながら、所々、山津浪のような形でずり落ちる部分がある。堅い火山岩質の地表にはさまれて、ところどころ縞のように水成岩質の砂岩がある。柳久保の集落はそういう「動く」部分に長いあいだ家を並べていたことがわかる。

上空から見ると、湖面はV字形、おそらく湖底の断面もV字形、湖面をみつめる私の脳裏に、百二十年前の地震の情景が去来した。思うに、その日、震源地の善光寺付近から、この一帯の山村には、想像を絶した被害が起ったはずだ。

「善光寺と大町を結ぶ街道では、その夜、何千頭という馬が馬子もろとも死んだんずら。今も道傍に供養塔が沢山あるのし」

弘化四年、幕末の早春は、おそらく北信濃の山々を深い雪で埋めていたであろう。封建時代から、この柳久保のすぐ北に連なる山々の尾根には、長野と大町を結ぶ善光寺街道が通っていた。そこを、毎日のように松本平へと馬を引いて人々が通った時代である。今も大町の北には、「借馬（かるま）」という地名があることを私は知っている。雪が深い季節には、当時、この集落に馬を預けて放牧したのである。しかし、雪も溶け始めた三月下旬のある夜、突然、大地震が起った。馬たちは柔かい地表の地滑りで、たちまち埋められたにちがいない。「美麻（みあさ）」という山むこうの村では、当時、名の通り、「美しい麻」がつくられていて、その麻を京都の御所へ献納していた。その麻をつんだ馬の行列も、おそらく千メートルの山の背で地滑りに遭ったであろう。地震は、この山地一帯をおそった。今も、柳久保の北方、一里ほどの竹ノ川一帯には当時の供養塔が草蔭に建っている。かつての善光寺街道も、今はハイカーすら通らぬ廃道のような山路と化している。しかし、その尾根で化石が沢山みつかると聞いた時、この「信級(のぶしな)」とよばれる高冷地の生活の古さが思われた。

「弘化四年といえば、たしか善光寺の御開帳があった年だんね。しかし、わし達は何も知らん。当時の人は生きていないものな」

行き倒れた馬子と馬たち、そこには声はなく、非常な風雪と歳月だけが重ねられてゆく。地震の恐怖は百二十年後の今日、再び松代を中心として、長野市周辺の人々を不安に陥れている。八十歳になる田中さんが唯ひとりの「口伝者」と期待して訪れた日には、不在であったが、その頑丈な造りの民家は無傷で唯一の「物的証人」のように建っていた。

土台だけをその後新しくつけたというこの天然記念物的民家も、三百年は経っている、と聞いて改めて見る内部がその惨事の日を思わせた。カゴの中で眠っていた赤ん坊もそのまま滑り落ちたのだ。

それにしても、過去の記録というものは貴重だ。ここにはそれがない。麓の置原(ちはら)という集落にあった唯一の寺が焼けて以来、柳久保池の文献も皆無になったという。柳久保池には、最近、淡水クラゲらしい小動物がいるらしい、と村人はいうが、その正体も定かでない。谷が堰止められて以来、百年の間に、池中の鯉は、怪物のように巨大化して湖の主となって、村人を驚かすという。釣るにも巨大すぎて釣れないのである。

柳久保から、谷をへだてて見える峠の集落へむかう途中、私の足下でも、地滑りの地層がはっきり解った。今も、周期的に、この一帯の柔かい地表は動いているのである。

この大地震の日、昨日みた新町を中心とした犀川も突如の増水で、洪水を生んだ。川は突如として水位を五、六メートルも揚げ、東西十五キロの流域が水没した。川べりの家々はその時以来、上へ引越した。人間が、昔から、谷間の底や川の流域をさけ、不便をしのんでも、こうして山の頂に住みついた気持がわかる。地底のエネルギーを長い体験から知りつくした住民たちの叡智のあらわれだったのだ。善光寺地震で犀川は下流の長野市も水浸しにし、何と二万人を水死させたのである。

こうして見ると、はるかなスカイラインにも「安住」を絵に描いたような桃源郷のような村々がある。住民たちは、いつの日か、谷底の恐怖を避けて住んだのである。

四

「峠」という名の集落、馬の背のような八百メートルの山上。ここで西の安曇野の文化と、長野市側の文化が接している。方言もここで変るのである。柳久保池が北の谷間に遠望された。意外に明るい。まるで、高原のようだ。冬以外の季節なら、おそらく、観光地と言っても誇張でない美しさだ。ここに昔からひとつの街道があったのだろう。予期に反してプールまでそなえた立派な小学校がある。水はどうして入手しているか。私の関心事のひとつを質せば、それは意外に豊富であった。尾根筋には昔から濁らない湧水があったのだ。日蔭の山肌には杉の植林が実に見事に育っていた。和紙こそなかったが、人々は今も麻をつくっていた。離村する気持はなさそうな雲上の村の構図である。一方で、山ひとつむこうの美麻村では、二、三年前から、おどろくほどの「離村」ブームが起っている。新町側と同じ地勢、同質の風土と思われるのに、何という違いであろう。しかし、それは、新町の町長にいわせれば、住民に対する配慮の成果だと言いたいようであった。町長にかぎらず、郷里の土を去ってゆく人を見るのは忍びないであろう。行政手腕を批判されているともとれるだろう。義務教育の途上にある小、中学校の生徒に、毎日一里以上のつらい通学距離や苦労を与えない配慮、「緬蚕一体」というスローガンを掲げて、緬羊とカイコを両立させようとする産業政策、テレビの普及によって生れる都会への誘惑をいかに防ぐか。――この峠のひとつ西の美麻村の高地一帯では、今や百五戸のうち半数に近い四十二戸が大町周辺に離村、引越した。昭和電工という第二次産業の雇用先もある。大町で「高地人会」といえば、離村者たちのサークルだが、実に働き者が多く、評判のようである。

海抜千メートル平均の風雪の山上で生きてきた人だから、苦しさには強いのだろう。それにしても、「寒方地」という、寒冷そのもののような集落は、今や無人のゴーストタウンと化し、「小米立」というわずかに米もとれそうなイメージの村には、まだ人が住んでいると聞けば、この高地一帯の地名が、新たな地名考のひとときを与えてくれた。

「胡桃蔵里」――この地名はまさに海抜千メートルの山上にある桃源郷を思わせた。峠の集落からとりまく山々をみると、北にはもう雪が来て、南には、すばらしい地形の高原がスカイラインをかざっていた。何という美しい山頂高原であろう。そこは地図でみても二キロ四方にわたってほとんど平坦な海抜千メートル平均の高原であった。現代には稀な桃源郷と思える、「左右」という集落。その山頂集落は、私をバスから降ろし、ひととき雲上に遊ばせるほどの魅力があった。そして、そこで、実に見事で巨大な民家を見た。西沢芳彦家はざっと建坪七十坪。今では稀少価値の茅葺が実に一個の文化財といってよかった。この雲上の桃源郷にもバスが一日、三、四回は通っていたことを祝福しながら、私は美麻村へと降って行った。

安曇野と犀川境の高みにはやがて雪が舞い出した。私は一軒の農家の軒下で、麓の生活、斜面の生活をもう一度思い返した。麻もちゃんとつくっていた。蚕の生産は着実にシルク王国の底力を発揮していた。「日向畑（ひなたばた）」という明るい谷間でみた洋梨（ようなし）の栽培。それも来てみて知った新しい生業であった。それより、今は都会のマーケットでも買えるエノキダケという小さな茸。それが、この山村一帯で、なんと、一日一万円という大きな利潤を生んでいることも知った。二階の蚕室を瓶の林立に切りかえて、まるで薬品のように室内栽培されていたエノキダケ。それも、高冷地に生きる農民たちの風土の研究が生んだものであった。

信州信濃の新ソバよりは
　わたしゃ、あなたのソバがよい

古い俚謡が、新しい信州観を、私の脳裏に生んでいた。離村ムードのなかで、この山村の人々は、改めて、「妻と夫のきずな」を意識して、風雪を甘受しながら生きつづけてゆくことであろう。

秋葉街道・三泊四日

一

その道は、近頃目立つ自然破壊と俗化に逆行していた。昔のままだったというのではない。自然のちからが自然美を破壊していた。集中豪雨のためである。百年前までは、信仰の道として、庶民も足繁く通ったと思われるのに、今来てみれば、十年前に定期バスは姿を消し、二つの峠路に人影はなかった。

と言えば、僻地の街道を思われるかもしれないが、ちがう。本州もほとんど中央部で、信州の南東部を南北につらぬく街道である。天竜川と並行に、山脈ひとつへだてて、V字状にふかい谷間の底につくられた街道。夏の陽も早々とおちる地溝のような大地の亀裂。

この亀裂は、深くそして長い。

東側の巨大な屏風は南アルプスの山々であり、伊那谷との間も高い山脈がさえぎる。かつて、鉄道が敷かれた時期にも、一山越えた天竜川ぞいに飯田線が出来てしまい、ここは、地盤がわるい、と敬遠された。

しかし、北は諏訪湖、南は太平洋岸の浜松を結ぶ百五十キロのこの秋葉街道は、秋葉山という信仰の山を目的としなくても、信州と太平洋を結ぶ最短コースである。おそらく、この道は、百年前まで、三河と信州を結ぶ「三州街道」におとらぬ大事な「情報ルート」だったにちがいない。武田信玄の高遠(たかとお)城攻めも、南の浜松城の徳川家康の動きも、山奥の信州にこの直線的情報ルートでいち早く伝わったにちがいない。

浜松の北方にそびえる秋葉山を「火伏せの神」「火防の神様」と慕って、文化・文政の頃は信州方面から多くの人々が往来している。しかし、単に信仰の道としてだけ、この谷間の往来が賑わったとは思えない。民俗学者の柳田国男氏も、この街道は別の効用があったはずだと、指摘しながら、その後現地調査する機会もなく、この世を去ってしまっている。

私は北の高遠の町から南へ、三泊四日の旅を試みた。その線上には、長谷村、大鹿村、上村の三つがある。それぞれの村の間に、千三百メートルちかい峠がある。分杭(ぶんくい)峠、地蔵峠、そして、この二つの峠を越えたところが「かみむら」ならぬ「かどむら」。人呼んで、「遠山郷」。少し前まで日本の三秘境といわれた山村である。

しかし、このかつての「情報ルート」と呼んでよい高遠と上村の間に、今日でもバスは貫通していない。長谷村は高遠の町から入るしかなく、大鹿村は飯田線の伊那大島が唯一の入口で、遠山郷の人々はもっと南の平岡か飯田から往復している。三つの村は互いに情報が断ち切られている。すべて袋小路でも、秋葉山の信仰もおとろえた今日では、別に不便に感じないのだろう。

その三つを結んで旅しようとするアナクロニズムの旅行者の方はつらかった。地蔵峠では、道が消えた。最新の五万分の一の地図も全く役に立たなかった。大したことはありませんよ、と峠の向うの様子を知らない村人の言を信じて越えた峠の下りでは、完全に道はなくなり、冷たい川の中を裸足で渉った。足が冷えて捻挫した。やっと四日目についた遠山郷では、私の疲れた姿をみて、同情してくれたのか、源流の林道開発に往復している車に乗ることが出来てホッとした。

二

スタートの中央線下車は快かった。茅野（ちの）という今は蓼科高原の入口のような駅から、

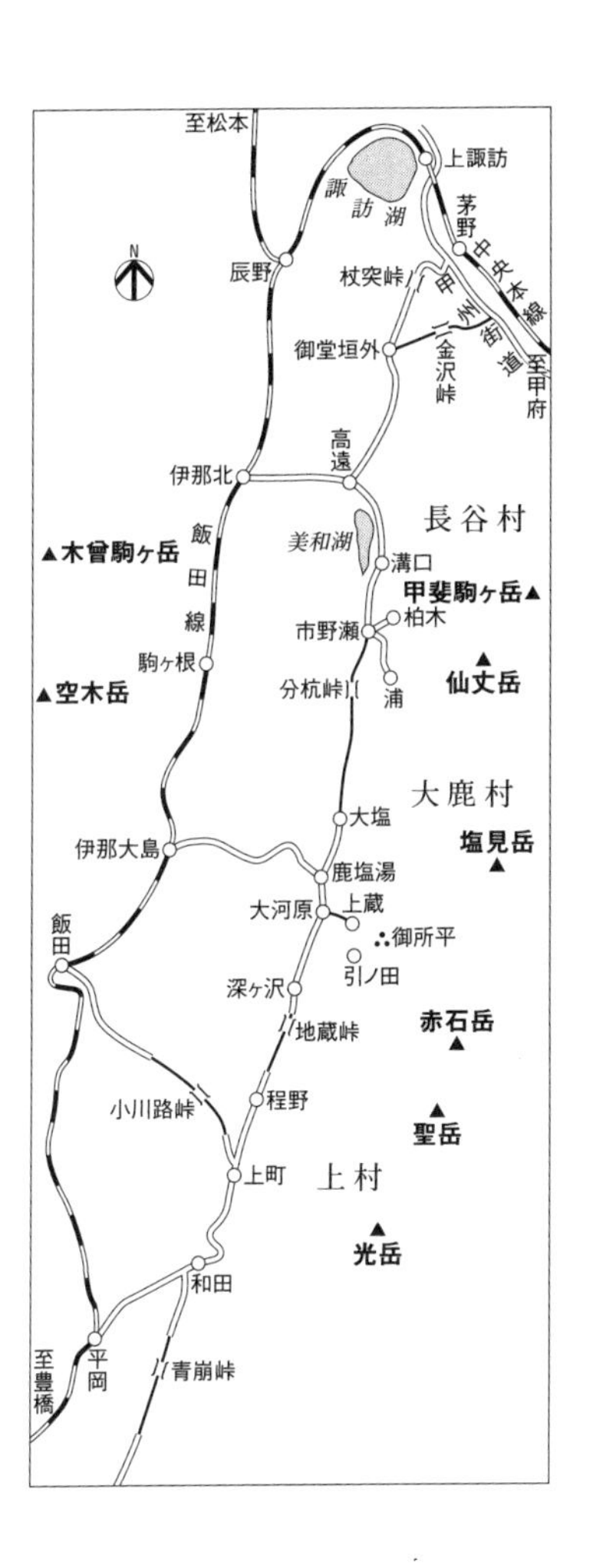

至松本
上諏訪
諏訪湖
茅野
中央本線
辰野
杖突峠
甲州街道
御堂垣外
金沢峠
至甲府
高遠
伊那北
長谷村
美和湖
飯田線
▲木曽駒ヶ岳
溝口
甲斐駒ヶ岳▲
柏木
市野瀬
駒ヶ根
仙丈岳
分杭峠
浦
▲空木岳
大鹿村
大塩
伊那大島
塩見岳
鹿塩湯
大河原
上蔵
御所平
飯田
引ノ田
深ヶ沢
地蔵峠
赤石岳
程野
小川路峠
聖岳
上町
上村
光岳
和田
至豊橋
平岡
青崩峠

行楽客とは逆方向へ向かう杖突峠越えのバスに乗ると、高遠の町は桜の季節しか人を寄せないのか、私のほか三人しか乗客がなかった。

諏訪湖を巨大な丸い鏡のように見おろす高みに向かうバスの車窓からは、かつて旧道を直線に登った人々の苦労が偲ばれた。杖突街道の名は、あまり急なので、杖を用い、その杖を峠で捨てて下ったという慣わしから生れたのである。

この峠は、北のふもとにある諏訪大社へ往復する信仰あつき人々だけでなく、戦国時代には、武田信玄も高遠城攻めの際に通ったように、歴史地図などには書いてあるが、これは違うと私は言いたい。茅野のひとつ手前の青柳の駅から直線に登る峠路がある。金沢峠と呼び、ここが甲州街道から高遠へゆく最短ルートである。金沢峠の頂点には、今も「殿様清水」とよばれる湧水池がある。戦後は、歩く道としてよりもキャンプ場として知られ、その後千代田湖と改称しているが、山上の別天地である。

杖突峠を越えると、御堂垣外（みどうがいと）という古い宿場がある。ここで金沢峠を越えた道が合流している。昔の道の様子を知るためには、地図の上から、今日の鉄道線路を消したうえで、過去の人々の知恵を想うべきである。

今から二十年前、私はこの杖突峠を高遠から歩いて越えたことがある。松本の高等学校時代だった。その時泊った御堂垣外の「みどり」という旅館はどの辺だったろうか。今見る道傍の立札には、自動車運転の注意書きが「道中奉行のお達し」とシャレて、五ヵ条ほど太い墨文字で書いてある。最近の歴史ブームに便乗した地元の警察署の着想としてはユニークである。

秋葉街道は、高遠の町を出はずれるところからはじまった。その入口には川面を大きくふくらませた人造湖が出来ていた。美和湖(みわこ)と呼んでいる。その少し奥に市野瀬の集落がある。この村落が私の最初の宿泊地であった。

市野瀬と呼ばず、村人は、「伊那里(いなさと)」と呼んでいた。たしかに、「伊那の山里」と呼びたい山奥の町並みである。平家の落人集落だと村役場の人は言った。最初は、六人の落武者が逃げてきて住みついたというのだが、正確な証拠はない。自称平家の落人集落は全国あまりに沢山ありすぎて、今日では魅力がない。

村を見おろす高みに建つ円通寺をたずねると、住職は古文書の写しを出してきて、最初の市野瀬城主は平維茂(これもち)の子孫で、五百七十年前に城を築いたと言った。

私の興味をひいた事実は、この集落には宮下という姓がほとんどだということ、その宮下の姓にも、二つの家系が今もはっきりと分かれていて、ひとつは「熊野宮下」、ひとつは「伊勢宮下」。その先祖の先住地は、それぞれ、太平洋岸の熊野と伊勢であるというのである。

山の高みから見ると、街道の左右に、数十戸の人家が、隠れ里らしい地形を見せて沈んでいる。その一隅にある緑の森が、六人の落人が住みついたと伝えられている「熊野森」。

その先祖の墓の下には当時の宝物が今も埋められているらしい、という話になるとちょっと信じがたくなるが、街道の左右には、他の有名な街道筋には見られなくなった道祖神、庚甲塔、二十三夜塔が無傷に一そろいずつ立っていて、夕暮の左右の山肌からはホトトギスの声が絶え間なく聞えてきた。

最近は、かつての街道を歩くと、少し前まで道祖神が立っていた岐れ路に、ガソリンスタンドが出来ていることが多いだけに、ここはいかにも平家の落人集落を思わせた。

古い屋根を見せる民家がほとんど見当らないのは、残念だが、聞けば、昭和三十六年の集中豪雨で、村はすっかりやられた。その時の被害はあまりにもひどく、それを機に、美和湖というダムも出来たが、同時に隣の大鹿村へ往復していた国鉄の定期バスも姿を消したというのである。

「無傷だったのは、山の上にある浦の集落だけだったたな」

と聞いたとき、私は石置屋根の古い民家の群を想像した。

三

海抜千百メートルの山上、わずかな斜面に点々と並ぶ浦の村落は、一種の別天地のように見えた。この少し奥に、奥浦という集落があったが、そこは昭和三十六年の集中豪雨を機に全部移住した。今は廃村、それに対して、この浦の集落は、一見、桃源郷である。水害に無傷と聞いて、二、三年前から都会人が別荘を建てはじめている。残念ながら、ほとんど古い屋根はない。

「しかし、ここも平家の落人集落でね、墓もちゃんとありますよ。むかしは瓜ざね顔の美人が多かったねえ」

という村人のセリフを聞くと、別荘地の宣伝か、とも感じられたが、たしかに、深い谷間をわたる風は冷やかだ。霧が眼の下に漂っている。こんな高みまでバスが登ってきているのに、私が明日行こうとする谷ぞいの隣村へは、バスがない。

「ここにバスが来なくなったら、大へんですよ。死活問題ですよ。市野瀬から歩けば二時間はかかるからね」

と訴えるこの集落のスポークス・マン、西村嘉右衛門さんは、儲からないからと言って運行停止にならないように、国鉄の自動車局に時々出掛け、山上の住民の足の確保に、涙ぐましい努力をしているというのである。

そんな下界を見おろす桃源郷は、もうひとつあった。そこは市野瀬の集落を眼下にみる高みであった。歩けば約四十分ほどかかった。汗を流しながらそんな山上の村を目ざす気になったのは、街道の傍に建つ小学校を見たときであった。

今日では珍しい二宮尊徳の銅像がまだ校門を飾っているその小学校の教育方針をいぶかりながら、運動場を見廻したとき、その突きあたりに、ひとつの記念碑めいたものが目にとまったのである。

好奇心を抱いて、見にいくと、「孝行猿の碑」と書いたレリーフである。ここがかつては小学校の修身教科書にも載っていた「孝行猿」の話の舞台であったのか。

浮き彫りにされた猿四匹は、一匹の親猿が農家のいろりの自在鉤に吊るされ、その猿の傷口をいたわるように、三匹の子猿が順々に背中に乗っている。その図柄の余白に、

「けだものといへども親を思ふ、そのまごころは人におとらず、息たへし親を生かさんと、かはるがはる傷あたためる三匹の子猿、とこしへに語りつたへん信濃路の孝行猿の子の心あはれ」

と書いてある。この逸話は「長谷村柏木の里、勘助爺さんの家の炉端」であると刻

んであるではないか。

私は小学校でその農家が今も健在であることを知り、さっそく訪ねる気になった。すぐこの山の上と言われた孝行猿ゆかりの民家への道は、急坂のつづきで、たえまなく汗が流れた。ここも「浦」におとらぬ山上の桃源郷である。しかし、どの農家かわからない。この柏木という集落は十一戸すべて高坂姓である。やっと訪ねあてた農家の玄関に、高坂誉光（たかみつ）、「孝行猿の家」と書いた額があるのを見た時は、ほっとした。

お婆さんが親切に招じ入れてくれた。みれば、黒々とした自在鉤を吊るした炉端がある。さっき見たレリーフの絵はまさにここだ。

話の主、保坂勘助は、宝暦年間に惚れた女中と越後から駆け落ちの形でこの山中へたどりついたらしい。二百年ぐらい前の話だろうか。秋葉街道を南下して、市野瀬の宿のひとつに滞在していた。猟師と自称していたが、宿の主人は、いや、ただの猟師ではあるまい、なかなかの人柄と人物だ、と思った。そして、どうせ住むなら、この山の上に柏木というところがあるが、どうだ、身をかくすのには絶好だろうとすすめて、当時空き家になっていたこの農家に住まわせたのである。勘助はここで、高坂家の分家にしてもらった。たしかに勘助は猟のベテランだったのだ。好きなハンティングの根拠地にふさわしい山上の隠れ里に住んだのはよかったが、やがて恋女房に先立たれた。ある日、全く獲物がなく、家路をたどるうち、ふと見つけた大きな猿。彼は見事にそれを仕止めた。

完全に命中して一命を失った猿は炉端の自在鉤に吊るされた。幼い息子、与曾松を寝かしつけて、自分も床に入ってからのことである。ふと炉端の方に音がする。見ると、親猿を探し求めてやってきたらしい三匹の子猿が、いろりの上で三段構えでそれぞれの背中に乗って、宙吊になった親猿の傷口をあたためているではないか。

彼はその瞬間、自分の過去を想い出した。父母を捨てた形で出てきた今の生活。思いなやんで猿たちを見ていると、添寝している息子が突然、「お父さん」と呼んだ。その声におどろいて、猿たちは逃げた。

その日以来、彼は猿だけではなく、ハンティングをやめた。心に誓った。猿は撃つはずではなかった。猿は山の神様だった。以後、彼は心を入れかえた。薬草をさがして村人に教えた。三味線もひけば、絵も描いた。

私はその爺が生きていた頃の情景を炉端とその周囲から思いうかべた。天井と壁を煤で黒々と塗りつくした古い民家。他の部屋は新しくなっているが、この炉端と自在鉤は、これからも残されるだろう。

お婆さんは、私に、子猿たちが入ってきたという穴を見せてくれた。が、そんな証拠物件より、時は移っても、今日まで越後にある勘助爺さんの生家と、親しくつきあっているという事実の方が心をひいた。今住む高坂誉光さんは四代目である。

「爺さんの使った火縄銃は戦争中供出してしまってね」

とお婆さんは残念そうに言った。しかし、勘助爺さんの死後も、この家の人は村人たちから慕われたようである。お婆さんのみせてくれた爺さん遺作のスケッチは、なかなか洒脱なものであった。

孝行猿のエピソードは、フィクションではなかったのだ。この話は柳田国男も発掘していない。この家にのこる炉端と自在鉤は、永遠に保存していい。私は山上の集落を降りてから、もう一度小学校のレリーフを見にゆき、童話の村に来たような気分で、たった一軒しかない宿に入った。

四

その夜、地図を拡げて、改めて考えた。

秋葉街道は、天竜川中流にそびえる秋葉山を中心に、東は富士山の方向へ、西は鳳来寺山から、南は浜松、二俣を通るコースと、いくつかあり、この宿の前の道は北からゆくひとつにちがいない。宿の人に聞くと、今でも、この市野瀬で、江戸時代の「講」の名残りのかたちで、年末の火祭の日に秋葉山へ、村の代表が交替で出掛けていると言った。先年、秋葉山へ行った折、戦後の実状を改めて知ったが、神道系の秋葉神社と「三尺坊」というお寺さんが客を奪い合って対立していると聞いたので、どちらへゆくのかたずねてみると、

「われわれは両方にお参りするんですよ」

と村の人は言った。それにしても、江戸時代とちがって、民家も茅葺ではなくなり、火事になる率も減ったので、秋葉信仰は衰えた。もちろん、今は秋葉街道は歩かず、飯田線に乗って、火祭だけでなく、農閑期の慰安旅行をかねての名古屋城見物の方が大きな楽しみのようである。江戸時代は、ここから峠三つ越えて、片道三日以上かかったらしい。今では一軒が毎日百円ずつ出しあって、十六軒まとめて「代参」の旅費にあてているそうである。

村の人ですら今は歩こうとしない峠路を行けば、当然、旅情はこんにち稀にみる古い昔を味わうことになる。翌朝、宿を出てたちまち出会った粟沢（あわさわ）という長谷村最奥の集落。そこは三軒しかない谷間の底だったが、その真中の民家の池のふちに貴重な道しるべがおかれていた。

峠のちかくの岐れ路にあったものを、最近、道路工事の際、ここに持ってきて保存したのだそうだ。そこには、

右　なかざは道
左　あきば道

と刻んであった。

これだけでも、今では大へんな遺産だと思っていたのに、やがて分杭峠という隣村との境に来ると、そこには二メートルの高さの石標に、

従是北　高遠領

と刻んであった。ふり返る北の視界にはかつての高遠領、長谷村が深く沈んでいる。この峠を越えると、大鹿村。ここは幕府直轄の「天領」だったのである。全国でも、こうした藩政時代の境界標を無傷に残した峠の高みはほとんどあるまい。木曾路などは、芭蕉の句碑に地元の代議士の添え書きがあるのだから味けない。

この分杭峠一四二七メートルの旅情。南北をふきぬける風の快さ。今みる「高遠」という地名が、その瞬間、本当に山なみ彼方の「高く遠いはるかなる町」のイメージに変った。

ここまではよかった。しかし、その峠を降りると、川は荒れに荒れていた。地図に

は北川と書かれた大鹿村最奥の集落があったが、現実にはまったく人家は見えなかった。昭和三十六年六月、この秋葉街道を襲った集中豪雨が史上稀な強暴さで谷間を削り、四十五戸のうち、わずかに残った家も、それを機に全部この地を去ってしまった。「治山二十年」と刻んだ真あたらしい石碑が、増水した川面をにらむようにして建っていた。

石づくりの橋が橋桁の部分だけ孤立させて、今は川の真中に古い遺跡のように残っている。私の知る限りでは、この南北の谷間は、地質学上も、「領家変成帯（りょうけ）」とよばれて、日本のなかでも、もっとも土質がもろいのである。鉄道敷設もさけたわけである。

大鹿村は、今まで見てきた長谷村より陸の狐島の感がふかい。村は四方を完全に山で囲まれ、村の中心、大河原と呼ばれる僅かな低地から仰ぐ山は赤石岳である。南アルプスでも二大名峰といわれる塩見岳と赤石岳に登る人だけが、この大鹿村の名を知っている程度だろう。他の人には用のないところである。そういう登山者の一部だけが、大鹿村といえば、塩ノ湯の名を記憶にとどめているかもしれない。

しかし、この塩ノ湯の存在を印象づけた人は、もう一歩興味をもって、この村の過去を知るとよい。それは、東方が行きどまりの地形ゆえに目をつけた落人ならぬ人目を忍んだ高貴の出の人物がこの山中でとれる塩を糧に住んでいたという事実である。

それは、南北朝時代の不遇な皇子のひとり宗良（むねなが）親王で、後醍醐天皇の吉野遷宮のあと、第五皇子でありながら、こんな南信濃の山中に身をひそめざるを得なかった。親王は当時、この大河原に城を築いた高坂高宗の庇護で、ここに仮御所をつくった。今も五万分の一の地図に「御所平」とあるのがそれだ。行ってみると本当に孤立した山の斜面である。しかし、ここで約三十年、親王は時々、足利勢の様子をうかがいに出たらしいが、結局、幕府を討てずに、ここで生を終えた。

常識的に考えるなら、こんな秘境中の秘境のような山中での生活に耐えられるわけはない。しかし、それを可能にしたのは、この場所から峠ひとつ越えた北側の川で塩がとれたからだけではなく、この山中に住む人々の心が親王を支えたのである。塩を運ぶのに歩かれた峠路が、今も「越路」と呼ばれ、五万分の一の地図にも、ちゃんと記されている。

「今でも道はありますよ」

と村人は言ったが、最近は、越える人とてないようである。

五

これからまたひとつの峠を越えて、秋葉街道は、「遠山郷」とよばれる古来の秘境へ私をみちびくのだが、この村の不便さより、今日では、この大鹿村の方が、閉鎖的な地域社会の伝統を秘めているように思えた。「天領」だったせいもある。それを物語るように、貴重な古い民家があった。

そこは、大鹿村も終ろうとする青木川ぞいの秋葉街道から二百メートルほど登った山上の村の一角であった。「引ノ田」とよばれる数戸の集落の正面をかざるかたちで、天領ならではの独特な造りの民家があった。正面が切妻、一見して庄屋か名主の家である。形からいうと、日本では数少ない「本棟造り」である。農村の支配階級ならではの豪華さである。

聞けば、何と建坪七十六坪である。九間×約九間、ほぼ正方形であるところが珍しい。

「建築研究の大学生がときどき調べに来ますよ。本棟造りがあるのは信州だけのようですね」

と現在の住人、松下虎夫さんは言った。たしかに、私の見た記憶では、信州松本平の南部、郷原の民家が本棟造りだったが、今ではあのあたりにしかないのではないか。とくに、この家の間取りは約十室、うち十畳間が六室、天領だっただけに、見廻り役人が泊る「上座敷」が立派な客間である。

「文政三年（一八二〇年）の建築というんですから、そんなに古いものじゃありません」

と松下さんは言ったが、文化庁で、遅ればせながら文化財として指定民家にするそうである。信州の民家といえば、中仙道の妻籠の宿の再現に話題が集中しすぎている。

聞けば、大鹿村では、今でも村人の演じる伝統の歌舞伎が見ものだそうである。「六千両後日ノ文章・重忠館ノ段」という狂言は、日本でもこの村だけが全段通しでやれる唯一の演技者をそろえていると聞いて、大鹿村の秘めた魅力を改めて感じた。

名残り惜しい村だったが、再度の訪問を誓いながら、ついに地蔵峠への道にかかった。しかし、ここで、秋葉街道は、本当に、消えた。さあ、困った。青木川の源流まで来て、戻るに戻れず、たとえ地蔵峠を越しても、その先、三時間は歩かないとバスの姿を見ることは出来そうもない。

地蔵峠。その名は五万分の一に、はっきり出ていて、道も明示してあるのに、青木川の岐れる源流地点で、開発中の新道は消えた。仕方なく十五分ほど戻り、やっと見つけた一軒の林業小屋で人の姿を見た時は、もうここで泊ろうかと思った。

「素人にはわからなんだろうな。よく探せば旧道はあるんだが」

やっとみつけた細い山路をゆけば、路は川で崩されていた。約一時間登ると、やっと地蔵峠は、遠山側の空を見せた。小さな地蔵様二基を前にして、救われたような気持で、私は残しておいた握り飯を食べた。

これが、かつての秋葉街道か。

しかしそれ以上に迷ったのは、その降り路であった。峠での安堵感は十分とつづかず、道は、川の中へ導かれてしまった。人が歩いた形跡はなく、川原には足跡もつかない岩ばかり、立ちどまっては考え、戻っては道をさがしたが、どうしても川の中に入るしかない。川は二、三日前の雨で増水している。ついに、靴をぬいで川を渉った。道はなくなり、また渉り返すこと二度、三度。足は冷えきり、約一時間、行く手はダムの落下となって私を恐怖に追い込んだ。人家までは遠く、かつて、山中を彷徨して沢下りの恐しさを味わったことを想い出した。午後三時、夏の日没はおそくても、もう食糧はない。女房がいざという時にと、リュックに入れてくれた、たった一個のレモンを齧った。

落ちついて道を探せ。あと残るのは、コンビーフの罐詰だけだ。私は覚悟をきめて、空を仰いだ。遠山郷の最奥は、さすがにつらい。「遠山」の地名が身に沁みた。

やっとダムの下で、道らしいものを発見した時は、心なしか足の運びも少し早くなっていたせいか、豪雨のあとでえぐられた道の中央の溝に足をとられ、ついに捻挫した。

半ば片脚で歩きながら、夕べのせまる上村川の川面を見ると、秋葉街道は、今やない、の実感が深かった。

もうどうにでもなれ、といった心境で、痛めた足をいたわるように歩度を落すと、行く手に、はじめて人家が現われた。しかし、宿のある上町まではまだ遠い。最奥の民家の人は、バスは午後一時半に来て、あとはないと言った。歩けば三時間はかかる。日暮れて道遠し、もう農家にでも泊るか、と気弱になっていると、私の姿に同情したのか、エンジンをかけようとしている一台の工事用ライトバンが、私に声を掛けた。

遠山郷は北からは入れないことを知った。車の人は、よく降りて来ましたね、と同情した。「道はないからね」その言葉を確認したとき、私は生命びろいをしたと思った。

おそらく、私のようにこの地蔵峠を越える酔狂な旅人はいないだろう。それでも、もし越える人があったら、と、私は、あの峠の手前の溪流のそばに、傘を一本置いてきた。その傘の中に、ビニール袋に入れたメモを残してきた。「峠路で雨がふったら、この傘をお使いください。希わくば、この秋葉街道が昔のまま再現することを……」と一筆したためておいた。

当分歩く人はないと思っていた想像に反し、約十日後、その傘を見た未知の人から、一通の手紙を受取った。やはりたまには人も越えるのだ。

「一度として御逢いしたことはないのに、突然、便りする失礼をお許し下さい。過日は、山深い信州路で、道に迷い大へんだったと思います。私は週に一度、地蔵峠を越えて隣村へ帰郷するものです。(中略)

私も旅の方々のために道標を立てればよいと思いながら、時間に追われて今なお出来ません。そのうち、私のゆき帰りに草刈り、丸太敷き、道標などつくりたいと思います。

傘は私が預かっております。雨に出会って困りそうな人があったら、貸してあげたいと思います。駒ケ根営林署　青木製品一作業員」

差出人は、ただ長野県下伊那郡上村とあるだけだった。

今もあの川面の音が耳をつく。

白神山地にひそむもの

一

本州も北端にちかい津軽の一隅に、白神（しらかみ）山地という名の山塊があることを知ってから、久しい。白神岳という山は、このあたりでは、岩木山のようにもてはやされず、高さも一二三二メートルで、大して目立つ山ではない。それなのに、戦前から、中学校用の地図でも、「白神山地」と特筆している。いつ誰がつけたのか。

しかし、およそ文献でその山名の由来を説明しているのを見たことがない。最近現地に問い合わせてみても、まだ秘境らしい。弘前と日本海の間に横たわる未開の山々らしい。白神――シラカミ、それを何度か口ずさんでいるうちに、あるいは、これは津軽一帯に今も残るオシラガミ信仰と関係があるのではないか、とある日、突然考えた。

すでに、柳田国男が調べているかもしれない、と思って、改めて全集をひもとくと、やはり、氏も関心を持ったらしく、「巫女(いたこ)考」という一章のなかで、こう書いている。

「オシラサマはもと養蚕の神ならん。此は神体を桑の木で造ること、羽後仙北郡横沢村大字中里の白神社などは、俗にオシラ神又はオシラサマといつて、養蚕の神である。オシラサマの正しい本名が白神であることは、今の白神社のほかに、北海道渡島(おしま)の岬端、白神崎の白神山にも、石室の奥にオシラサマをまつつてあるといふのでよく分る。しかし、此等の白神は白山権現ではなかつたかと思ふ」

と分析しただけで、「ミコ」「イタコ」についてはくわしく書いているが、白神の地名については、氏自身現地に行った形跡もなく、まことに曖昧としている。

私は、その謎が解きたかった。謎というより、はたして、白神岳は、今も津軽一帯に残るオシラサマ信仰と関係があるのか、あるのではなかろうか。しかしこの白神岳の存在は柳田国男も知らなかったらしい。もし関係があるとすれば、この山は弘前の方からも登れるはずだ、と思った。なぜなら、地図を見ると、この山は日本海にちかい。五能線の黒崎という駅から遠くない。オシラサマ信仰地帯の弘前側から道がなければ、加賀の白山と関係があったにちがいない。あるいは全く無縁か。大げさに言えば、この秘境への旅は、柳田国男の推理に対する挑戦であった。

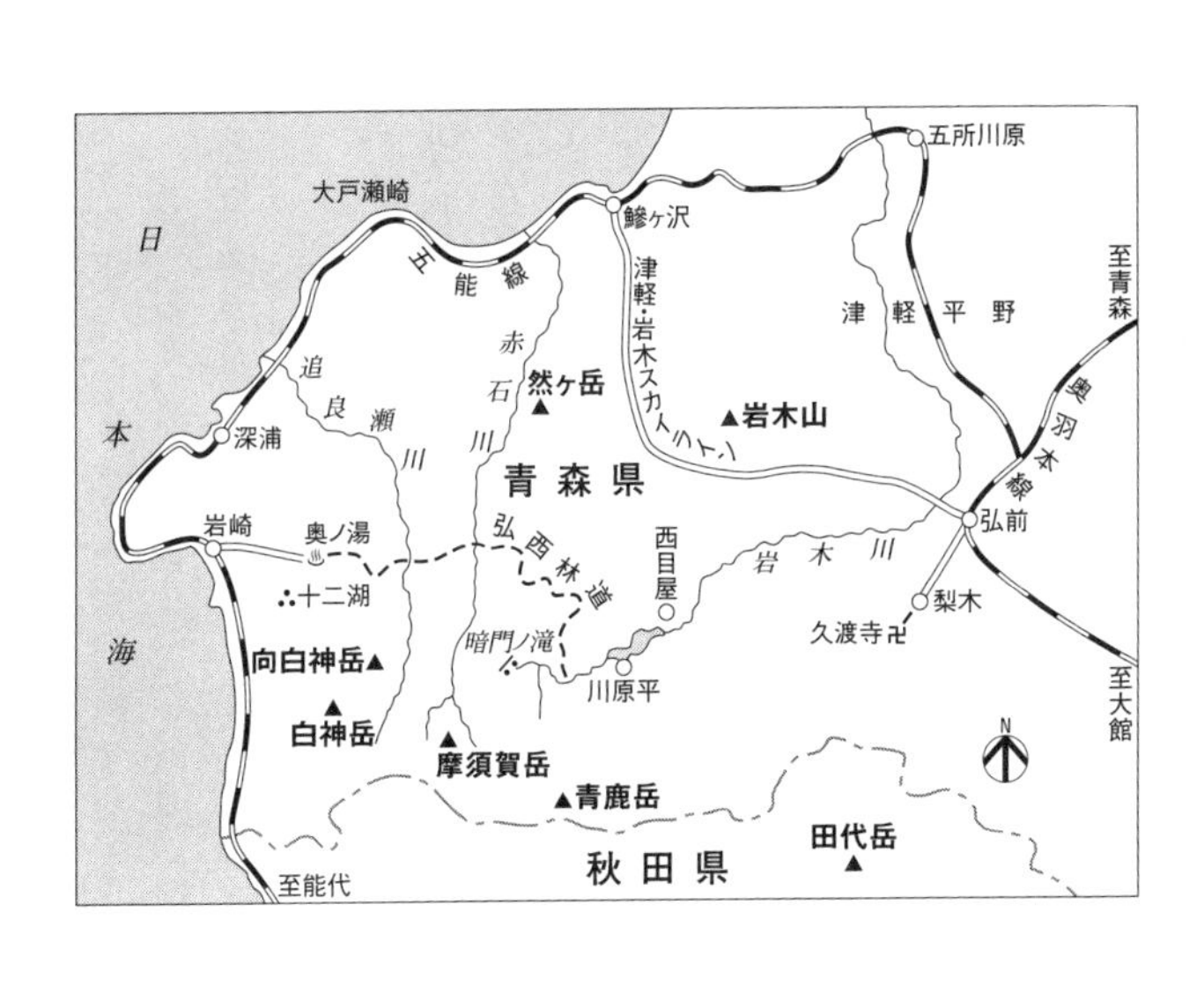

五所川原
大戸瀬崎
鯵ヶ沢
日
五
能
線
津軽・岩木スカイライン
津　軽　平　野
至青森
赤
石
川
然ヶ岳
追
良
瀬
川
岩木山
本
深浦
奥
羽
本
線
青森県
岩崎
奥ノ湯
弘
西
林
道
西目屋
弘前
岩　木　川
十二湖
梨木
久渡寺
海
暗門ノ滝
向白神岳
川原平
白神岳
至大館
N
摩須賀岳
青鹿岳
田代岳
秋田県
至能代

私の推理では、津軽地方の文化は、阿倍比羅夫、坂上田村麻呂以来、江戸時代でも、すべて海の方からの交通がひらけている以上、ここに加賀の白山の信仰が「飛地」するのはわかるし、信仰のみちも海から弘前の方へ入って行ったのではないか、と思ったからだ。

一方、オシラサマといえば、一部の人が知っているように、戦後は津軽の土俗信仰としてよりも、下北半島の恐山にあつまるイタコの守り神として有名になっている。毎年、七月二十二、三の両日、この神秘的な火山湖のほとりに沢山のイタコたちが集まり、その日をあてにして訪れる人々に、死んだ肉親や知人の霊を呼び出し、冥土にいる死者の死亡年だけを言えば、あやしげな唱えごととともに、霊がよみがえるということになっている。

物見高い人々が、死んでもいない人を呼び出させたりして、最近は占いブームとともに年毎にヤジウマまで集まる。しかし、ここに来るのは、大体が、南部地方のイタコたちである。津軽のイタコの方は、その本山（？）集合地が、弘前郊外に、二、三あり、そのひとつ、メッカといっていいのが、久渡寺（くどじ）である。この寺の名は以前から聞いていたが、今改めて、白神岳とオシラサマ、イタコの三つの関係を解いてみたいと、私は、初夏の一日、まず、この寺へ足をむけた。

弘前郊外といっても、ほぼ、真南へ約十キロである。平野が終ると白神山地の東端にぶつかる。急な石段は半ば崩壊して、見上げる森の中に寺がある。宗派は真言宗である。ひっそりして、一見無人かと見えたが、住職に招じ入れられてみると、祭壇の前の板の間には、数十人の老女たちが坐って、さかんにオシラサマの衣替えをしていた。

この寺の祭礼は五月二十二日で、恐山より二ヵ月早く、年に一度信者の集まる日がある。久渡寺に集まる老女たちは巫女ではなく、「オシラ講」に入っている連中である。青森県下には今でも約三千体（千五百組の男女神）のオシラ様が農家に守られている。村ごとに講を組んで、この寺へ来ては、オシラ様を住職に浄めてもらうのである。

オシラサマというのは、一尺ほどの長さの男女一対の人形のようなものである。ちょっと見ると、白い布をかぶった「テルテル坊主」のようなものである。しかし、中味は、桑の木でつくったコケシ風の人形で、男の方は、馬の頭をかたどったものが多く、女の方はお姫様である。この男女一対のシンボルが、いつの頃からか、養蚕を業とする農家の守り神様ということになったのである。

オシラサマ信仰についてはたいていの民俗学書がかならず触れていて、恐山を引き合いに出しながら、まるでイタコが考え出した信仰のように解説している。「養蚕の神から家庭円満の神になり、今はイタコとよぶ盲の巫女が主に司祭する」ということになっている。

二

しかし、住職は、まず、私が今傍点をつけた「主に」という点の疑いを見事に解いた。イタコとオシラサマは、最初は全く関係がなかったのです、と言った。オシラサマは、まさしく、蚕の神様です。なぜ養蚕に神様が必要だったのか、この津軽地方というのは、今から三百五十年ほど前に、はじめて養蚕をやりはじめたのですが、西日本や関東地方とちがって、いや同じ東北地方でも福島あたりともちがって、実に寒い。蚕がうまく育たない。死ぬ率が多い。そこで、蚕が無事に育ってくれるようにと、他の地方では必要なかった神の助けを得ようとした。そこから、守り神を考え出したのです。津軽というのは養蚕の北限地だったんです、と住職は言った。

信仰の発想は、京都から養蚕の指導者としてここへやってきた一人の坊さんから生れたもので、彼は加賀の白山の信仰を説いたから、その点では、柳田国男が推測したように、たしかに、白山権限の分れでしょう、と住職は言った。白山だから、「オシラガミ」と訓読みにしたんでしょう、しかし、あなたのいう白神岳とは関係ありませんね、第一、この津軽平野側からは白神岳への道はありません、と言った。

明快だった。説得力があった。それでは、いつ、イタコたちが、オシラサマを司祭するようになったのでしょうか、と聞けば、おそらく明治以降でしょう、と言った。

思うにうなずける。土俗信仰というが、発生的には、日本ではかならず現世的な御利益（りやく）を考えてのことである。最初は蚕だけの神様だったが、やがて、拡大解釈されて夫婦和合の神にまで発展したのだ。蚕はふつうの農耕とちがって、屋内で育てるものだ。そこで夫婦が努力する。そだつ桑の面倒をみるのは男でも、女性はそれが絹を生む小動物だけに、一喜一憂する。それが、夫婦は協力しなくては駄目だ、というモラルを生んで、オシラサマが、ある時代から、夫婦和合の守り神になったことはうなずける。

しかし、おそらく、守り神を毎日、神様と思って拝んでいるわけにもゆくまい。苦しい時の神だのみ、ということになりかねない。日頃、家の中に放り出してあっては申しわけない。誰かに、時々、拝んでもらい、敬意を表わさなくては、バチが当るだろう、という発想から、〃ではどうだ、この津軽一帯には昔からイタコという盲の老女たちがいるではないか、彼女たちに、このオシラサマを守ってもらおうじゃないか〟ということになったというのである。それ以来、イタコたちが、年に一度、養蚕をやっている農家を廻って、オシラサマを「アソバセテアゲマス」と言って、浄める慣わしが生れたのである。

いや、まだ、その後、考え方が変化する。ただ、アソバセテヤルだけでは、何となく物足りない、そこで、イタコたちがつけ加えたのは、夫婦和合の教えを垂れるというサービスである。

「その教えをひとつテープで聞いてみますか」

と住職は、ちょっと立ったかと思うと、奥の間へ行って、テープレコーダーを持ってきて、さっそく鳴らしはじめた。

「これは津軽弁ですか？　言っていることがわかりませんね」

「いや、津軽弁だけじゃありません。この夫婦和合の教えは一種のお経のような形にするために、独特な節廻しをあみ出し、さらに、万葉時代の表現などを加味してあるんです」

その唱えごとを翻訳してもらうと、たとえば、家で働く女はイロリをまたいではいけない、太陽にむかって排尿してはバチが当る、炊事場で足を洗ってはいけない、化粧している姿を、男に見せてはいけないといった家庭女性訓のようなものを、次から次へと述べて、やがて、「千段栗毛の物語」というのを一席しゃべるというのである。この中国伝来の物語が、実は、オシラサマの布のなかの正体を証明するもので、なぜ、男性の象徴の方が馬の頭をしているか、女の方がお姫様なのかを納得させるのである。一口に言えば、むかし中国に喜満（きまん）長者という思いたかぶった金持がいて、馬ばかり可愛がっていて、農民を酷使したという話。その長者にひとりの娘がいて、この馬と姫にまつわる物語がやがて、オシラサマの象徴と化したらしいのである。

住職の話は、オシラサマの由来を明快に説明してくれた。久渡寺に来る「オシラ講」の人々と、恐山のイタコとは全く質がちがっていた。恐山のは「仏おろし」と呼ぶ神寄せの行事で、霊媒をよびよせるが、ここではそんなことはしない。今日では津軽地方に養蚕をやる農家はないが、「オシラ講」だけが残ったのである。しかし、せっかく、ここまで来たのだ。本当に、弘前側と、シラカミ岳を結ぶ道は、むかしからないのか、それがやはり気がかりで、現地へ行って納得したいと、私は翌日、あえて、白神山地へ入り込んだ。

三

白神山地の魅惑は、実は、もうひとつあった。弘前から白神岳を結ぶ線上の山中に、誰も正確にその実景を語らない秘められた滝があったからである。地図には、以前から、はっきり、「暗門ノ滝」と明記して、大してくわしくない社会科用のものにも必ず載っている。

しかし、その滝のことをくわしく書いたものはない。一口に言って、秘められた謎の滝である。上、中、下三段構えになって落ち、この三つを総称して暗門ノ滝と呼んでいるらしい。直線にすれば、弘前から二十キロ程度である。観光ブームの今日では、弘前の駅にも、暗門ノ滝のポスターが貼ってあったが、その画面の隅には、「二ノ滝」という但し書きがあった。

「一人でも行けるでしょうか」

と私は市役所の観光課の人に聞いた。その答えは、とてもそりゃ無理だ、という顔付であった。

「ほとんど川の中を歩くんですよ。山道もあるが、倍も時間がかかってね。現物をみると、名前の由来がわかりますよ。二ノ滝しか写真に撮ってないのは、暗門ノ滝が写真に撮れないからなんです」

これはまた不思議である。いよいよ行ってみたくなった。「暗い門」――いかにも、神秘的な感じの滝ではないか。

観光課の人がいうまでもなく、私はこの滝についての過去の記録は読んでいた。江戸時代、菅江真澄という当時の旅行家が、この滝を真冬に探検している。しかし、氷と雪で難儀し、生命からがらやっと這い出たという感じで、結局、手前の三ノ滝と二ノ滝だけを見て、最奥の一ノ滝は見ていない。彼の記録を読むと、よくぞ行けたという感じである。おそらく、遭難一歩手前だったにちがいない。

「雪に手をつき、梢をふんで、のぼったり降りたり、さらに奥山ふかく入り、岡市、籠ノ沢に降りて行った。この沢水と、ふかけの沢という山川をわたる。ふたつの急流がひとつに合って滝となって落ちるところから、これを〝もろ滝〟という。この水が落ち流れて暗門ノ沢に入るので、他の土地の人はもっぱら、あんもんの滝と呼んでいるが、樵たちはもろ滝とか、あるいはあんもんのもろ滝と呼んでいる」(内田武志訳、菅江真澄遊覧記、平凡社発行第三巻より引用。以下同じ)

しかし、彼も地元の樵を同行させながら、ついにたどりつけなかった。

「さて、この左手の高い山の岸に生い茂っている小笹をつかみ、木々の根もとに足踏みしめて、雪の中に立って、身を縮め、冷汗をかくような心地で、かろうじて見おろし、その高さはどれほどか、とおおよそ推し測ったが、百尋を越えているであろうと思われた。ただただ、水が中空にくだるようである。三ノ滝というのはどこであろうか。行くことも出来ず一ノ滝のむこうに二ノ滝が落ちつらなっているのをわずかに見ただけで、さきには進めなかった」（菅江真澄は一ノ滝と三ノ滝を逆に聞いたようである）

「今もそれほど変っていませんね」

と観光課の人は言った。冬じゃありませんから、明日は、川の中を歩いた方が楽ですよ。川の中を歩く方が楽とは驚いた。

菅江真澄といえば、江戸末期の人物。晩年は秋田県下にいて、この一帯を小まめに歩いている。彼は二度もこの岩木川の源流に入っている。二度目は初夏で、今私が入ろうとしている季節とさして変らないはずだが、最初のときは九死に一生を得ている。命からがら谷から脱出してきた彼に対して、地元の猟師が信じられぬ風にこう言っている。

「これはまたおどろいたことだ。このような深山の奥は、夏でさえ、ほかの人のたやすく越えることの出来ない、けわしい山々、荒い山川といくつもの瀬を越して来なければならない。しかも、雪の降る十一月の季節に、もろ滝を見ようという人の来た例があるだろうか。こんな岳山を、朝夕ふみなれている山男さえ、できないことだ」

とその無謀ぶりに舌をまいているのである。

しかし、当時菅江真澄は四十三歳、けっして若くはない。現代の私は山靴をはいている。ワラジで雪を踏みわけた彼のことを思えば、川の中を歩くぐらいでおじけをふるうわけにはいかない。

私は、なかば不安と、なかば期待を抱いて、翌日、岩木川上流の最奥の集落、川原(かわら)平(たい)の宿で一夜を明かした。

四

滝自体に興味を抱いたというよりも、この岩木川の源流、暗門川をさかのぼって滝を見れば、このあたりの山容がわかり、さらにその奥の、日本海岸にちかい白神岳をめぐる地形がわかる。わかることによって、オシラサマと白神岳は無縁かどうかもわかる。

そんな謎解きに興奮していた翌朝、同行してくれる精通者が二人、一台の車を宿の前に停めた。これから暗門川の入口まで約二里、その奥は足で歩くしかないという。いや、歩くというより、川をジャブジャブやるんですな、という。果して、その峡谷の入口につくと、橋のたもとにある道標には、「暗門滝山道、二、五一四メートル」、「暗門川道、二、一二七メートル」とある。「川道」とは聞いたことがない。川の中を歩く道だそうである。

二・五キロといっても、平地とはちがう。ゆっくり歩けば、約二時間半はかかる、と運転手姿からあっという間にベテランの登山家スタイルに早変りした青年は言った。もうひとりはこの滝のある西目屋（にしめや）村の吏員、斎藤さん。「靴など一々ぬいでいては駄目です。ほとんど川の中を歩くんですから、増水期は命がけですよ」と私をおどろかせた。

この奥、暗門川が二つに分れる地点までは川岸を高く捲く道もあるそうだが、川道の方が早いという。いや、たちまち対岸へ川の中を歩き出した。水深約三十センチである。対岸へ渡ると、しばらく河原を歩くが、五百メートルもゆかないうちに、乾いた部分がなくなる。石のある河原がないのだ。ふたたび対岸へ渡る。川幅はこのあたり、五十メートル位か？　今度は百メートルも歩くと、また河原がない。また対岸へジャブジャブ。幸い登山靴に厚い靴下をはいているから、冷たくはないが、川の中の石は安定していないから、滑る。こうして、渡っては渡り返し、約二十回、やっと赤い橋が見えた。こんな山奥にこんな立派な鉄橋が……と思ったが、ここで川が二つ合さり、右手へゆけばいよいよ暗門ノ滝の水を流している峡谷に入るのである。

もう靴の中も足も水の中と同じ状態である。気にすることはない、菅江真澄は厳冬にワラジで歩いたのだ。見上げる行く手の谷間は、急に左右をせばめて、今度は淵となっている。一メートル以上の水深にはまり込むのをさけるためには、左右どちらかの絶壁に身体を寄せて、わずかな岩角に足をのせて、前進するしかない。幸い、岩登りの初歩は体得しているので、左足と右足の順序を気にしながらわずかな足場を見つけながら進む。

しかし、川を対岸へ渡り、また渡り返す回数は、さらに小刻みになる。五十メートルも行かないうちに、歩くところがなくなる。出張った岩が目の前にせまる。仕方なく、対岸へ渡る。また行く手がはばまれる。次第に川幅はせばまり、ついに、二、三メートルになる。沢登りというより、川歩きだということをすでに充分納得していた。

暗門川の名が実感となった。頭上の青空は細長く切りとられ、仰ぐと、緑の原生林が視界を四方からさえぎっている。地底をゆく感じである。幸い、川がほとんど平らな感じで急流でないのが救いである。

すでに四十回は川に入っているだろうか。やがて、行く手が急にせばまり、小さな滝があらわれた。いよいよ、この先に最初の滝があります、と斎藤さんが言った。

最初の滝、それはけっして巨大ではなかった。二十六メートルといえば、特筆するほどのものではない。そこから、右手の山肌を急に登り、今見た滝の上へ出て、ひと曲りすると、第二の滝が現われた。これが高さ三十七メートル。山肌を背にして、滝からもっとも遠く離れようとしても、水しぶきが身に降りかかってくる。滝壺のほかに平坦な部分がほとんどないからだ。

最奥の滝、それが正真正銘の暗門ノ滝、これが問題だ。菅江真澄も見られなかった秘瀑だと思うと、休むのももどかしい気持で、興奮していた。

五

絶壁にちかい右手の山肌を捲くと、第二の滝の上部に出るかと思われるところに岩壁をくりぬいた小さな穴があった。

「こんなところに、穴を掘ったのは」

と思わず私が聞くと、斎藤さんは、

「五年前でしたか、これを掘ったので、やっと、暗門ノ滝へ下から登れるようになったんですよ。昔、菅江真澄が行けなかったのも当然ですよ」

と言った。

そして、ついに、暗門ノ滝が私の眼の前に現われた。滝の高さは四十二メートル、形はとくに珍しくないが、滝壺以外に、平地がない。つまり、とりまく筒状の地底に、滝だけが落下しているのである。筒状だから、井戸の底におかれた人間の眼は、頭上わずかしか青空を仰げない。太陽は真昼の前後のひとときしか、さし込まない。滝は、そのわずかな時間しか陽の光を受けない。それ故に、人はこれを暗門ノ滝と呼んだのだ。その由来がわかった。

「それにしても、この滝と写真が世に出てないのは?」

「わかるでしょう。一日中、暗くて、写真に撮れないんです」

それで、暗門ノ滝自体の写真が巷に出ていないのである。国鉄作製のポスターも、わざわざ「二ノ滝」とことわってある理由がわかった。

カラー写真ではとれない滝、まさに現代における秘境と言えた。滝自体は何の変哲もないが、落下している地形の珍しさ、奥深さ、暗門とはいい名をつけたものである。

言い得て妙である。永遠に暗く陽のあたらぬ滝壺へむかって落ちる白い巨大な水の帯。私は、ここまで続けてきた数えきれぬ水の中の進軍を想い出して、網膜にやきつくほど、見つめてやろう、と思った。

飛沫をうけながら見つめる私の傍らで、斎藤さんは言った。「この三つの滝はそれぞれ、落ちる方角がちがっているんです。川筋が直角に曲がるので」と言いながら、ノートをとり出し、「菅江真澄もそれを書いてますな、第一ノ滝は、寅卯（東北東）の方向、第三の滝（暗門）は卯辰（東南東）の方向に落ちているのだろうと。それにしても、百七十年前に、ワラジを履いて登ってきたんでしょうかね、しかも冬に……」とすでに何度も来ているはずの斎藤さんも感慨ぶかげに言った。

この滝の上にはもう道はないそうである。暗門ノ滝は、弘前側から入る沢道のどんづまりである。カモシカとクマの天地である。「マタギ位しか入りませんね」と斎藤さんは言った。「白神岳はずっと奥ですよ、まだ二つ位谷を越えなくては。あの山は日本海側から登る山です」

これでわかった。暗門ノ滝は、白神山地の核心にちがいない。しかし、白神岳という山はあちら側からしか登れない。道もない。

白神岳はオシラサマとは関係を持つことは出来なかったはずだ。現在、弘西林道と称する山道を、日本海側の岩崎の町との間に、着々ときりひらいている。しかし、この道は、まだつながっていない。暗門ノ滝とは離れている。日本海との間には大きくV字形に刻まれた谷間が三つもある。その三つの川の左右は今も原生林の秘境である。白神山地には行けずに、柳田国男も北海道の南端に白神山という地名を見出したのだ、と私は思った。やはり、歩いて実景をみなくては駄目だ。そこで、はじめてわかる。それが旅なのだ。机上の推理よりも、現地を肉眼でみること、足で確かめるよろこびにひたりながら、暗くなりはじめたひる下りの滝の落下をみつめていた。

復刊に際しての「あとがき」

山は登山対象として、アルピニズムが讃えられるが、山自体は、自然の創造物なので、みずから語りはせず、それを見る人間の方は、さまざまな接し方をする。

この一冊は、一九七〇年代の日本の山村を探訪した紀行文である。当時の日本の国状は、新幹線がはじめて登場し、人々の眼は、大都会に傾き、ローカル線の沿線にある山村などは忘れられはじめていた。人々の関心は、時代の先端をゆく旅先に集まっていたが、私は、それ以前から心ひかれていた山村という存在に新たな魅力を感じた。人々は、さまざまな動機で、そこに住んだ。それは山岳信仰の場からはじまり、源平時代は落人の集落を生み、中世には内乱の舞台となり、近世に入ると、宿場がつくられ、二十世紀になると、そこに生まれた人が「ふるさと」の歌をつくり、人々に再認識を与えた。太平洋戦争中は、山村を疎開地として、ひそかに生きた人もいる。戦後は、風力発電をしながら苦労した人もいれば、山津波に遭って、やっと生き延びた人もいる。

こうした山村を探し出し、その生き方の種々相を「山村の組曲」として、第一部十六章にまとめた。この時期は深田久弥氏の「日本百名山」が山好きの人々のこころをひきつけ、各地の山々が話題になりはじめたが、日本アルプス山麓の山村は意外に語られないので、あえて、一年間、積極的に探訪した。第二部「アルプスの見える村」の十二章は、登山する人が見逃している山里である。

第三部の「推理する山旅」の最終章とした「白神山地」は、その後、話題になったが、当時は知られざる僻地であった。ここにまとめた四章は「推理する」というよりも、未知への里にひかれる想いで、目指した山旅で、既刊書『日本の秘境』の追加篇として読んでいただきたい、と思っている。

一九八一年に河出書房新社から文庫として発刊された際には、「あとがき」を入れなかったので、今回、山と溪谷社から「定本」として復刊されるのにあたり、改めて、執筆意図と時代背景について一筆した。

二〇一六年春　　岡田喜秋

解説

吉田武史
（紀行作家）

いまから十年前の冬、私は女房を連れて武甲山の裏山、大持小持の連山へ入った。そこの南面の谷を登ろうと思ったのである。ほとんど人の入らない地域で、しかも人知れぬ桃源郷があるとも聞いていた。西武秩父駅からバスで終点の浦山郵便局前まで行き、その先から山道へかかって茶平、武士平という地名の山峡の小集落まで登る。武甲山裏山道の朽ちかけた鳥居の建つ小さな峠を越えると、眼下の山の斜面に、箱庭のような風景が出現した。四、五軒ばかりの農家に小さな畑。明るいけれど人の気配が感じられず、時おり小綬鶏のかんだかい鳴き声が響きわたる。それが武士平で、息をひそめるような気持で一歩を踏み出し、その中の一軒へ入って道をたずねると、一人の老人が出て来て、まぁそんなに急がないでゆっくり休んでいきなさいよ、と言う。ザイルなどをかついだ女連れに谷など登らせたくない様子だった。この人物がこの辺りでは知られた浅見伊吉老で、私達は言われるままに座敷へあがり込み、腰を落ち着けてしまった。結局、昼近くまで遊んでしまい、谷歩きはやめにして、再び浦山川へ下り、更に山道を冠岩集落から鳥首峠を越え、名栗川の名郷へ出て帰って来た。

年があけてから久しぶりに岡田喜秋氏より電話があり、あなたの名前を武士平の浅見さん宅で見た、とおっしゃった。私は驚いた。そして宿帳に名前を書いたことを思い出した。岡田さんも珍しい処へ出かけたもんですね、と言うと、うん、前から行ってみたいと思っていたんでね、とさり気なく言われた。こういうあたりの岡田喜秋氏のセンスはさすがに群を抜いている。同時に、あの冬枯れた鳥首峠の静かな山道を、サブザックを背に、一人黙々と歩いてゆく岡田さんの後姿が、彷彿と私の頭の中に浮かんできた。

この著書の第一部「山村の組曲」の冒頭「秩父の隠れ里へ」の中で、岡田氏は鳥首峠へ着いたあたりを次のように書いている。

「そこで、どっかりと腰を下ろす。持参したコッヘルをとりだし、紅茶を沸かす。ひとりで飲む熱いレモンティ。その味わいは、私の心を二十歳頃のあのひとときに戻す。今は家に妻と子供がいる。『ふらり』と出てきたが、まさか、私が、たったひとりで、こんな峠の上で、今、紅茶を沸かしているとは思うまい」。

この感覚こそ、旅する者の醍醐味である。こんなとき、人それぞれによって想うことは違うだろうが、共通しているのは、虚無に近い自由と、人生への哀切である。

二十歳の頃、岡田喜秋氏は東北帝大の学生で、仙台にいた。昭和二十年七月、仙台の街は空襲で焼けた。その廃墟の中から岡田氏の見たものは、街の周囲にひろがる蒼々とした山なみであった。新たな感動でそれらの山々を見直した岡田氏は、やがて地図を片手にその山々をひとつずつ登り始めた。町の風景は荒涼としている。生活は勿論苦しかったが、とぼしい食糧をかき集めては、山や村を訪ね歩いた。時には友人たちと、ほとんどの場合たった一人で。

「山村の組曲」の内、「文学的山村——天体の植民地」で、岡田氏は井上靖氏の小説『通夜の客』を引用しながら、当時の切ないひたむきな気持を、控めに書いている。

「井上靖氏自身は、偶然、戦争が強いた家族の疎開地を、時を経て、客観視し、虚構をつくりあげて一篇の小説に仕立てたのであろうが、これを読むとき、何か、主人公とその愛人をこういう気持にさせたのは、そこが、人目につかぬ、とある平凡な山村であったからではないか、と思ったのである。ただ、とりまく自然と、最低の生活を支えるものだけがあればいい、という、あの戦争中から戦後にかけての、ひとときならではの、一種の真空地帯のような場所がこの小説の底辺を流れている」（傍点筆者）

と解説し、加えて、

「こういう村が、あの頃は、全国に限りなくあった。山村のすべてが、そうであった。

空襲をさけるために、こうした山村へ身をひそめた都会人は、かなりいたはずだが、氏は、代表した形で、そんな、とある疎開地の山村を舞台に小説を仕立てた。その意味で私には、この村が、あの時代の都会人の生活の象徴のように思われた」と。

岡田氏は、敗戦後の東北の山村で、井上靖氏と同じ風景に出会った。大東岳、船形山、蔵王、青麻山、雁戸山、雨塚山などの山々を歩き進むうち、岡田氏はその大地に、人間の住む原風景を見た。即ち、岡田氏はその原野のひろがりに初めてふるさとを感じたのである。岡田氏の一連の文章に、ある種の透明感がひそんでいるとすれば、それはこの時に得た、澄んだ認識が尾を引いていると考えてよい。ある人間が、ある土地に住んで、それが彼とどのように関わりあったかが、ふるさとを育む尺度である。二十歳の頃、敗戦の混乱の中で、東北の山村を歩きまわることこそ、岡田氏にとって、生き方そのものであった。第一部に収められた「こけしの里の鎮魂歌」は、そのときの郷愁を追った再訪の紀行である。

「空襲で焼けただれた仙台の町をさまよい、町をうろついていても空しく、何か旅に出たくなり、こうしたこけしの里を探しては歩いた」。そしてこれが岡田氏の旅の再出発の第一歩となったのだった。

以来、その時代時代によって、岡田氏には日本の「山村」が離れがたいものになった。更に岡田氏のロマンはしばしば桃源郷願望に結びつく。つまり未知の仙郷を探し求めて、心のふるさとの原風景を求めて、ほとんど日本中を歩きまわることになるのである。それは氏にとって、「旅は自分自身の発見」という認識を実践することでもあった。

岡田喜秋氏は東京の下町生まれである。江戸っ子の三代目である。後に、氏がいわゆる「自然」に敏感に反応してゆく過程をみるにつけ、このことが実に無関係でないことがわかる。中学三年のとき、山好きの先生に連れられて初めて北アルプスへ登った。そして松本の町を見た。帰京して両親に聞くと、その町にも高等学校があるという。旧制松本高等学校である。氏はすでに松本の町がすっかり気に入っていた。東京の下町に比べて、何とのびやかで明るくてさわやかな処だろう。岡田氏の猛勉強が始まった。旧制中学は五年終了であるが、氏はそれを待てなかった。四修と同時に受験し、見事に合格。あこがれの松本高校へ進学した。入学してみて驚いたのは、同級生のほとんどが東京の中学を出ていることだった。当時の帝大への布石としてここを狙った者が大部分らしかったが、岡田氏の眼はひたすら山へ向かった。名門の山岳部員として北アルプスの山々、槍、穂高連峰を中心に登りまくった。

しかしその時代は二年で終った。世の中が太平洋戦争たけなわとなったからだ。友人たちはある日を境にして教室から姿を消し、軍隊へ入っていった。勿論岡田氏も、自分の人生に転機が迫ってくるのを意識した。思いは常に、人間の生命についてであり、未来に対する不安であった。団体行動の形をとる登山が出来なくなったので、やむなく氏は友人を誘って山旅へ出た。あるいはひっそりと一人旅を続けた。山登りから「旅」への変質である。それは自分の将来についてのやり切れなさを噛みしめる暗い旅であった。

けれども旅に出てみると、そこには山登りにはなかった新しい発見が待っていた。ヒントになったのは芭蕉の『奥の細道』である。その文庫本一冊をふところに抱いて、中仙道、木曾路、伊那谷を歩くうち、岡田氏の胸の中に山とは違った視野がひらけてきた。まず道祖神が見えた。続いてそれをとりまく山村が見えてきた。一見、戦争とは何の関係もなさそうな平和な山村の風景である。徴兵年齢が十九歳に繰り下げられ、入隊が「待ったなし」に迫ってきた岡田氏の前に、それらの光景は、切実に、鮮烈な輝きを帯びて立ち現われてきたのだった。そうなると、これまで激しく登ってきた山々の姿も、その風景の中に包摂される。「しなの」の自然が、岡田氏の心の風土に変貌したのは、そのような理由があるのである。

ところで岡田氏は酒に酔うとしばしば母校の旧制松本高校寮歌をうたう。時には思い入れを込めてふりしぼるように、あるいはお経をとなえるようにうたう。この十数年間、私は何度かこの場面にぶつかってきて、大体この歌のふしも詞も覚えてしまった。松本の町は私にとっても郷愁の地である。山登りを始めてから年に数度も松本へやってきて、だから岡田氏の歌を聞くと、瞬時にしてあの町と、空の彼方に連なるアルプスの山々を想い起こすことができる。「山村の組曲」の中でも「保福寺峠の瞑想」が私には最も秀逸な紀行に思えるのは、そんな私の山好きのせいかもしれない。まだ春浅い信州の安曇野。その南端の中心地松本へ降り立った岡田氏はひとり保福寺へ向かう。三十年前、島崎藤村の『千曲川のスケッチ』で知ったその峠へ初めて訪れようというのだ。これも無論、望郷のなせるわざである。バスを終点で降りると、そこは深閑とした古い宿場町である。氏は保福寺峠へ向って六里の道を歩きだす。一時間も登ると、背後に白銀のアルプスが姿をみせた。舞台装置満点の場所である。そこで岡田氏は、思わず、高校寮歌をうたい始める。

雲にうそぶく槍、穂高
天馬の姿いさましく
乗鞍、白馬みな友ぞ
燃ゆる瞳をいかにせん

さらば、いざ立て若き児よ
諸手をひろげよじ登り
男の子のちから試しみん
信濃はうれし夏の国

読みながら私も一緒に歌をうたった。旨い酒がほしいと思った。恐らくこのときの岡田氏も同じ心境だったろうと思う。続く文章が又快い。

「ふり返ると、アルプスのスカイラインは、常念岳のすぐ背後にあの槍ヶ岳と穂高を見事にのぞかせていた。歌はやめて、私はスケッチに移った。槍ヶ岳はまさに、日本のマッターホルンであった。ここから見る槍ヶ岳は、美ヶ原からのぞく角度よりもずっと立派で、急な三角形で天空にそそり立っている。その左の穂高がまた、あの奥穂・前穂・北穂をすべて見せて、彫刻的である」。

やがて岡田氏は峠の頂上へ立つ。茶店がたった一軒ぽつんとあった。午前から午後へ移ろうとする静かな山の時間、反対側には千曲川の谷間が新しい視界をひろげている。

「ここで信濃の国は、二つに分れているようであった。その東西にひろがる眺めは、『大和まほろば』に代る『みすずかる信濃の国』の見飽きない大地の起伏であった」。

私の眼の底に、一挙に、広大な安曇野と、それをまたいで信州の涼やかな高原の連なりが浮かび上がってきた。

第二部「アルプスの見える村」は、従って岡田氏の青春——何はともあれ青春は青春である——時代の復元の紀行である。著者と共に旅する読者は、そこにしばしば自分自身の姿を見出すに違いない。そのときそのときによって受ける印象は異質だろうが、移りゆく風景の中に、いつわりのない己れの精神が映し出されるのを知るだろう。例えば私の場合、いささか感傷的で気がひけるが、次のような一コマに連想が湧く。「そして着いた簗場(やなば)の駅。ここには、二度、三度にわたる想い出がある。駅長が人待ち顔でホームに立っていたある秋の日、まだスキー場もなく、山登りもさかんでないあのころの退屈そうな駅長の顔。しかし、そこには、いかにも人恋しい表情がうかがえ、発車の合図にあげた手をみた瞬間、誘われるように、飛び降りた記憶」(「冬枯れの湖畔」)。

学生時代、山岳部の夏山合宿の前に痛烈な失恋をした私は、帰りみち、落日の暗くなりかけた中綱湖を見て、急にこの駅へ飛び降りたことがある。湖畔へ出ると、どうしたわけか、湖水のまんなかに一隻のボートが浮んでいて、一人の男がぼんやりと坐っているのである。私は俄に心配になって、しばらくはその人影を眼で追っていた。

あれは現実であったのか、それとも私自身の幻であったのか、その後大糸線でこの駅を通るたび、私の胸の内にホロ苦く描き出されるのである。

あるいは又次のような場面。

「やがて、夜空にあがった見事な花火。時計をみると七時。夕涼みをかねて空を見上げていた村人たちの期待に応える天空の芸術だった。こうした穢れのない信濃の北端でみる夜と星と花火のうつくしさ。そこには悠久と言った感じの空があった」(「悠久なる夜空」)。

三年前の夏、雨飾山を登って小谷温泉へ下り、中土へ出た。そのとき、この村々を通りかかって死んだ父親のことを想い出した。父は乙見山峠の向こう、越後高田の出身で、戦後の苦労がたたったのか、五十七で死んだ。その死の床で、病気がなおったら生まれ故郷の村へ帰りたいと、しきりに呟いていたのを想い出したのである。

旅は人生の虚構である、と言ったのは作家の安岡章太郎氏であるが、私もいま、実感としてそれを受けとめる。岡田喜秋氏も又、旅は人生との出会いである、と言う。この著書の第三部「推理する山旅」の内、最も力作と思われる「秋葉街道・三泊四日」を読んでいくと、随所でそういう情景にぶつかる。一つ例を挙げるとすれば次のような何気ない文章であろうか。

「すぐこの山の上と言われた孝行猿ゆかりの民家への道は、急坂のつづきで、たえまなく汗が流れた。ここも『浦』におとらぬ山上の桃源郷である。しかし、どの農家かわからない。この柏木という集落は十一戸すべて高坂姓である。やっと訪ねあてた農家の玄関に、高坂誉光（たかみつ）、『孝行猿の家』と書いた額があるのを見た時は、ほっとした」。

たえまなく汗を流して歩く、という無償の営為こそ旅の極意である。それ以外にない。もう少し私流に演繹すれば、旅は、気力と体力と、それに不断の好奇心の結晶である。これをもってして、私達はほんの少し前進することが出来る。勿論、強いられた行為ではないから、その選択は自由である。しかし、汗を流して歩く、というのは、これ又ほんの少し人生と似ているのではなかろうか。

ともあれ、この著書によって、日本の各地の多く点在する平凡な山村を、「旅」の領域に組み入れた岡田喜秋氏の業績を高く評価しないわけにはいかない。今日の旅行文化からすれば、その弊害も考えざるをえない処だが、そこは賢明なる読者の英知をたよりにするしかないのである。

一九八一年八月

＊本書は、一九七四年に河出書房新社より単行本として刊行され、一九八一年に河出文庫の一冊として再刊された『山村を歩く』に、著者が加筆訂正を施したものです。ヤマケイ文庫化をご了解いただいた河出書房新社に御礼申し上げます。
＊記述内容は単行本刊行当時のもので、現状とは異なる場合があります。挿入した地図も、市町村名や鉄道路線などが当時のままであること、ご了承ください。

岡田喜秋（おかだ・きしゅう）――一九二六（大正一五）年、東京生まれ。作家。旧制松本高校を経て、一九四七（昭和二二）年、東北大学経済学部卒業。日本交通公社に入社し、一九五九（昭和三四）年より十二年間、雑誌『旅』の編集長を務める。編集者時代から日本各地を取材して、数多くの紀行文を発表。退職後は、横浜商科大学教授として、観光学の構築に努める。著書は、『秘話ある山河』（日本交通公社、平凡社ライブラリー）、『芭蕉の旅路』（秀作社出版）、『旅に生きて八十八年』（河出書房新社）、『定本日本の秘境』『旅に出る日』（ヤマケイ文庫）ほか、五十冊を超える。

カバー装画＝岡田喜秋　カバーデザイン＝高橋 潤（山と溪谷社）
本文ＤＴＰ・地図製作＝株式会社千秋社
編集＝藤田晋也、勝峰富雄（山と溪谷社）　校閲＝後藤厚子

定本　山村を歩く

二〇一六年五月八日　初版第一刷発行

著　者　岡田喜秋
発行人　川崎深雪
発行所　株式会社　山と溪谷社
郵便番号　一〇一‐〇〇五一
東京都千代田区神田神保町一丁目一〇五番地
http://www.yamakei.co.jp/
■商品に関するお問合せ先
山と溪谷社カスタマーセンター
電話　〇三‐六八三七‐五〇一八
■書店・取次様からのお問合せ先
山と溪谷社受注センター
電話　〇三‐六七四四‐一九一九
ファクス　〇三‐六七四四‐一九二七

本文フォーマットデザイン　岡本一宣デザイン事務所
印刷・製本　株式会社暁印刷
定価はカバーに表示してあります

Printed in Japan ISBN978-4-635-04794-4